A LANTERNA

Deborah Lawrenson

A LANTERNA

TRADUÇÃO DE MÁRCIA FRAZÃO

Título original
THE LANTERN

Copyright © 2011 by Deborah Lawrenson

Todos os direitos reservados. Nenhuma parte desta obra pode ser reproduzida ou transmitida por qualquer forma ou meio eletrônico ou mecânico, inclusive fotocópia, gravação ou sistema de armazenagem e recuperação de informação, sem a permissão escrita do editor.

Direitos para a língua portuguesa reservados
com exclusividade para o Brasil à
EDITORA ROCCO LTDA.
Av. Presidente Wilson, 231 – 8º andar
20030-021 – Rio de Janeiro, RJ
Tel.: (21) 3525-2000 – Fax: (21) 3525-2001
rocco@rocco.com.br
www.rocco.com.br

Printed in Brazil/Impresso no Brasil

preparação de originais
CLARA DIAMENT

CIP-Brasil. Catalogação na fonte.
Sindicato Nacional dos Editores de Livros, RJ.

L449L   Lawrenson, Deborah
         A lanterna / Deborah Lawrenson; tradução de
         Márcia Frazão. – Rio de Janeiro: Rocco, 2012.

         Tradução de: The Lantern
         ISBN 978-85-325-2771-4

         1. Romance inglês. I. Frazão, Márcia. I. Título.

12-2514   CDD-823
                                           CDU-821.111-3

"Quase sempre me detinha diante daquele jardim selvagem. Ficava na dobra mais silenciosa das colinas... As hastes salientes da vegetação rasteira balançavam ao vento e a terra hostil exalava um forte odor com vida própria e independente, como uma besta de presas cruéis."

– JEAN GIONO

"Não nos deixe fazer maldades imaginárias, pois ainda sabe que temos muitas maldades reais para enfrentar."

– OLIVER GOLDSMITH

PRÓLOGO

Alguns aromas cintilam e desvanecem rapidamente, como uma efervescência de raspas de limão e uma nota brilhante de folhas de hortelã. Alguns são estranhas canções de sirenes de origem rara que fascinam violetas escondidas no mato ou retumbam após as chuvas de primavera. Alguns aromas liberam memórias quase esquecidas. E outros aromas parecem exprimir verdades sobre pessoas e lugares jamais esquecidos: aromas que paralisam o tempo.

O perfume Lavande de Nuit de Marthe me traz tudo isso. Após o primeiro impacto do aroma de heliotrópio, afloram notas de amêndoa e de flores de pilriteiro, o perfume carrega visões e sons, sabores e sensações, desfraldados uns dos outros: campos de lavanda, biscoitos com uma cobertura fina de açúcar, pradarias de flores silvestres, canções de vento a sacudir as árvores, invólucros prateados de cintilantes azeitonas, silêncio acolhedor de jardins à meia-noite e os aromas adocicados e almiscarados dos segredos.

Tal perfume é a essência da minha vida. Quando entra pelas narinas, me sinto outra vez com dez anos de idade, deitado no gramado de Les Genévriers, nos dias que abrem o verão, com os primeiros ventos do sul aquecendo o solo e o ar amenizando cheio de promessas. Depois me sinto com vinte anos, ajeitando os cabelos compridos enquanto caminho na direção do meu amor. E depois me sinto com trinta, quarenta, cinquenta anos. Estou com sessenta anos e morrendo de medo...

Como posso temer um aroma?

PARTE I

1

As rochas cintilam avermelhadas acima do mar, as brasas acesas pelo calor do dia ardem abaixo de nossa sacada no Hôtel Marie. Aqui embaixo, no extremo sul do país, longe do vento mistral, a noite cai como um líquido viscoso: lenta, pesada e silenciosa. No início, quando chegamos aqui, o mormaço sufocante da noite abafada, como se fechada pela tampa de um túmulo, não nos deixava dormir. Agora, durmo poucas horas e sonho com tudo que deixamos para trás: o lugarejo na montanha e o sussurro das árvores. Acordo subitamente, perdida em lembranças.

Nunca fazemos a menor ideia do que seja ficar com um homem que fez uma coisa terrível até que sentimos na própria pele. Nunca sabemos se o pior já aconteceu ou se ainda está por vir; nunca sabemos o que significa querer loucamente acreditar nesse homem.

Como não podemos sair da França por falta de um lugar melhor para ir, continuamos aqui. O verão estava no auge quando nos instalamos nesse lugar. Iates brancos e lustrosos marcavam uma esteira de diamantes sob uma luz brilhante e sobre um mar azul, enquanto corpos besuntados de óleo tostavam na areia dourada como o mel. Festivais de jazz estendiam lamentos sincopados ao longo da costa. Os dias passavam sem que nos déssemos conta do tempo.

Permanecemos aqui enquanto os sibaritas sazonais partiam em busca de outros eventos, de um lugar mais na moda para desfrutar o mês de setembro, ou retornavam para o trabalho cotidiano que tornava possíveis aqueles dias de verão. Tínhamos fechado um contrato de curto prazo naquela que um dia fora uma pomposa *villa* ao estilo Belle Époque, construída num afloramento rochoso nos arredores da baía de Cassis. Madame Jozan já não perguntava se pretendíamos ficar mais uma semana na sua velha pensão. Claro que pretendíamos. Claro que, se nossa presença se tornar insuportável, ela nos dirá, com seu jeito pragmático peculiar.

Costumamos jantar num café da praia. E me pergunto quanto tempo mais ele se manterá aberto. Nas últimas noites, éramos os únicos frequentadores.

Raramente conversamos enquanto degustamos o vinho e as azeitonas. O diálogo é de todo supérfluo, e as respostas dirigidas ao garçom se restringem à polidez.

Dom faz uma tentativa.
– Caminhou hoje?
– Sempre caminho.
– Aonde foi?
– Subi as colinas.
Caminho pela manhã, embora às vezes só retorne no meio da tarde.

Vamos para a cama cedo, e logo estamos nos lugares dos nossos sonhos que não são como realmente são. Esta manhã, em meio a um estado de vigília, me vi em uma estufa abobadada, um fantasma de si mesma: vidros embaçados pelo tempo; painéis quebrados e cintilantes prestes a cair; esquadrias de ferro retorcidas e enferrujadas. Não há construções assim em Les Genévriers, mas era lá que eu estava.

No sonho, o vidro se espatifava com um ruído por cima da minha cabeça, enquanto eu tentava consertar prateleiras de ferro, visivelmente frustrada pelas repetidas tentativas de eliminar a corrosão do metal. As colinas plissadas se mostravam ao fundo por entre vidros quebrados, exatamente como na vida.

Durante o dia, tento não pensar na casa, no jardim e na encosta que deixamos para trás, e isso evidencia que o cérebro lida com os pensamentos de um modo dissimulado. Mas as tentativas nem sempre são bem-sucedidas. Certos dias, não consigo deixar de pensar nas coisas que perdemos. Isso bem que poderia ter acontecido em outro país, e não a poucas horas de carro ao norte daqui.

Les Genévriers. O nome da propriedade não faz jus ao que indica porque, em vez de muitos pés de zimbro, só possui um pezinho franzino e sem nobreza suficiente para se fazer reconhecido. Talvez haja uma história atrás disso. Há muitas histórias sobre esse lugar.

No lugarejo, aonde se chega depois de uma subida de dez minutos pela colina, todos os habitantes conhecem alguma lenda a respeito de Les Genévriers: no correio, no bar, no café, na prefeitura.

O sussurro das árvores na terra era música na infância dessa gente, um mágico farfalhar que tinha o poder de esfriar as tardes mais quentes. Outrora, a adega era conhecida pelo *vin de noix*, um doce licor de nozes. Depois a propriedade ficou fechada durante anos, adormecida como um castelo de conto de fadas na encosta, à mercê de explorações proibidas, enquanto os tabeliães do cartório de Avignon travavam batalhas legais em nome dos herdeiros. Os compradores locais não se aventuraram a comprá-la, e os pretendentes estrangeiros apareciam, olhavam e se iam.

Com três andares e um pequeno celeiro no pátio, uma fileira de cabanas de empregados, uma casa de pedra para hóspedes que se estende ao longo do quintal e diversas construções menores, a propriedade ultrapassa a noção de casa; oficialmente, é projetada como *un hameau*, uma gleba.

– Ela tem uma atmosfera muito especial – disse o corretor na manhã de maio em que a vimos pela primeira vez.

A cerca viva de pés de alecrim era toda florida e deslumbrante. Do outro lado da cerca viva, um caminho ladeado de ciprestes abria-se para um campo de lavanda. E, na paisagem ao longe, o tema dominante: o plissado azul das colinas da Grand Luberon.

– Há lençóis d'água na terra.

Fazia sentido. No portão da casa principal, três plátanos frondosos eram a prova viva da existência de água debaixo da terra; as árvores não cresceriam tanto se não houvesse água.

Dom me pegou pela mão.

Imaginávamos a mesma cena de um sonho de vida a dois com caminhos de cascalhos sombreados pelos pés de carvalho, pinheiros e figueiras em meio a topiarias e muros baixos de pedra que delimitavam os pontos com uma vista para o amplo vale lá embaixo e para o lugarejo lá em cima coroado por um castelo medieval. Mesas e cadeiras estariam dispostas onde pudéssemos ler ou sorver drinques gelados ou trocar fragmentos da nossa vida anterior imersos em estado de completa felicidade.

– O que acharam? – perguntou o corretor.

Dom me lançou um olhar de cumplicidade.

– Ainda estou indeciso – ele mentiu.

2

Bénédicte zanza pelos quartos do andar de baixo em meio à poeira de veneráveis aromas: nódoas de lavanda preservadas nos cantos das gavetas; flocos do armário de pinho; fuligem de lareiras em longa inatividade; e, do presente, o aroma intenso e musgoso da formação de nuvens de umidade sobre o assoalho de azulejos cor-de-rosa: o aroma alvo e cortante das flores do final de primavera lá fora.
Há novos visitantes. Ela tem certeza de que nunca os viu antes, mesmo assim fecha os olhos e tenta pensar com toda a calma, contando a respiração, reduzindo o número de inspirações, esquadrinhando a memória à procura de mais certeza. Quando reabre os olhos, os recém-chegados ainda estão no mesmo lugar.
O estranho é que olham diretamente para ela, e olham com a mesma intensidade para os arredores, para os cantos dos cômodos, para as rachaduras do teto, para as fissuras das paredes, mas não se dão conta da presença dela. Tudo está imerso em silêncio, menos o bater leve do pé de catalpa lá fora e o ranger de uma persiana recém-aberta que faz uma mudança nessa banda de brilhos.
Ficarei sentada aqui por mais um tempo, pensa Bénédicte. Observarei para ver o que farão depois.
Respire. Respire fundo.

3

Fomos fisgados pela propriedade de imediato. Não exatamente como um amor à primeira vista, não tão explosivo assim, porém mais profundo, mais inconsciente, como se estivesse esperando por nós, e nós, por ela. A propriedade nos era familiar, a mesma sensação que eu e Dom havíamos experimentado quando nos conhecemos: imprudência silenciada por um instante de empatia e, ao redor, apenas beleza.

Conhecer Dom foi a coisa mais incrível que aconteceu na minha vida. Foi o retrato de um clássico romance arrebatador. A decisão meteórica de viver com ele foi a escolha mais ousada e significativa que já tomei. Meus amigos e minha família se perguntaram se eu tinha perdido a cabeça, e claro que a tinha perdido. Cabeça e coração, mente e corpo. Só queria ele, e, milagrosamente, ele também me queria.

Eu e Dom nos conhecemos num labirinto.

Foi às margens do lago de Genebra. Naquela manhã de sábado, eu já tinha visto a foto de um castelo em Yvoire enquanto folheava uma revista em uma cafeteria. Se a descrição que acompanhava a foto era encantadora, o nome do labirinto do jardim era irresistível. Chamava-se Labirinto dos Cinco Sentidos.

Segundo a garçonete, o labirinto ficava apenas a vinte minutos da cidade e cruzava a fronteira com a França. Era fácil chegar lá, bastava pegar um táxi, ou mesmo um ônibus. Naquele fim de semana, eu não faria nada a não ser me hospedar em um dos hotéis sem alma do centro de Genebra, dormir um sono interrompido pela barulheira do tráfego e me aborrecer só de pensar nas reuniões idiotas que teria na segunda-feira de manhã.

Então, lá fui eu.

O lugar era pequeno e pitoresco. Espirais douradas se elevavam das alamedas, em busca do sol de inverno. Curiosamente, o castelo era pequeno e acolhedor, e parecia aflorar do próprio lago.

Vaguei pelas imediações sem me preocupar com o labirinto e quase feliz comigo mesma, mas cada vez mais certa de que, em algum ponto da vida, eu tomara o rumo errado. Minha chamada carreira passava por um momento difícil, que refletia as minhas próprias limitações. Essa foi uma das razões pelas quais aceitei o trabalho que me levou a passar um breve período na Suíça. A vida social mais se parecia com as marés altas que retrocedem subitamente e, por pura diversão, só deixam à vista rugas e destroços menores.

Então, tudo mudou.

Ali, ladeado pela cerca viva de carpino, com o ar abundantemente perfumado por uma fileira de troviscos, estava Dom.

– Parece que estou perdido.
Ele falou em francês, mas sem deixar dúvida de que era britânico. Claro que sem um sotaque monstruoso, mas, em tais circunstâncias, só um inglês diria tal coisa.
– E você? – ele perguntou, e ambos caímos na risada, porque o epônimo do labirinto não era mais complicado que as baixas cercas vivas que ligavam os recantos do jardim.
O rosto bronzeado de Dom tinha uma barba castanha com fios dourados e ruivos. O sorriso era franco, e os olhos escondiam-se atrás dos óculos escuros. Ele era alto, sem ser gigantesco. Eu tinha reparado nele. Estava desacompanhado como eu, um tanto afastado dos outros turistas, e não parecia ser de um par ou de uma das famílias. Isso, em parte, se dava pela absoluta segurança no modo de andar, solto e confiante como o de um atleta. Observei quando ele se aproximou de um cenário de plantas e pedras muito bonito nas proximidades da água, mas alguma coisa dentro dele o manteve destacado. Ele permaneceu imóvel, absorto, e então fez menção de se afastar. Enquanto os outros turistas investiam avidamente com as câmeras a fim de capturar e se imprimir a si próprios na beleza da paisagem, ele se limitou a olhar e logo se afastou.
Em dado momento, começamos a conversar casualmente sobre labirintos, e, a princípio de maneira imperceptível, nos movemos na mesma direção. Logo fazíamos o mesmo trajeto juntos. Pelo Jardim do Som, onde inesperadamente ele falou de Debussy; pelo Jardim do Aroma, onde o ar gelado era cortado pelo odor primaveril dos narcisos; e pelo Jardim da Cor e o Jardim do Toque, recantos onde trocamos ideias a respeito de sinestesia e definimos as sextas-feiras como cor de laranja e polidas e reluzentes. Paramos no Jardim do Sabor.
– Isto deve estar cheio de plantas comestíveis – ele disse enquanto lia um panfleto.
Olhamos ao redor. Estávamos em fevereiro, mês impróprio para colheitas em hortas.
– Talvez possa tentar aquele repolho ornamental – eu disse.
– Parece tentador... mas não, muito obrigado.
Continuamos então a caminhar, até que nos distanciamos do jardim do castelo e nos vimos em um café acolhedor e escuro, onde tomamos café com bolo. Pedimos outro café. E continuamos a conversar. A conversa fluía com tanta naturalidade, que se sustentou e nos uniu pelas horas à frente, que se tornaram dias, que se tornaram meses.

Nunca teríamos nos encontrado no lago naquele dia se eu tivesse tomado um outro rumo no labirinto. Poderia ter tomado um táxi em vez de um ônibus, poderia ter chegado uma hora mais cedo e não o teria visto. Poderia não ter concordado com aquelas reuniões extras na segunda-feira e ter passado o fim de semana sozinha em Genebra. Mas não se pode pensar dessa maneira. As coisas são como são. É pegar ou largar.

Ele esquiava com amigos e decidiu encerrar o programa alguns dias antes. O inverno estava quente e ensolarado, sem a característica sazonal de sempre, e a neve derretia mais cedo, transformando-se em montes de lama.

– Não preferiu ficar com eles para se divertirem juntos? – perguntei durante o primeiro café.

Só depois que ele tirou os óculos escuros é que pude ver que era mais velho do que parecia, bem mais velho que eu. A luz difusa do abajur à mesa me deixou ver que seus olhos eram cinza-esverdeados. Olhos adoráveis, inteligentes. E um pouco maliciosos também.

– Na verdade, minha folga não é igual à deles.
– Como assim?
– Meu trabalho não é igual ao deles. De um jeito ou de outro, não me obriga a voltar. Não sinto o mesmo prazer que eles em ficar sentado à mesa o dia inteiro, bebendo e assistindo à neve derreter.

– Entendo – eu disse, embora não fosse verdade.

Ele não me deu tempo de fazer a pergunta óbvia e respondeu antes.

– Prefiro ouvir música. E você... do que mais gosta de fazer?
– Adoro ler.
– Que tipo de leitura?

Às vezes sabemos tudo que precisamos saber de uma pessoa simplesmente pelo modo como ela faz uma pergunta: com polidez ou com genuína curiosidade, denotando perfeita compreensão de tudo que poderá ser revelado – tanto a riqueza de uma vida interior como o ponto de compatibilidade entre estranhos. Era uma pergunta difícil de ser respondida, sua simplicidade era letal como a lâmina de uma espada.

– Tudo que me faça pensar, e sonhar, e fazer conexões – respondi por fim, depois que um jorro de centenas de pensamentos conver-

giu para a coerência. – Ficção moderna, alguns clássicos, biografias, livros de viagem, de vez em quando poesia. Livros maravilhosos de culinária...
Observei o rosto dele.
– Não me pergunte qual o meu autor favorito – eu disse rapidamente, não querendo me desapontar tão cedo. – Não consigo lidar com essa pergunta. Não consigo encontrar uma forma de responder a ela, o que acaba dando a impressão de que, na verdade, não leio ou de que meu gosto não muda nunca, ou de que nunca faço novas descobertas, quando nada poderia estar mais longe da verdade.
Ele sorriu.
– Entendi. Contanto que não me pergunte o título do melhor livro que li recentemente.
Lá estava a fluidez outra vez entre nós.
– De modo nenhum – eu disse. – Hesito muito com perguntas assim porque sempre tento encontrar respostas que se encaixem melhor em quem faz a pergunta, e, na tentativa de encontrar a resposta perfeita, acabo dando um nó na própria língua...
Ambos caímos na risada, e, pela primeira vez depois de um longo tempo, senti que uma rigidez interna se descontraía.

– Sou americana – respondi quando ele perguntou.
– Não parece. Não pude identificar o sotaque, mas não arriscaria dizer que é americana.
– Sou uma espécie de híbrido.
– Como assim?
– Meu pai é de Nova York. Minha mãe diz que é de Sussex, mas o pai dela era francês. Eles se conheceram e se casaram em Paris. Frequentei escolas francesas e inglesas e cursei o ensino superior nos Estados Unidos, mas faz muitos anos que moro em Londres.
– E agora você vive em Londres ou aqui?
– Em Londres. Estou aqui a trabalho, por alguns dias.
– O que você faz?
– Sou tradutora.
Ele não disse "logo se vê pelo seu amor pelas palavras", nem fez nenhum outro comentário banal.
– Que tipo de tradução?
– Comum; realmente comum. Na grande maioria, textos comerciais, brochuras promocionais e propaganda, contratos.

Foi difícil controlar a vontade de comentar o quanto eu estava entediada com a monotonia do trabalho, com as falsas premissas da necessidade de produtos, com a feiura da vida urbana, com as pessoas sufocantes que se apinhavam nos metrôs, com a pálida multidão aos empurrões, com a sujeira, com as sirenes que cortavam as noites. Quase falei, mas me contive; não queria parecer negativa nem petulante, como me sentia quando a cidade me esmagava. Não fazia muitos anos que saíra da universidade, mas já tinha a nítida impressão de que tomara o rumo errado e caíra numa armadilha armada por mim mesma.

– E se não fosse tradutora?

A pergunta me deixou em dúvida de se ele tinha percebido algo mais no meu tom.

– Você quer dizer se não tivesse que trabalhar? – eu o fiz lembrar que ainda faltava uma explicação.

– Se todo dia você pudesse fazer o que quisesse.

– Afora ler, claro, adoraria traduzir livros, se conseguisse a autorização. Alguns escritores franceses fantásticos como Pierre Magnan e Chloé Delaume nem sempre são traduzidos para o inglês. Adoraria ter a chance de fazer-lhes justiça à minha maneira.

– Fazendo os livros parcialmente seus?

– Bem, não propriamente, porque é preciso sempre ser fiel a alguém... aos detalhes e ao espírito da obra dos autores. Mas, de certo modo, você está certo; é possível ser sutilmente inventivo, e o prazer de tudo isso é alcançar o equilíbrio.

– Quer dizer que você é do tipo fiel?

– Sempre. Isso é muito importante. – De repente, me dei conta do que ele queria dizer e da ingenuidade da minha frase, mesmo sendo verdadeira. Ri e acrescentei: – E você é...? Suponho que seja casado?

Ele balançou a cabeça bem devagar, olhando dentro dos meus olhos.

– Não.

Não consegui encontrar uma resposta adequada.

– Isso acontecerá se realmente quiser – ele quebrou o súbito mal-estar que se instalou. – Você ainda é jovem.

– Eu posso sonhar.

– Claro que isso pode acontecer.

Meu rosto deve ter refletido ceticismo.

– Por que não? – ele perguntou. – Aconteceu comigo.

* * *

Dominic é escritor... de música. Depois que saiu da universidade, começou com um amigo um negócio ligado a geotecnologia, com um computador e uma ideia na cabeça. Dom pensou que o negócio poderia render algum dinheiro enquanto se dedicava à música. Não se dedicou muito à música durante vinte anos, mas o negócio se saiu bem melhor que o previsto. E, quando o venderam um pouco antes da crise, ele foi duplamente sortudo – ou astuto, dependendo do ponto de vista. Eu me lembrava vagamente de ter lido sobre a empresa dele na seção de economia de uma revista, mas nada tão relevante a ponto de me fazer associar o nome de um a outro. De qualquer forma, ele preferia que as pessoas o conhecessem pela música a que pela montanha de dinheiro que fizera.

Ele passava horas enfiado na sala de música de Les Genévriers. As notas tocadas no novo piano comprado em Cavaillon flutuavam pelo jardim, seguidas por expressivos silêncios que sugeriam uma transposição do som para o papel ou para a tela do computador, ou uma técnica intimista de compor, ou até um cochilo eventual no macio sofá que havia ali.

Naquele primeiro verão, a propriedade se manteve em crescimento, tal como o amor e o entendimento entre nós. Munidos com um grande molho de chaves, descobrimos novos aposentos e câmaras ocultas embaixo e ao lado de outros aposentos que já conhecíamos.

O celeiro de pedra no pátio foi a primeira grata surpresa. Só depois que conseguimos destrancá-lo (uma façanha hercúlea que o corretor não foi capaz de realizar) é que topamos com um amplo espaço iluminado e bem-proporcionado, com piso azulejado, paredes de reboco branco e uma enorme lareira. Dom soube imediatamente que aquele lugar seria sua sala de música.

Uma porta de madeira descascada na parte inferior desse ambiente dava acesso a um jardim inclinado. Quebramos uma tranca antiquada, na expectativa de encontrar um quartinho de ferramentas ou coisa parecida. Dentro, nos deparamos com uma antecâmara pavimentada que dava para um labirinto de cavernas e abóbadas românicas. Em meio a uma fileira de cabanas grosseiramente modernizadas e depois abandonadas, nos vimos frente a câmaras semissubterrâneas ao abrirmos a porta de um armário de cozinha.

Encontramos objetos descartados nesses recantos ocultos que assumimos como parte do pacote da casa: uma tela de um pacífico e mal pintado lírio, uma enxada, um vaso, um conjunto de tigelinhas esquecidas no fundo do armário da cozinha, um par de botas de borracha e uma gaiola de ferro enferrujada com a alça quebrada.

O riso de Dom ecoou sob os tetos curvos dos nichos da adega no sótão debaixo do térreo. Lá encontramos pilares e arcos e, embaixo das vigas da casa principal, um acervo de garrafas de vinho e copos de vidro opacos pelo uso. A cozinha nos esperava com um conjunto de uma sequência de portas de armários engenhosamente arquitetados e os aromáticos vinhos de Vacqueryas, celebrando a feliz expansão territorial e existencial de nós dois.

Lá fora, nossos poros nortistas sugaram o calor do céu azul, os braceletes adstringentes do alecrim e do tomilho e a poeira do tempo, e nos entreolhamos e sorrimos. Uma casa só nossa – e que lugar!

4

Os visitantes ainda estão aqui.
Esperando que eles se retirem, Bénédicte se agarra à poltrona na tentativa de afastar o terror que se seguirá se isso não acontecer. Respirando fundo, se obriga a olhar – por trás dos olhos estreitamente fechados – o precioso vale com seu longo biombo de montanhas ao sul.

Mais além, nas colinas que se elevam ao leste, os primeiros cumes dos Alpes puxam a terra para o céu. Lá os campos parecem amarrados por fios roxos, e ela se lembrará para sempre daquele verão de muito tempo atrás quando, junto com outras garotas, mulheres e velhas, se inclinou para colher lavandas para a fábrica de perfume.

Em um ponto ainda mais alto, a terra apresenta uma barba de ovelhas. Dizem que os rebanhos de ovelhas preservam na lã crua ainda não lavada os aromas da terra de cada pastagem em particular, de modo que se conhece a procedência do rebanho pelo cheiro que o nariz capta da lã: tomilho e rochas secas, bolotas de carvalho

esmagadas na lama, segurelha que brota em abundância nos montes, pólen de campos de gencianas, hastes e folhas de lavanda levadas pelo vento e que apodrecem em buracos.
Respira lentamente.
Respira os aromas dos campos e das pedras aquecidas pelo sol.
Ouve apenas o som de um riacho que escoa com doçura e ecoa no vento que fustiga as árvores.

5

O acesso para Les Genévriers é a céu aberto. As colinas do Luberon parecem uma extensa cortina que descai em dobras formadas de íngremes desfiladeiros, como pano de fundo de um palco atrás da terra da nossa propriedade; os caminhos ao sul parecem desembocar na cordilheira azul que com o transcorrer do dia se faz cada vez mais intensamente azul. Ao anoitecer, as faldas das montanhas se tornam plissados negros como fendas presas à escuridão.

Não mantivemos a propriedade fechada. Todas as janelas ficam abertas e tudo é arejado e iluminado. O azul engloba tudo à frente: o céu, as colinas e as cidades distantes fincadas em montes ao longo do vale.

Cada manhã em que acordava nesse lugar, era como se a vida – a vida real, a vida que sempre quis ter – tivesse realmente começado. Eu me sentia imensamente feliz, em êxtase. E, em meio a isso, ainda encontrara Dom e ele me encontrara. Embarcáramos juntos numa vida nova.

Isso parece afoito? O fato é que eu nunca imaginara que isso pudesse acontecer comigo, e, quando aconteceu, me joguei inteira.

Após o encontro em Yvoire, ele retornou comigo para Genebra, onde saímos para jantar e perambulamos por horas a fio ao redor de um lago de águas escuras e encrespadas em torno do qual se viam cartazes luminosos de anúncio dos relógios mais caros do

mundo. Uma daquelas marcas é que me levara a trabalhar alguns dias na Suíça.
Dom me puxou para mais perto. Contra a luz, ele só parecia uma silhueta escura, sem traços visíveis. Assim que nos beijamos, senti que o toque de pluma de sua boca marcava algo especial.
– Eve... – ele sussurrou.
Não é o meu nome verdadeiro. Ele me chamou assim em nosso primeiro encontro na penumbra daquele café nos arredores do lago. Ele gosta de repetir que, no castelo de Yvoire, o induzi seriamente a dar uma mordida no repolho ornamental do Jardim do Sabor. É uma doce provocação que resiste ao tempo.
– Você é casado? – perguntei mais uma vez.
– Fui – ele respondeu. – Mas não sou mais.
Na noite seguinte, aconteceu o mesmo, nada mais, e, no dia seguinte, terminei o trabalho de tradução e retornei a Londres. Dom foi ficar com amigos em Paris e só cerca de uma semana depois é que voltou para Londres. Fomos ao teatro e à Tate Modern. Tentei parecer fria. Ele também. Mas ambos sabíamos.

E partimos para a Itália, de avião até Nápoles e de aerobarco na travessia da baía até a ilha de Ischia. Planejávamos ficar quatro dias. Como autônoma, eu podia escolher os trabalhos. Entrar no cais de Ischia fora da temporada e, naquela primavera amarelo-limão, foi como entrar no cenário de um filme dos anos cinquenta. Emaranhados de casas altas de estuque empoleiradas acima da água, zumbido de Vespas motorizadas, gritaria e banhos sulfurosos. Ficamos hospedados uma semana num hotel que tinha sido um palácio, dividindo a mesma cama com ridículos lençóis de seda dourada. Até conhecer Dom, nem me passava pela cabeça o que era um casal fisicamente perfeito, a excitação a um simples olhar ou um contato de pele. Foi uma verdadeira revelação.
E lá estava ele, em nossa primeira noite. Um corpo maravilhoso, ombros largos e músculos bem-definidos, o próprio físico de atleta. Nunca tinha conhecido um homem ao mesmo tempo tão forte e tão gentil.
– Sou mais nadador que atleta – ele disse em resposta ao meu olhar de admiração. – Nado de longa distância. Nadava em competições quando era bem mais jovem.

— E pelo visto ainda faz isso.
— Não com a mesma seriedade. Fiquei muito tempo sem nadar, mas voltei alguns anos atrás. Ficar sozinho com os próprios pensamentos, trabalhando o corpo e a mente na raia da piscina, me ajudou muito nos tempos difíceis.
— E que tempos difíceis foram esses?
— Ora, você sabe. A vida, às vezes.
— Fale — insisti, acariciando-lhe o braço com a ponta do meu dedo.
— Prefiro não falar — disse e me puxou para si com um movimento suave e sinuoso.

Passado algum tempo, perguntei novamente, mas ele deixou bem claro que era melhor mudar de assunto. E assim acabei deixando o assunto de lado. Afinal, quem não teve tempos difíceis na vida? Para ser franca, àquela altura do relacionamento, eu ainda não fazia ideia da extensão de nosso envolvimento, e, nas minhas fantasias livrescas, ao menor indício de problema, somente eu, a heroína romântica, poderia salvá-lo e restaurar o que ele havia perdido.

Retornamos para o continente com relutância, mas só saímos de Nápoles dois dias depois. Ficamos hospedados em Menton, na fronteira com a França, num hotel com todas as instalações para negócios, e consegui terminar o trabalho que tinha que fazer e comuniquei a outros clientes mais assíduos que estenderia a licença por mais algum tempo e que avisaria quando voltasse à ativa.

Felizes e sem destino, percorremos a Riviera Francesa durante algum tempo, com a nostalgia de outras épocas. O que teriam experimentado todos aqueles artistas e ricaços como os Fitzgerald, Scott e Zelda, o grupo de Bloomsbury, Picasso e Somerset Maugham? O lugar era idílico. Ambos éramos idílicos. O cenário era excitante e divertido, e também arrebatador e teatral, claro, mas também exprimia o entendimento profundo que se fez entre nós dois e que nos pegou de surpresa.

Em sã consciência, nunca busquei um homem mais velho, mas agora sei que não devia ter deixado isso ao acaso. Dom era quinze anos mais velho que eu e tinha algo que eu até então não me dera conta de desejar tanto: segurança e sofisticação, com uma pincelada de vulnerabilidade criativa que eu entendia muito. Voltamos juntos para Londres e continuamos juntos.

* * *

– Estou pensando em me mudar – ele disse numa tarde de domingo enquanto passeávamos pelos arredores do Hyde Park e da galeria Serpentine com o parcial ar de exílio dos casais apaixonados que passam quase o dia inteiro na cama.
– É mesmo?
– Estou de olho num lugar especial. Onde sempre quis viver, onde posso fincar raízes.
Lá estava outra vez a natural empatia de um pelo outro. A ideia de fincar raízes ecoou dentro de mim. Ao longo dos anos que vivi entre dois continentes e entre pais divorciados em pé de guerra, lá no fundo, sempre ansiei por um lugar que pudesse realmente chamar de lar.
– Procurei em outros lugares – ele continuou. – Mas esse é o único que não me sai da cabeça. É incomparável. Até parece que estou enfeitiçado... chego até a sonhar com ele!
– E como é... uma casa... um apartamento?
– É uma velha fazenda de um vilarejo. Na Provence.
– Você quer se mudar para a França? – perguntei quase sem voz. Uma súbita pontada no peito exprimiu um terror que não ousei articular. Fiz força para manter a voz firme.
– É um lugar maravilhoso. Conheço bem a região. Minha família alugava uma *villa* em Luberon para as férias de verão. Durante a adolescência, eu e minha irmã nunca passamos um ano sem ir a esse lugar. Acho que meus pais também sonhavam em comprar alguma coisa lá, mas ou não tiveram recursos ou acharam a ideia impraticável.
A essa altura, eu já sabia que o pai de Dom era um funcionário civil sênior, e a mãe, uma dona de casa tradicional. A irmã mais velha era médica; fazia clínica geral em Richmond. Embora ele tivesse aventado vagamente que me apresentaria à família, isso ainda não tinha acontecido.
– Enfim, não há mais nada que me impeça de comprar uma casa lá... como eu já disse, é um lugar extraordinariamente belo, e bom, sempre quis fazer isso. Eu quero muito comprar a casa.
Ele estava falando muito rápido. De repente, se deteve na frente de uma escultura de Rebecca Warren cujo título era *Perturbação, minha irmã*, e olhou nos meus olhos em busca da resposta de que precisava.

Meu coração bateu incomodado. Olhei para longe, na certeza de que ele estava prestes a dizer que tudo estava acabado entre nós.
– Venha comigo... vamos e você me diz o que acha. Se você acha que poderia viver lá. – Ele não podia ser mais direto.
Em menos de duas semanas, estávamos no pátio de Les Genévriers pela primeira vez.

E foi assim que tudo começou. Uma reviravolta e um novo começo com um apelo imediato. Isso não foi tão estranho para mim como talvez fosse para alguém que sempre tivesse vivido nos mesmos limites, no mesmo lugar, no mesmo país. Claro que me dei conta de que era arriscado, mas me senti mais excitada e otimista que insegura. Aparentemente, a mudança enfeixava uma descoberta feliz e genuína para ambos, uma felicidade inesperada e íntima.

Não ignorei os aspectos práticos. Resolvi que era melhor alugar e não vender o meu pequeno apartamento mobiliado em Londres; com o dinheiro do aluguel, eu pagaria a hipoteca. Empacotei grande parte dos pertences e os deixei na casa de minha mãe. No fim, tudo que levava comigo se resumia a um punhado de livros que cabiam em duas prateleiras, um laptop e uma mala de roupas.

– Não vou parar de trabalhar, vou contribuir com a minha parte – eu disse. – Gosto de trabalhar.

– Faça o que bem entender. Que tal procurar aquele livro especial para traduzir?

– Você quer dizer aquele?

– Você sabe que sim.

Trabalhos de tradução não faltavam, e eu estava disposta a pegar o que aparecesse pela frente, mas nunca comecei nada. Dom. A paisagem. A vida entre livros e música. Isso era o bastante. Éramos ambos tão afortunados!

Talvez alguns céticos comentem que era bom demais para ser verdade.

O que Dom viu em mim? Às vezes eu me fazia essa pergunta. Afora a atração física, seria minha falta de sofisticação e meu olhar cintilante de adoração? Ou seria porque me contentava em ficar sentada lendo o dia todo sem exigir nada dele?

No início dos relacionamentos todos fingimos ser algo que não somos. Podemos apenas fingir que somos mais extrovertidos ou mais tolerantes do que realmente somos, ou que estamos com a cabeça fria quando estamos arrancando os cabelos. Existe uma infinita sutileza nas gradações de fingimento. Talvez eu estivesse fingindo ser mais autossuficiente do que era, no esforço consciente de não repetir antigos erros por carência e possessividade, por mais que minha experiência familiar explicasse tais erros.

Um casamento ruim e um divórcio pior ainda. Isso não faz bem a ninguém. Até hoje, detesto qualquer tipo de confrontação. Quando criança, me obriguei a acreditar nos mitos que meus pais teciam, um conluio especialmente necessário para meu irmão e para mim. Hoje, enxergo isso, mas não quero espezinhar a ilusão. Na aliança para tecer a fantasia, obtínhamos sonhos impossíveis: segurança em meio a desastres financeiros e mudança sem sentimentos de culpa em meio a separações e à fundamental incompatibilidade entre marido e mulher.

Mas, com Dom, era como se eu tivesse despertado para a realidade. Tudo era bem mais claro, mais agudo, meus sentidos tornaram-se mais apurados. Tão logo nos conhecemos, percebi que finalmente encontrara o lar com que tanto sonhara. Eu queria fincar raízes duradouras o mais profundamente possível.

Naquele verão, a propriedade e os arredores tornaram-se nossos. Ou melhor, de Dom; nossa vida em comum, em minha memória, um tempo restrito a imagens separadas e impressões: de mirabelas – ameixas douradas incandescentes como lâmpadas em meio à folhagem verde-escura; uma mesa de tampo de zinco sob um dossel de videiras; cachos de uvas; o cesto sobre a mesa, uma tigela descomunal; tomates estriados e gorduchos como almofadas de haréns; chapas espessas, rendas de segunda mão compradas em mercados e colchas caras e novas que pareciam tão velhas quanto o resto; o sol amarelo-limão que se infiltrava pela janela aberta a cada manhã: nossos perfumados lençóis de linho. Estrelas, a grande extensão da Via Láctea acolchoando uma abóbada no céu. Eu nunca tinha visto estrelas tão cintilantes como aquelas.

Depois de diversas tentativas frustradas para penetrar no arcano burocrático da France Telecom – a ponto de termos feito uma viagem até Cavaillon, onde esperamos horas numa loja apenas para ouvir que deveríamos retornar com mais documentos –, decidimos viver da maneira mais simples possível. Não para sempre, só por algum tempo. Com a perspectiva de obras na casa principal, Dom não viu sentido em perdermos semanas tentando instalar linhas de telefone e internet porque teriam que ser reinstaladas depois. Ficamos longe do mundo moderno por algum tempo, exceto pelos celulares que nem sempre captavam um bom sinal.

E abraçamos então a decrepitude, ora eram pequenos suspiros da casa quando algum reboco trincava e despencava, ora os cadáveres ressequidos de insetos e escorpiões. Nada importava. Era uma libertação dos problemas ordinários associados à compra da casa. No fim, tudo estaria consertado; consertado, mas não desperdiçado.

Além disso, o lugar tinha uma história. No lintel de madeira da parte mais antiga, que originalmente talvez fosse uma simples cabana, estava gravada a data 1624. Um desengonçado arco de pedra no extremo da casa principal, que um dia devia ter servido de abrigo para carruagens, registrava a construção em 1887.

Enchemos a casa principal de relíquias obtidas nas *brocantes* locais, o mercado de pulgas da região. Quanto mais enferrujado, mais lascado e mais dentado o objeto, mais nos encantávamos. Detritos, objetos em seus momentos derradeiros, objetos de cuja utilidade outras pessoas se aproveitaram em outras casas, objetos que provavelmente passariam os últimos anos conosco e que logo despencariam quase como a poeira do teto e das paredes.

As lajotas vermelhas – *tomettes* – no piso do térreo, com marcas de unhas e pegadas de animais, como fósseis, contavam a possível história de um cachorro brincalhão que não obedecera às ordens dos donos e entrara correndo enquanto ainda estavam frescas. As manchas em algumas lajotas da cozinha pareciam estar lá havia gerações. De nada adiantava esfregar e lavar, a evidência do descuido passado – uma panela esquecida no fogo, uma tigela de sopa quente que caíra da mesa – era indelével.

Depois de algum tempo, relaxei e aceitei a ideia de que aquele lugar jamais seria inteiramente imaculado; era impossível. Eu me persuadi a conviver com a poeira. Conviver com a poeira, chamá-la de pó mágico.

Comentei a respeito com Fernand, um dos aldeões mais velhos que, a certa altura, apareceu para se apresentar. Ele era amistoso e prestativo, e rapidamente nos conseguiu uma pequena equipe de jardineiros, liderada por um sujeito trabalhador, se bem que um tanto lúgubre, chamado Claude.

Fernand balançou a cabeça com um ar sábio. Disse que todas aquelas lajotas deviam ter sido feitas artesanalmente cem anos antes.

– *Chaque tuile a son secret... cherchez-le!* – acrescentou. Cada lajota tem um segredo... procure-o!

E era exatamente isso que estávamos fazendo, procurando segredos instigantes. Fazendo descobertas, tanto da casa como de nós mesmos. Acho que nunca me senti tão íntima de alguém. Isso me assustava um pouco, a intensidade da intimidade, como se, em algum ponto, não pudesse mais ser sustentada. Talvez isso revele tudo o que eu era antes de conhecer Dom.

Escutávamos jazz enquanto o grande leque de colinas acobreadas e azul-escuras mergulhava nas sombras do anoitecer. Cozinhávamos juntos enquanto bebíamos vinho *rosé* e trocávamos conversas em murmúrios.

Às vezes acendíamos a arandela colocada na parede do lado de fora da cozinha. Uma criação sinistra: um braço sem corpo que se projeta de uma moldura de ferro para estender uma vela. Fora deixada pelo antigo ocupante da casa; claro que não iríamos adquirir um artefato tão grotesco, mas o mantivemos e quase sempre o acendíamos.

Dentro e fora da casa, ardiam pontos de luz de lampiões, candelabros, lustres, velas pequenas e um lampião enferrujado que encontramos no pátio e colocamos na mesa de jantar da varanda.

Durante os longos e dourados crepúsculos, nos tocávamos de forma compulsiva enquanto trocávamos histórias, juntando as peças com cuidado, sem pressa, como a maré acaricia os seixos da praia.

– Feliz? – ele perguntou certa vez.

– Muito feliz.

Fez-se um brilho na rendada nódoa esverdeada e dourada das nossas impressões digitais no gargalo da garrafa de vinho. Dom pegou minhas mãos com as suas bronzeadas e quentes. Seus olhos refletiam doçura e seriedade.

– Isso é exatamente o que eu sempre quis – disse. – Nunca fui tão feliz como sou com você aqui. Muito obrigado por ter vindo, muito obrigado... por tudo.

– Eu é que devia lhe dizer isso – rebati e me inclinei por sobre a mesa para beijá-lo. – Foi você que fez tudo isto acontecer. Tudo isto... é mágico!

Ele me acariciou no rosto.

– Sabe que a adoro, não sabe?

Abri um sorriso largo.

– Eu também o amo. Mais do que consigo dizer em palavras.

– Você não acha que é como se tudo estivesse perfeito?

Assenti com a cabeça, subitamente tomada pela magnitude da nossa boa sorte.

No vale ao longe, floresciam luzes isoladas. As noites eram aconchegantes como peças de veludo negro. Eu adorava aquelas noites. Nunca me sentira tão bem, tão íntima, tão feliz, tão afortunada, tão amada e tão apaixonada por outra pessoa.

Ele não disse nada mais em todas aquelas noites.

6

Naquele verão, as conversas giravam em torno de *la crise*, a crise financeira mundial. Era trazida por todos que chegavam lá em casa, desde os jardineiros e o homem que nos vendeu uma escrivaninha no mercado *brocante* de L'Isle-sur-la-Sorgue, até os empreiteiros que calculavam o custo das reformas que queríamos fazer e que, por isso mesmo, precisavam se certificar de que estávamos à altura dos gastos consideráveis que a obra envolvia.

Quando os jornais locais não se ocupavam com preocupações financeiras, demissões nas fábricas de embalagens de frutas em geral e nas de frutas cristalizadas, e os prejuízos financeiros dos fazendeiros, noticiavam o grande número de garotas da região que estavam desaparecidas.

Ouvíamos falar dos casos e líamos as manchetes, mas tínhamos decidido não nos preocupar. Estávamos refugiados na condição de estrangeiros, enclausurados em nosso mundinho, onde éramos intocáveis.

Dom parecia muito à vontade com camiseta e jeans imundos quando capinava o mato do jardim. Retirávamos pedras, cavávamos e pegávamos no pesado debaixo do sol. Muito me aprazia unir a força física com a busca estética; parecia um equilíbrio perfeito. Uma tarde, salvamos Pomona, a deusa das frutas e dos jardins. Ela jazia no fundo de uma piscina abandonada e vazia, com as pernas quebradas dentro de uma poça lodosa de água da chuva.

Dom reconheceu a deusa porque vira uma parecida num depósito de demolições na estrada de Avignon. Passara a frequentar regularmente o lugar à procura de cornijas para a lareira da sala de estar e para seus grandes projetos para o jardim.

Juntos, içamos o que restara da estátua (cabeça, torso e um braço), limpamos o corpo desgastado (mas não muito) e a encostamos contra uma parede, onde ela despencou de exaustão, um caso de sobrevivência contra todas as probabilidades.

– Você acha que ela poderia reinar sobre nós? – perguntei. – Depois que se recuperar, é óbvio.

Ele riu ainda sem fôlego.

– Tomara, depois desse trabalhão todo.
– Temos que encontrar um bom lugar para ela.
– Um plinto!

Ele encontrou um: uma base de granito. Um ferreiro fixou-a na base de pedra e instalou-a sob a varanda, emoldurada por um dos falsos arcos romanos de pedra. A estátua se adaptou bem naquele lugar, com uma bandeja de frutas e flores petrificadas na mão e a cabeça levemente inclinada para baixo, olhando timidamente para o declive de um gramado.

As superfícies rústicas que integravam o cenário e os amplos terraços que descendiam sustentados por muros de pedra quebrados me agradavam demais. Nada passava do ponto certo; pelo contrário, tudo parecia se encaixar, ervas daninhas e plantas mortas se inseriam no todo.

Inspirado pela deusa Pomona, Dom retornou ao depósito de demolições depois que o esqueleto do jardim foi exposto. Um rapazinho grego com manchas de líquen olhava angustiado de um canteiro para a casa, o que seria apenas um olhar de despedida se não estivesse petrificado. Foram colocados fragmentos de velhos pilares de pedra e frontões para divertimento: um abacaxi de granito e uma simples mão que acenava repousada em cima do murinho que levava até a piscina, ou melhor, até a bacia de água verde e gosmenta.

Durante uns cinco dias daquele primeiro agosto, as colinas se mancharam de roxo sob nuvens negras. O vento açoitou o ar e a temperatura despencou.

Os jardineiros desanimaram.

– Nunca sabemos o que fazer durante as chuvas de verão – disse Claude.

Nós os fizemos lembrar que fazia cinco anos que a região não tinha uma chuva significativa e que os *bassins*, reservatórios de água, e as reservas subterrâneas precisavam ser reabastecidos. Já tínhamos ouvido isso de muitas pessoas. O arquiteto se mostrara particularmente gentil ao explicar como a seca danificara ainda mais as fissuras das paredes internas.

Os homens deram de ombros. Claro que isso era um fato, mas não tornava mais fácil enfrentar a falta de sol.

Dom apontou para o vale lá embaixo.

– Nas manhãs de outono, se enche de nuvens e névoas. Parecem campos nevados.

Ele não devia ter dito isso, e fiz de conta que só tinha dito em termos gerais.

– E o jardim se encheu de mato outra vez... a umidade deve ter ajudado a proliferar – ele continuou.

– Como sabe disso?

Dom raramente perdia uma réplica.

– Eu e Rachel costumávamos vir aqui.

A frase soou estranha. Como se outras informações estivessem encobertas pela simplicidade.

– Você a trouxe até aqui, para esta casa?

Fez-se uma breve pausa, como se ele tivesse voado mentalmente para longe. Como se não tivesse pensado no que tinha dito e quisesse mudar de assunto.

– Na verdade... ela é que me trouxe até aqui.
– Por que não disse isso antes?
– E isso importa?
Claro que a essa altura eu já sabia de Rachel. Era a ex-mulher de Dom. Ela foi uma das razões para que nunca nos casássemos, mesmo com um relacionamento maravilhoso, mas isso realmente não me incomodava. Ele não queria se casar novamente e eu respeitava isso. Eram nossos tempos dourados e a felicidade era nosso bem mais precioso.

Mas, ao voltar no tempo, reconheço que houve indícios.
Quando vimos Les Genévriers pela primeira vez. Lembro que, naquele dia, percebi que aflorava uma clara diferença entre mim e sua ex-mulher.
– Rachel não gostava da Provence?
Ele riu.
– O que a faz pensar isso?
– É que me pareceu...
– Ela adorava a Provence – ele garantiu. – Queria ficar aqui para sempre.
– E onde ela mora agora? – perguntei, me dando conta de repente de que sabia muito pouco das atuais circunstâncias que a envolviam e que nunca tinha cogitado de perguntar.
Mas o corretor surgiu de repente e nos conduziu até uma porta que ele conseguira abrir com um molho de chaves enferrujadas, e a pergunta se perdeu nos recintos de pedra em meio a seus ecos.
E depois mergulhamos um no outro, e também na paisagem e na casa, e Rachel tornou-se um tema nunca abordado.

7

Bénédicte nunca acreditou em fantasmas.
Mesmo assim, a casa está cheia de espíritos. Para onde quer que se olhe, em cada canto, no fundo do olho da mente de Bénédicte, encontra-se uma pessoa que ocupou a casa no passado, um objeto que

um dia esteve ali; lá está vovô Gaston, que acaba de deixar a bolsa de caçador à porta e traz espetos com pequenas aves para assar no fogo, e Mémé Clementine, com a saia preta empoeirada enquanto pica legumes ou prepara a massa de pão à mesa da cozinha. Mamãe e papai, Marthe e Pierre; os Poidevin, os Barberoux e os Marchesi, as famílias dos inquilinos. O velho Marcel, que vivia nos fundos, próximo ao curral das ovelhas, e os homens e garotos que eram paus para toda obra e trabalhavam ali. E lá estava Arielle Poidevin, a melhor amiga de Bénédicte, que tinha a mesma idade.
Só restou Bénédicte.
Ela respira profundamente e começa a falar de maneira clara e pausada.

As assombrações começaram certa noite de final de verão...
O dia transcorrera vibrante e aromático, podia-se ouvir e sentir o cheiro da figueira no quintal. As vespas zumbiam por entre as folhas enquanto as frutas maduras se abriam; globos purpúreos despencavam e se esparramavam depois de se espatifar no solo com um suspiro encharcado.
Lembro-me de tudo com toda nitidez. Lembro-me da pulsação que derramava o aroma doce e inebriante e que se acelerava quando eu me abaixava para catar os figos no chão, e logo os abria e encontrava insetos bêbados em seus corações escarlate.
O calor não deu trégua por mais ou menos três semanas, um calor denso que fazia dormir das três até as cinco horas da tarde. Mas já estava para acabar. Eu sentia isso no ar, o céu mudara subitamente, se aproximando um pouco mais da terra, e a luz se mostrava achatada. Não demoraria e o céu se faria pesado e comprimiria para baixo. Depois, cairiam as primeiras gotas de chuva, espedaçando-se por cima da fruta machucada; depois, os primeiros raios cortariam o céu.
Mas por ora as árvores carregadas balançam ao vento enquanto tomam os últimos raios de sol. A luminosidade mergulhou e, ao se dispersar pelo solo do quintal, pintou cenas subaquáticas nos retalhos de grama e na terra.
Lembro que entrei com os sentidos aguçados.
Sopros de alecrim e hortelã espargiam das panelas do outro lado da porta da cozinha. Vez por outra, o gato andarilho se enroscava nas minhas pernas, liberando um forte odor de terra seca com um

ranço de animal em rajadas almiscaradas. Os odores me trouxeram Marthe à cabeça, claro.

As persianas da cozinha estavam fechadas, mas lembro que a atmosfera parecia estranhamente leve. O estofamento enegrecido de fuligem de fogão da velha cadeira de mamãe se definia com tanta nitidez, que a estamparia verde e vermelha parecia renascida do acanhado tom acinzentado que adquirira pelo uso. Sentei-me na cadeira e semicerrei os olhos. Por um breve instante, tudo se fez languidamente sereno. Mas logo uma sombra descaiu e me chamou de volta à consciência. Uma pequena silhueta chamou a minha atenção. Era do meu irmão, Pierre. Estava de pé e esperava ansioso e calado na frente da lareira, com uma intenção bem clara. Isso era tão típico dele que simplesmente não dei importância. Era preciso agir assim com ele, senão se perderia mais do que se pretendia e ele é que tiraria vantagem, como de costume.

Levantei-me da cadeira com relutância e fui à despensa para pegar uma cesta de legumes que tinham que ser picados para cozinhar naquela noite. Nunca era uma boa ideia dar a Pierre a impressão de que não se tinha nada para fazer.

– Pode ajudar se quiser – eu disse sonolenta. – Bem que você podia ajudar para variar.

Ele não retrucou, mas me seguiu até a mesa de trabalho e, ainda mudo, encostou-se de um jeito insolente na parede ao lado, me observando com olhos grandes e castanhos e a cara suja de lama debaixo dos cabelos emaranhados. Os joelhos ossudos exibiam os ferimentos e arranhões usuais dos garotos que brincavam no mato.

Coloquei os tomates sobre a tábua de corte, ainda sob o torpor da tarde. Lá fora, o zumbido das cigarras se intensificou. Passados alguns minutos, um solavanco me trouxe de volta à realidade.

Não tinha sido Pierre. Que coisa era aquela?

Pisquei os olhos assustada e me virei. A parede estava vazia. Com as persianas fechadas, a cozinha estava escura. Os tomates na tábua à frente eram formas avermelhadamente ásperas por entre uma confusão de sementes. Larguei a faca lentamente, tremendo da cabeça aos pés. Eu estava sozinha como sempre. Uma trovoada retumbou no ar por cima da minha cabeça.

Foi o dia em que a coisa começou.

* * *

Aquilo me chateou muito. Como podia ter tido uma visão de Pierre cinquenta anos depois de ele ter deixado de ser aquele menino de dez anos sempre sujo de lama? Pierre, depois de tantos anos. Eram três irmãos naquela geração da nossa família que vivera em Les Genévriers por tantas gerações, que ninguém sabia precisá-la ao certo. Marthe nasceu primeiro, em *1920*; três anos depois, nasceu Pierre; e eu, a caçula, nasci no último dia de *1925*.

Fiquei com o coração acelerado depois da visita de Pierre. Atordoada e com os membros pesando como chumbo, eu atravessei lentamente os cômodos no meu percurso habitual da cozinha até a pequena sala de estar, onde agora estava a minha cama, e do saguão até o banheiro. Procurei me concentrar para manter a cabeça ereta e os olhos para a frente, sem querer – sem ousar – olhar para os lados e para os cantos dos cômodos. Dei um salto quando a luz tremeluziu, como sempre acontecia quando o vento levava a sombra da folhagem do quintal de encontro ao céu claro e brilhante; apertei o peito e parei, a respiração presa na garganta.

Ele estava ali ou eu é que o imaginava em cada sombra repentina e em cada raio de sol que atravessava o vidro por cima do portão que dava para o pátio. A qualquer momento, a perpétua transição dos padrões de claro-escuro que eu tanto amava, e que dava tanta vida a este lugar, poderia trazê-lo de volta à vista, como ele tinha sido um dia: o menino Pierre com traços selvagens e demoníacos. Ele que tinha força para seguir em frente, mesmo com as circunstâncias mais desfavoráveis. Ele que alegremente torturava besouros com varinhas e enganchava objetos cada vez maiores nas antenas dos pobres coitados para ver se eram capazes de puxar. Seus beliscões me deixavam manchas escuras no braço. E se...

Não, nem posso pensar nisso. Sou sensível. Não penso dessa maneira. Sou pobre de imaginação, sem as associações inventivas de Pierre ou de Marthe. Puxei a minha avó, Mémé Clementine: trabalhadora, frugal, prática e sem tempo para bobagens.

8

Por volta de agosto, estávamos dormindo com todas as janelas abertas. Não por acaso, prestei atenção em um aroma que presumi vir de fora.

De fato, era um aroma voluptuoso: baunilha e rosa com um toque de melão maduro, uma base mais consistente, talvez couro, e uma pitada de fumaça de madeira. Encontrava-me meio adormecida, na passagem de um sonho para o outro, na primeira vez em que ele me chamou a atenção.

Eu me deixei envolver pelo prazer do aroma um tanto inebriante. Foi uma sensação encantadora, como se um devaneio sensual pudesse tornar um aroma tangível. Feliz, aconchegada na cama com Dom dormindo ao meu lado, me deixei envolver pelo deleitoso amálgama.

Mas os minutos passaram, e acabei despertando. Os pensamentos e o aroma que entrava pelo nariz eram reais, e dei tratos à bola para encontrar um sentido para isso. Será que o aroma do jardim entrava pela janela aberta? Será que derramara sabonete líquido no banheiro? Será que um vidro de perfume se quebrara em uma bolsa? Nada do que cogitava explicava o ocorrido, e o aroma permanecia no quarto.

Dom dormia, bonito, meio sorridente, distraído.

Era uma fragrância romântica, eu diria. Frutas, flores e fumaça; doce, aconchegante e sedutora. Já começava a saturar.

Pouco a pouco, o aroma desvaneceu, e acho que adormeci outra vez. Pela manhã, conjeturei sobre as prováveis fontes, mas nada sequer se igualava àquela fragrância.

Então achei que tudo não passara de um sonho.

Depois de mais ou menos uma semana de ausência, a fragrância reapareceu e continuou reaparecendo sem um padrão de regularidade discernível e com discretas variações nos ingredientes. Às vezes, exalava essência de baunilha, outras vezes, uma nota marcante de chocolate e cerejas. Ora impregnava a atmosfera por alguns minutos, ora se mantinha por até uma hora, com uma intensidade mais sutil. De quando em quando, um assovio de vento nas árvores do quintal levava-a pela noite em etérea fumaça de lavanda.

Na primeira vez em que isso aconteceu, meus pensamentos se deslocaram para Rachel. Sem nenhuma lógica, a não ser que uma associação da fragrância com outra mulher resultasse obviamente nisso. Mas depois, apesar dos meus esforços para mudar o padrão, cada vez que aquele estranho e provocante aroma exalava de uma misteriosa fonte, parecia que a também misteriosa Rachel estava ali. Embora não a quisesse ali, de alguma forma ela estava trancada na experiência. Em minha cabeça, ecoava um insistente refrão, como se me lembrando de algo que eu sempre soubera: Rachel estava ali conosco, incógnita, mas ainda exercendo sua influência.

Claro, sondei Dom a respeito de Rachel. A princípio, pareceu natural querer saber sobre sua vida antes de me conhecer, e qual tinha sido o motivo do fim do seu casamento. Ele relutou em falar do assunto, e concluí que estava seguindo a regra de todo relacionamento novo de tentar não recair nos erros do antigo. Fiz outra tentativa quando nos tornamos mais íntimos, mas o resultado foi o mesmo. E eu já o conhecia o bastante para saber que o homem contido que conheci naquele labirinto podia se desligar com intensa frieza se o forçasse demais. Claro, a intensidade dele é que me seduzira. Mas, depois de alguns meses juntos, me dei conta de que o que parecia uma corrente elétrica entre nós quando o humor dele estava radiante podia mudar sem aviso prévio, deixando-me à deriva no vazio frio e escuro.

– Não terminou bem – ele disse na primeira noite em que passamos juntos. – Se não se importa, gostaria que não falássemos disso.

E, toda vez que eu tentava descobrir um pouco mais da maneira mais casual possível, ele me puxava para si e colocava um ponto final nas perguntas com beijos suaves.

Mas, na manhã seguinte à noite em que Rachel se infiltrara na minha consciência pela primeira vez, perguntei-lhe novamente, com o enigmático perfume ainda vívido na memória.

– O que houve entre você e Rachel?

Ele se moveu para sair da cama e me deu as costas macias e torneadas. Os músculos dos ombros estavam visivelmente tensos.

Alguns segundos se passaram.

– Não consigo falar disso. Sei que você quer que eu fale, mas não consigo. É... muito doloroso. Ainda estou... na verdade, só quero lhe pedir seriamente que respeite isso e não pergunte nada. Não tem a ver conosco, com o aqui e agora, e, se não se importa... não quero falar disso.

Finalmente se virou e me olhou nos olhos.

– Você promete?

De rosto crispado, ele pareceu repentinamente infeliz e vulnerável, sentimentos ocultos sob a superfície. Fui invadida por uma onda de culpa e concordei com a cabeça. Enlacei os ombros retesados de Dom e o puxei para mim, embalando-o com ternura.

O senhor Durand, agricultor e cabeça de uma das maiores famílias do vilarejo, apareceu à porta com um melão amarelo. Explicou que a fruta era do final do verão. Sua pele coriácea se enrugava como uma sanfona quando ele sorria.

– Apareçam no domingo para o almoço – disse. – Agora que a temporada de caça começou, é uma boa desculpa para provar o ensopado e o patê deliciosos que minha mulher faz.

Aceitamos com prazer e ansiedade. Afinal, sonhávamos com uma vida no campo, a aventura de nos integrar a pessoas e costumes novos.

Dom acatou as sugestões de uma taberna local e escolheu alguns vinhos com critério. A casa de Durand ficava a vinte minutos de caminhada de Les Genévriers. Nenhum de nós sugeriu percorrer o longo caminho de carro.

Naquela manhã, o silêncio da encosta fora cortado por disparos de armas de fogo. Em nossa terra, claramente visível graças à pronta poda das árvores, avistamos um acampamento de caça ilegal, os cartuchos deflagrados espalhados pela mata úmida. Fumaça de lenha subia da decomposição das delícias de verão. Atravessamos uma neblina nunca imaginada no mês de julho. Nuvens dependuradas como tufos de fogueira entre as montanhas e o solo exalavam odores úmidos, frescos e podres.

Também reparei nas moitas de flores silvestres. Tal como Dom previra: confrei, sálvia silvestre, jacinto, almeirão em arbustos rasteiros e saudade.

O caminho de pedras soltas com terra e folhas mortas descia morro abaixo, cruzava as ruínas de uma capela e se juntava a uma estrada rural mais larga e pavimentada de concreto. Uma subida imprevista e chegávamos, brilhosos e quase sem fôlego, à tradicional *mas*, ocupada pela família Durand havia mais de um século, uma construção mais extensa e mais baixa que a nossa e impregnada pelo cheiro acentuado de animais que havia muito já desaparecera de Les Genévriers.

O interior da casa era escuro e aquecido graças aos painéis de madeira, à lareira acesa e à generosa reunião dos convidados. A senhora Durand, uma mulher baixinha e bem acolchoada pelo avental de cozinheira, surgiu da cozinha.

– Bem-vindos! Bem-vindos! Comam! O que querem como *apéro*?

Voltou o rosto gorducho para uma travessa de fatias de salame e azeitonas, que nos ofereceu com presteza.

De acordo com Dom, que conhecera o senhor Durand antes de mim, no final do caminho para nossa casa, e fortalecera a amizade na noite seguinte, no bar da aldeia, a senhora Durand tinha sido uma heroína adolescente na Resistência durante a Segunda Guerra Mundial, pedalando e levando mensagens entre as células subterrâneas nas colinas em torno. Isso significava que devia ter uns oitenta anos, mas, à primeira vista, aparentava ter bem uns vinte menos.

Enfiados por entre a robusta mobília de carvalho e os vizinhos curiosos – ao que parecia, todos moradores da aldeia –, bebericamos os *pastis* com cautela, embora respeitosamente, e sorvemos as histórias que contaram.

– Há um rio subterrâneo por baixo da propriedade – disseram, o que o corretor omitira.

– Vocês deviam ler o jornal daqui – disse um homenzarrão de barba e cabelos pretos desalinhados, que se apresentou como Patou. – Publicaram um artigo sobre a grande nevasca de cinquenta anos atrás. As crianças das vilas da periferia, inclusive das cinco famílias que moravam em Les Genévriers, não puderam ir à escola por um mês. Um mês! Só são dez minutos de subida pela montanha. Só cinquenta anos atrás.

– Cinco famílias... – eu disse.

– Em Les Genévriers? Talvez mais. Isso dependia.

– De quê?

– Dos tempos de abundância. Dos tempos de necessidade. Da guerra. Da caridade.
– Há um tesouro enterrado em Les Genévriers – acrescentou um outro homem volumoso que se juntou a nós.
– Este é o homem que tem maquinário para escavá-lo – disse Patou.
O homem resmungou o próprio nome, mas declinou com clareza a profissão que exercia: era um *terrassier*, responsável pelas escavações e terraplenagens do vilarejo.
Dom sorriu com indulgência.
– Depois de todos estes anos e com tanta gente vivendo aqui, parece estranho que ninguém tenha encontrado o tesouro.
– É a lenda.
Esvaziaram os copos em um movimento fluido, de beber e dar de ombros ao mesmo tempo.
– E cuidado com os espíritos! – disse Patou.
Soou uma gargalhada geral, como se todos conhecessem as histórias e presumissem que também as conhecíamos.
– Que espíritos? – perguntei de imediato, mas o momento se fora.

Ao redor da grande mesa de carvalho, a tarde entrou pela noite à medida que os pratos se sucediam: pungentes carnes e ervas cozidas no vapor, requintados legumes ao alho e óleo e queijos dos mais variados tipos. Garrafas de vinho tinto apareciam e eram rapidamente esvaziadas. O falatório se fez cada vez mais animado em torno das inesquecíveis partidas de petanca, das raízes do jogo de *curling*, das velharias, da seca, das explosões solares, da competição anual da melhor sopa caseira e da caça.

A certa altura, o senhor Durand tornou a encher meu copo e se inclinou sobre a mesa com uma expressão conspiratória.
– Quer ouvir uma história provençal?
Assenti com avidez, e a boca cheia.
– Aqui perto do vilarejo, tem uma escarpa muito alta. Dizem que um grande javali preto vaticina desastres para quem tem a má sorte de vê-lo naquele lugar. Ele aparece para os caminhantes solitários ou para os agricultores que vagam à procura de ovelhas desgarradas. É uma visão terrível porque quem o vê sabe que logo será presenteado com uma situação que só pode terminar mal.

Ele fez uma pausa, sem tirar os olhos de mim. Aquela cintilação já estava ali ou a lâmpada é que tinha piscado?
– Será que ele existe mesmo? É o que todos se perguntam. Os que acreditam dizem que há provas. A escarpa é formada por um tipo especial de pedra. É dura como aço, mas, inexplicavelmente, as pegadas da fera estão marcadas nas pedras lá no alto. Exatamente como as lajotas do chão de Les Genévriers.
– As pegadas não são resquícios de fósseis? – sugeri.
– É por isso que precisamos caçar – disse o senhor Durand em tom enfático.
– Então, o senhor acha que a história pode ser verdadeira?
– Precisamos caçar – ele repetiu devagar.
Reparei que ninguém mais conversava e que o homem conquistava uma grande audiência à medida que acrescentava outros dados à história. Ele então se voltou para Dom.
– Sempre caçamos naquela encosta, já é tradição. E nunca deixaremos de caçar, seja quem for o dono da terra.
Fez-se uma pausa.
– E o que vocês caçam? – perguntou Dom em seguida.
– Faisão, perdiz, coelhos, lebres e javali, quando os encontramos.
Em dado momento, perdi o fio da meada. Perguntei então a Durand se havia uma boa coleção daquelas histórias à venda, mas ele não soube dizer. Supôs que talvez estivessem escritas em algum lugar, mas a ele tinham sido transmitidas oralmente.
– São lendas de pastores – acrescentou com displicência.

Já estávamos de saída, pegando os casacos no saguão de entrada, quando uma mulher veio em nossa direção. Ela ficara sentada o tempo todo no outro extremo da mesa e não tínhamos conversado.
– É você, não é?
Ela devia ter uns trinta e poucos anos. Sua boca carnuda brilhava com uma camada de batom cor de ameixa cintilante aplicada pouco antes, que combinava com seus cabelos ruivos e bem cortados. Era uma francesa típica que mantinha a silhueta magra e uma arrumação impecável em todas as ocasiões, uma demonstração de orgulho nacional. Sorria e balançava a cabeça, olhando Dom diretamente nos olhos.
Ele explicou com elegância e um francês improvisado que ela devia estar enganada. Pareceu genuinamente intrigado, até mesmo

divertido. Não havia nada que me fizesse pensar que ele estaria escondendo alguma coisa.
– Mas... não foi alguns anos atrás?
Ele sorriu, mas negou com a cabeça.
– A propriedade no sopé do morro... o lugar de Mauger...
Constrangido, ele garantiu que ela estava enganada.

Lá fora, as nuvens se adensavam enquanto afloravam e se infiltravam por entre as árvores como espíritos. O sol pairou baixo, rosado por cima dos campos de ovelhas enlameadas, estriando o céu morto em tons de azul, malva e damasco.
Dom seguia à frente. Apressando-me para poder acompanhá-lo, percebi que estava furioso.
– Recebemos um aviso – ele disse.
– O quê?
– Os caçadores.
Com raiva, ele explicou, enquanto caminhávamos, que tínhamos sido categoricamente avisados de que não devíamos tentar interferir na vida local. Qualquer reclamação que fizéssemos quando os caçadores aparecessem em nossa terra seria inútil.

Na manhã seguinte, Dom ainda estava dormindo no andar de cima quando desci para fazer o café e tomar um comprimido para dor de cabeça. Ressaca do vinho, com toda certeza. Meus pensamentos estavam acelerados, como sempre ocorria nas manhãs que se seguiam ao excesso de álcool. Cenas do dia anterior cruzavam minha mente aos pulos. Será que eu tinha feito papel de tola? Será que as palavras do senhor Durand tinham sido mesmo de ameaça? Será que Dom não se enganara?
Fiquei na janela da cozinha. Um pombo solitário se empoleirou no muro de pedra e, em seguida, alçou voo, como um dardo preto e branco. Fiquei absurdamente aliviada quando logo depois um outro pombo pousou no grande pé de carvalho coberto de hera lá no jardim.
Aos poucos, um detalhe do dia anterior chamou a minha atenção. A mulher de batom cor de ameixa. Alguma coisa estava na minha cabeça e me incomodava como uma coceira. Por que ela só se dirigira a nós quando estávamos de saída? Minha cabeça ferveu com racionalizações, e cheguei à conclusão de que isso só faria sentido

se a mulher não estivesse errada. Se realmente o tivesse conhecido antes, alguns anos antes, como ela mesmo afirmara, ocasião em que talvez ele estivesse com outra mulher – Rachel. E ela só teria sido discreta, como os franceses costumam ser em tais circunstâncias. Talvez Dom simplesmente tivesse esquecido que a conhecia. Mas por que então se mostrara tão na defensiva?

Dom permaneceu na cama por boa parte da manhã, então saí em direção da mão de pedra sem corpo para curar a ressaca com ar puro e o trabalho que até então adiava fazer. Já tínhamos drenado a velha e lodosa piscina. Folhas encharcadas se afundavam como úmidas estrelas marrons na bacia vazia. Fiquei cara a cara com a sujeira. Gorduchos escorpiões espreitaram com más intenções quando comecei a retirar galhos trazidos pelo vento, ramas de hera empapadas, pétalas podres e cascalhos. Como suspeitava, rachaduras sinistras por baixo do lixo alagado explicavam o escoamento da água durante o verão.

A cabeça melhorou, mas à dor seguiu-se uma sensação de desconforto.

Já na cozinha, preparei um chá forte à maneira inglesa e o deixei em infusão.

O sol havia despontado rápido e cortante. Cauterizou a parede, um pedacinho da parede, erguendo camada por camada de mãos de tinta que passaram do creme ao marrom queimado; tão manchada, tão cortada, tão batida, tão repintada, tão corroída, que mais parecia um decrépito afresco. Seria uma vergonha repintá-la outra vez, a parede era o próprio tecido da história do prédio, como os diferentes recantos da casa onde contornos fantasmagóricos de velhas portas ainda as mantinham emparedadas e cobertas de argamassa. Um ótimo contraponto para as portas que descobrimos abertas para novos cômodos que não pareciam existir.

Uma sombra cruzou a parede. Eu me virei e um borrão escuro passou pelo vidro da porta, anunciando uma chegada. Fiquei à espera, mas os segundos se passaram e a silhueta não reapareceu; ninguém bateu à porta.

Bebi o chá apressada e senti o céu da boca escaldar. Coloquei a caneca em cima da mesa, fui até a porta e a abri. Ninguém.

Dei alguns passos para fora. A pequena varanda estava vazia.

– Olá? Quem é? – gritei para o quintal.
Tudo silencioso. Entrei em casa, intrigada.
De volta à cozinha, um pálido raio de sol tremeluziu e me fez dar um salto. Talvez tivesse visto apenas um movimento repentino nos galhos do pé de lilás à entrada do pátio. Ou um tufo de nuvem, disse para mim mesma. Mas nada aliviou a sensação instintiva de que estava sendo vigiada por alguém lá fora.
Apurei os ouvidos, sintonizando um rumor farfalhante que podia ter ecoado do caminho. Talvez uma das venezianas tivesse soltado as amarras. Fui até a janela por cima da pia e espiei. Não vi nada estranho.
Abri a porta dos fundos e saí novamente. O pátio estava vazio. Nenhum som além do farfalhar das folhas. Eu estava de pé no topo da escada, prestes a me virar para entrar em casa, quando captei um movimento no jardim em direção à velha piscina. Um deslocamento cinza-azulado.
Apertei mais o casaco no corpo e desci correndo a escada até o pátio, com os olhos cravados naquele ponto. Quando cheguei à piscina, não havia nada. A estufa abandonada também estava vazia.
Tremi de frio e percorri lentamente a área que circundava o caminho. As grandes colinas estavam franjadas de nuvens de chuva. Mas havia...
Havia um movimento e uma sombra cinza-azulada escura.
Apertei os olhos para ver melhor. Uma silhueta? Uma mulher vestida de casacão? Fiquei na dúvida. Aquilo era estranhamente insubstancial.
Uma piscadela e a sombra desapareceu. Olhei fixamente para um ponto perdido do caminho que mergulhava na base das colinas, esperando que a aparição reaparecesse e se revelasse.
Não reapareceu.

Todo mundo quer respostas e conclusões satisfatórias que nem sempre se materializam. Você se contenta com o melhor que pode obter e aceita o fato de não poder explicar tudo. Às vezes, o inconsciente faz conexões surreais, como as dos sonhos. Os ardis da luz estão todos ao redor. O pôr do sol esculpira fendas sangrentas nas colinas que logo se tornaram riachos escuros.

Estremeci e tratei de retomar a racionalidade enquanto voltava para casa. O que tinha acontecido para me deixar subitamente tão aflita? Constrangida pela reação exagerada, respirei fundo e caminhei lentamente pelo terreno na expectativa de algum sinal perturbador. Nada estava fora do lugar. Na mesa da cozinha, o chá já esfriara.

9

Foi difícil me concentrar depois da aparição de Pierre.
Toda noite, me sentava com um livro, e o lampião esmaecia à medida que procurava uma posição confortável para enxergar melhor as páginas. Um brilho transformava em ilha a poltrona e a mesa lateral, e as linhas se misturavam como um borrão imitando ondas. Palavras soltas se moviam e se esticavam, imponderavelmente gigantescas, e depois retrocediam e se tornavam imponderavelmente minúsculas.

Às vezes, piscava e fechava os olhos para repelir a insuportável ideia de que poderia perder um de meus maiores prazeres. Eu também poderia ser afligida como Marthe.

Sem dúvida, aquilo foi muita crueldade.

Sempre fui uma leitora. Adorava ler quando criança, embora houvesse poucos livros em casa. Mas fiquei radiante quando fui para a escola e me deram um livro cheio de belas ilustrações para folhear. Que cores vívidas e estranhas tinham as imagens! Ficava em êxtase por vê-las todas juntinhas, dormindo com segredos insuspeitados, invisíveis, até que alguém estendesse a mão e tirasse o livro da estante.

Minha reação não passou despercebida à senhorita Bonis, a professora, e, quando ela achou por bem, passou a me dar livros para que eu mesma lesse as explicações das lições que a classe aprendia no quadro-negro. Meus pais diziam que não sabiam de onde vinha esse meu interesse, mas eu tinha plena consciência da importância dos livros e das palavras. A conexão entre as fantásticas gravuras que ilustravam a história e as imagens das palavras mexia muito com minha cabeça.

Aos dez anos de idade, eu já estava lendo Dumas, Maupassant e uma versão assumida da obra de Victor Hugo. Quando terminava o trabalho na terra, quase sempre descia correndo o caminho pela mata para me sentar numa cadeira dura da biblioteca do vilarejo na esquina da *mairie*. Ainda me lembro nitidamente do terrível choque que tive quando li uma passagem de Giono na qual um homem era morto por uma tempestade. Um raio "plantou uma árvore dourada entre seus ombros". Desde então, a imagem ficou impressa na minha cabeça, como um quadro ao mesmo tempo terrível e maravilhoso, e também como um monumento do imenso poder das palavras.

Mantive isso em segredo, mas queria ser professora, como a senhorita Bonis.

Agora, sinto você aqui o tempo todo, Pierre. Está às minhas costas, no vulnerável vão na base da coluna que funciona como um sensor de alarme.

Por que ele optou por voltar? Logo agora, depois de todos estes anos?

Isso é típico de Pierre.

Sempre por perto, atrás de mim, ao meu lado: uma presença além dos familiares da casa, as conhecidas sombras e vozes do passado que convivem benignamente comigo. Agora, os barulhos esquisitos me perturbam e as vozes me transtornam, mesmo quando sei que é apenas o vento nas árvores. Minha pele se arrepia como se ocorresse uma mudança só parcialmente revelada.

Finalmente, passados quatro dias da primeira visita de Pierre sem que ele reaparecesse, meus ombros se descontraíram. Eu já estava quase totalmente relaxada quando, claro, ele retornou. Dessa vez, apareceu de pé e próximo à lareira da cozinha, tranquilo como se gosta.

Eu estava fazendo pão, o que deixei de fazer com frequência porque uma garota me traz pão da padaria de dois em dois dias. De repente, tive muita vontade de comer o pão que mamãe e Mémé Clementine faziam, quando havia um forno de tijolos no final da fileira de cabanas. Elas acrescentavam um punhado da massa do pão anterior à massa e o chamavam de espírito do pão, firmando assim uma continuidade, um elo entre os anos e as gerações que vivem e respiram em meio aos grumos fermentados de cada nova massa.

Eu estava então à mesa, trabalhando a massa com os braços enfarinhados, triste por não dispor do espírito do pão, quando Pierre apareceu novamente na cozinha. Dessa vez, não me seguiu, só ficou parado com as mãos nos bolsos e um sorriso culpado nos lábios. Reparei que tinha um corte no lábio inferior, como se tivesse brigado, o que sempre fazia. Era o mesmo Pierre que espalhava armadilhas pelo mato e pegava coelhos e cotovias com paus e cordas: o garoto esperto e sorridente de dez anos que fornecia a carne para os saborosos ensopados de mamãe. Quando a presenteava com um robusto animal ou algumas aves mortas amarradas numa corda, o rosto de mamãe se iluminava, beatificado como o da Virgem Maria da Igreja, mas do que ela nem sequer desconfiava é que, para cada presente que lhe dava, ele vendia dois no restaurante do sopé do morro e gastava o dinheiro com cigarros; cigarros de verdade, não os feitos de folhas secas de clematite enroladas que quase todos os meninos da aldeia fumavam.

Passei por ele de cabeça baixa, os olhos semicerrados, dei alguns passos até o saguão de entrada e depois entrei na sala de estar. Abri a gaveta do móvel ao lado da cama e tirei o terço. Ave Maria, Mãe de Deus. Abençoai-nos e protegei-nos.

Na terceira vez em que Pierre apareceu, a primeira coisa que vi quando acordei de manhã foi ele. Ainda estava sonolenta, acabara de emergir do sono. Mas lá estava ele de pé, ao lado da cama, esperando que eu acordasse.

Foi quando me convenci de que Pierre voltava para o bem, mesmo na pele do garoto levado que tinha sido um dia. Ele me olhou com um olhar zombeteiro sem dizer uma palavra sequer, como se para se certificar de que eu tinha entendido que não deveria restar nenhuma dúvida em relação ao episódio. Suas mãos brincavam com os galhos e a corda que utilizava nas melhores armadilhas que fazia.

10

Embora àquela altura fosse apenas uma ponta de suspeita, era a primeira vez que havia uma razão para eu suspeitar de Dom. Já tinha tido tempos difíceis com outros homens, mas não com Dom. Ele era diferente. De um jeito ou de outro, eu confiava nele. Claro, houve alguma decepção nessa pequena intrusão de realidade. Mas, até então, seria mais correto dizer que a decepção era bem mais terrível do que o fato em si.

Então, comecei a fazer as perguntas com o espírito de quem quer provar um erro. Eu sabia que, se o pressionasse, correria o risco de induzi-lo a frieza, mas não era justo ele esperar que eu não tivesse curiosidade em relação à ex-esposa. Para o melhor ou para o pior, ela era parte dele.

– Você ainda mantém contato com Rachel?

Isso foi pela manhã, alguns dias depois do almoço na casa dos Durand. O topo da colina repousava languidamente em cima de uma nuvem, como uma ilha de vegetação extensa e baixa em meio a um mar de espuma. No outro lado do vale, uma vila alta no Grand Luberon emergia da luz dourada das mesmas ondas de nuvens, de modo que as grandes muralhas irrompiam como edifícios à beira-mar.

A pergunta o deixou nitidamente irritado, como eu previra.

– Contato com Rachel? Não.

Examinei seu rosto, a testa enrugada, os olhos que me evitavam e que olhavam para o chão, para a parede e depois para a paisagem do outro lado da janela.

Não me contive e prossegui.

– Não... ou definitivamente não?

Uma outra sacada perdida.

– Não, não mantenho contato com ela.

– Mas sabe onde ela está?

A resposta eclodiu numa fração de segundo.

– Sim.

– E o que ela faz?
– O que é isso?
– Curiosidade... nada mais.
– Mas por que a pergunta? – Um lampejo de raiva cruzou-lhe o rosto, seguido por uma frase sarcástica. – Já me ouviu conversando com ela ao telefone, encontrou mensagens de texto trocadas entre nós ou... meu Deus... você acha que ainda estou apaixonado por ela?
– Claro que não.
Ainda havia tantas perguntas: quanto tempo vocês ficaram juntos? Como se conheceram? Como ela é? Ela tem alguma coisa parecida comigo? Por que se separaram? Cometeram algum erro? O que houve de tão ruim a ponto de trazer tanta mágoa?
Mas, antes de sair da sala, ele me olhou de um jeito que me deixou convencida de que as perguntas não seriam feitas. O olhar me dizia para não continuar, me fazia lembrar que ele já tinha pedido isso e que eu tinha prometido não tocar no assunto.

Até o incidente com a mulher no almoço de Durand, nunca pensei que pudesse ser ciumenta. Achava que já conhecia tudo sobre Rachel e aceitava o fato de que ela fazia parte do passado de Dom, sem precisar saber mais que isso.

Mas, depois daquele dia, era como se Rachel estivesse sempre presente, como pano de fundo das histórias que Dom me contava; nas imagens que reforçavam suas lembranças, nas suas opiniões, sorrindo por trás dos seus silêncios.

Claro, eu mesma a trouxe para mim. Permiti por livre e espontânea vontade que ela entrasse em mim; não posso culpar Dom por isso. Ele não falava sobre ela. Seria diferente se eu tivesse me mudado para a casa onde eles tinham morado. Eu não vivia cercada pelos velhos pertences dela, assim como não partilhava os mesmos artigos domésticos. Talvez ela tivesse tocado nos livros e nos quadros que eram uma extensão dele. (Mas as mãos dela em cima dele seriam outra coisa bem diferente.)

Eu não estava condenada a dormir nos lençóis e pisar nos tapetes que ela havia escolhido, ou a questionar o gosto dela quando olhava para o papel de parede. Não comia com os talheres nem servia as refeições nos pratos dela, e também não bebia nos seus copos e suas xícaras; não estava preocupada em disputar o lugar dela.

Por outro lado, era natural que quisesse conhecer a história deles. E foi precisamente porque ele se recusava a falar de Rachel que passei a me perguntar cada vez mais sobre ela.

Quem foi que disse que o que é escondido ou não pode ser dito assume proporções gigantescas? "Contei minha ira, minha ira terminou... Não contei, minha ira aumentou."

Lembrei: Blake. "A árvore do veneno."

PARTE II

1

Dizem que esta região esteve submersa no oceano milhões de anos atrás e que as rochas moldadas pelas marés ainda guardam os traços das esquecidas criaturas marinhas de tempos imemoriais. Eu diria que há dias em que toda história se aquieta e os espíritos se reúnem.

Isso se sente quando o ar do vale esquenta tanto, que ondula o horizonte. As colinas azuis emergem e caem em ondas como miragens no mar, e as brisas avançam e retrocedem como roldanas à medida que brotam e desmaiam em praias distantes.

É quando a voz de Bénédicte fica embargada. Ela tenta recuperar o fôlego. A audível sucção dos pulmões é arremedada pelo ruído da fita que roda no gravador.

Isso é importante. Ela deve continuar.

Ela precisa se lembrar de tudo, não apenas das coisas ruins. Precisa não se deixar definir pelo pior, não por tudo de bom que houve e por tudo que há para ser ensinado.

Depois do retorno de Pierre, me dei conta de que devia encontrar um jeito de plantar os pés no presente. Esquecer o passado. O real de agora já é ruim o bastante.

Só se fez silêncio quando abri as cabanas, quatro ao todo, para checar infiltrações e rachaduras. Aranhas e escorpiões dominam um vazio frio e mofado, e, com os pés, esmago insetos mortos. Faz tempo que os residentes humanos se foram para as cidades, para o mal, para o céu. Não restou um hóspede sequer. O forno de pão é um quartinho trancado de tralhas, entulhado de peças de madeira e ferro que um dia talvez sejam úteis.

Lá no alto, o telhado da casa principal está ruindo. As paredes se esfacelam e o ponto mais danificado é o vão da escada, paredes que sustentam o peso da casa por onde passa a escada que leva aos quartos. A própria escada está caindo aos pedaços; as rachaduras no corrimão e entre os degraus são da largura do meu dedo polegar. O pó de gesso já começa a se infiltrar em veios finos como areia em aprumada ampulheta. Um dia, a escada inteira, os quatro lances e meio de escada a partir da cozinha, despencará com um rugido de tijolos e argamassa e lajotas.

Transferi grande parte dos meus pertences para o térreo. Nos quartos de cima, só ficaram armários infestados de cupins e camas de ferro que não podem ser carregadas porque os parafusos enferrujados não giram mais. As camas que um dia abrigaram a família agora são esqueletos escuros e fundidos, e são largas demais para passar pela porta. Abandonadas, e presas.

Como a família era agitada, não apenas nós cinco, mas também os outros que viviam aqui conosco. Sinto falta de todos. Às vezes, morro de saudade deles, até de Pierre.

A casa está cheia de fantasmas, fantasmas amistosos. Em todo lugar para onde olho, com o olho interior, em cada canto aparece o contorno de alguém que ocupou a casa, um objeto que esteve aqui, de vovô Gaston a Mémé Clementine. Forte, silencioso e trabalhador, papai não é um homem particularmente alto, embora seja duro e tenaz como a maioria dos agricultores daqui. Nossa gentil *maman*, com um rosto doce e largo e um sorriso que ilumina o mundinho fechado na encosta da colina. As famílias de inquilinos. O velho Marcel no curral de ovelhas. Minha amiga Arielle. E aqui estou eu, a única que restou, a única que tinha clara consciência do dever e do que a tradição requeria.

Lá fora os figos caem, as vespas se afogam no açúcar e estouram no chão e nos galhos, e os aromas se intensificam no calor do verão.

Fomos afortunados de diversas maneiras durante a infância. Só hoje percebo que éramos muito pobres e que sempre foi assim. Tal era o orgulho dos Lincel. Afora a terra com as edificações e os inquilinos, a família parecia integrar a realeza, pelo menos aos nossos olhos.

No verão, a encosta era uma espécie de paraíso.

Em meados de junho, grandes candelabros de flores brancas se abriam na catalpa, e folhas de um verde ácido se agitavam como tiras de pele contra um céu azul e limpo para marcar o retorno dos longos meses de calor. Amoras caíam da árvore alta perto do curral das ovelhas como um obsceno rio de abundância. Com a boca entupida de amoras, eu e Arielle sorvíamos a doçura líquida que explodia nos lábios e na língua e manchava de roxo o rosto e as mãos. A cantoria dos pássaros que ecoava das ameixeiras e das oliveiras no terraço, abaixo da casa principal, abafava os primeiros cantos das cigarras.

Acordávamos de manhã cedo com um súbito feixe de luz quente que inundava o quarto quando as venezianas eram abertas, deixando à vista o céu azul do amanhecer. Com o coração a cantar por não haver deveres da escola para nos deter, descíamos a escada aos pulos e engolíamos às pressas o que estivesse à mesa do café da manhã.

Um gole de café com leite fervido, um pedaço de pão molhado no café com leite e caíamos fora para fazer as tarefas enquanto o ar ainda estava frio. Mais tarde, com as tarefas cumpridas e o calor alojado na encosta, desaparecíamos no campo de capim espesso que logo se tornaria palha, banhado pelos infinitos raios de sol. As colinas azulavam de tal maneira, que pareciam estar de molho no céu. Águias e gaviões pairavam no céu, cavalgando as termais como fantoches suspensos por fios invisíveis. Canteiros de tomilho, alecrim e lavanda exalavam incensos almiscarados. Suaves lufadas de vento fustigavam a pele como seda: o maravilhoso *vent roux* do sudeste.

Na infância, passávamos o dia todo nos bosques acima e abaixo da casa, catando tesouros, escalando árvores, observando insetos: aglomerados de formigas, escaravelhos, besouros verde-acobreados e mariposas que mais pareciam beija-flores.

Certa vez, durante uma hora, observei junto com Marthe um enorme moscão que arrastava uma cigarra para cima do muro de pedra do pátio do celeiro. Ele quase chegou ao topo por duas vezes, mas, no último obstáculo, caiu com um baque áspero aos pés de Marthe. Compartilhávamos a aptidão de não fazer nada, só olhando, tocando, cheirando. No fim do verão, nos deitávamos de barriga para baixo lá no pátio. Depois do período das chuvas intensas do final de agosto, a terra se tornava um caramelo, doce e temperada, e a carne machucada e quente das frutas era substituída pela fumaça de incenso. Claro, talvez tudo isso seja apenas imaginação. Talvez a memória exagere nos detalhes dos interlúdios, mas de fato simplesmente olhávamos e absorvíamos por horas a fio enquanto a vida passava devagar, em *close-up*, esquadrinhando os arredores, comendo biscoitos de baunilha com os dedos sujos de terra.

Marthe gostava de descrever aromas, os cheiros da terra. Nunca tive um sexto sentido apurado como o dela (como disse antes, sempre fui pobre de imaginação, o que me leva a temer que a situação atual deve ser mesmo de meter medo), mas, na maioria das vezes, conseguia sentir os aromas que ela sentia. Talvez tenhamos herdado algum nariz da família, algum nariz com o dom de ler os aromas, alguma peculiaridade da mucosa nasal ou algum arranjo de nervos que proporcionava uma sensibilidade maior que a normal. O velho Marcel, que morava próximo ao curral das ovelhas, sempre dizia que não tinha olfato. Bem, o que não se dizia é que só assim alguém escolheria viver num lugar que fedia a estrume.

Até então Marthe não era cega; se era, nunca disse.

Claro, havia muitas outras horas (que nenhuma criança de agora jamais conhecerá) de trabalho: colher frutas, legumes e verduras; lavar e esfregar; cavar e capinar os canais de irrigação; costurar e cerzir, quando meninas já segurávamos uma agulha, e tricotar no inverno; procurar animais desgarrados do rebanho e levar mensagens para outras propriedades rurais e para a cidade no alto da colina. Na época da seca, o trabalho dava muita sede. No verão, corríamos de volta a Les Genévriers, ávidos para beber goles e goles da água pura e fria da fonte.

A água era um bem precioso. Em certos anos, os poços secavam em outras montanhas ao sul por volta de maio, e tínhamos que manter em segredo a localização das fontes. Era voz corrente que, nessas ocasiões, os homens se barbeavam com vinho, embora nenhum homem de nossa região jamais admitisse isso, mesmo que tivesse sido com o melhor dos vinhos.

De um jeito ou de outro, a verdade é que éramos afortunados. Les Genévriers sempre teve água; dizia-se que um rio subterrâneo corria debaixo da casa, mas isso nunca foi provado.

O que tínhamos como certo, de alguma forma devido à abundância da água, era o progresso. O orgulho da propriedade era uma grande torneira de latão na lavanderia sob a cozinha. Fazia tempo que mamãe e as outras mulheres de Les Genévriers não precisavam subir até a vila com trouxas de roupas para lavar no tanque comunitário de pedra aberto para a rua, onde as mulheres se reuniam para fofocar.

A localização da casa na encosta ajudava muito, é claro: um cano descia pelo morro e desembocava na magnífica torneira. Depois que a torneira chegou, a vizinhança passou a se reunir ao redor, maravilhada com a sua engenharia e engenhosidade. Durante a infância, tomávamos banho de uma mangueira acoplada à torneira que saía pela janela da cozinha e dava no caminho entre a casa principal e a fileira de cabanas. A água desperdiçada corria morro abaixo e irrigava um dos canteiros da horta. Para outras necessidades mais íntimas, instalaram uma privada dentro de uma casinha parecida com uma guarita ao lado do celeiro.

Les Genévriers abrigava algo especial.

– Há um tesouro aqui – ouvimos de papai tão logo começou a nos contar histórias. – Segundo uma lenda, há um tesouro escondido aqui.

Ele tinha um apreço particular pelo tema, e a conversa seguia, quase sempre variações deste teor.

– Que tipo de tesouro? – perguntávamos.

– Ninguém sabe ao certo. Muita gente diz que é um baú com moedas de ouro. Mas podem ser joias ou então espadas e taças da época dos romanos. Vocês sabem que os romanos estiveram aqui.

– Por que ainda não procuramos o tesouro? – perguntava Pierre, com um ceticismo infantil.

– E você acha que não procuramos? – retrucava papai.

– E se já foi achado e roubado por alguém? – comentava Marthe. Isso se tornou uma preocupação constante para ela, e talvez com fundamento.

– Isso pode ter ocorrido. Mas acontece que teríamos visto o buraco de onde teria sido desenterrado.

– Então está enterrado!

– Quem sabe. Talvez esteja enterrado por aí ou até por baixo das pedras da casa.

Mas por quê? Mas como? Mas quando? E assim prosseguíamos, girando em círculos de perplexidade enquanto a luz se extinguia. As lamparinas de querosene eram acesas. O método de geração de luz era igual dentro e fora da casa. Marselha e outras cidades grandes já tinham *le gaz*, mas éramos crianças e ainda não tínhamos visto. Só conhecíamos as lamparinas em cujos bocais de vidro se chocavam infelizes insetos e mariposas, e as velas acesas em vidros de geleia onde finalmente os insetos se suicidavam.

Papai fumava um cachimbo durante as charlas e balançava a cabeça com um aparente ar sério diante das teorias que emitíamos. Nenhum de nós acreditava de verdade, mas era divertido sonhar.

Se o amplo leque de nossas atividades, que não eram diferentes das de qualquer outra criança do campo, acarretava algum problema, certamente se devia a Pierre. Ele era o único que despencava de muros e que levava pedradas e que caía da bicicleta que roubava porque não sabia frear. Suas pernas magricelas sempre tinham cortes, arranhões e contusões.

Uma vez, quebrou o pulso quando a ramagem da hera de uma capela abandonada não aguentou o peso do seu corpo. Um dia, uma raposa o mordeu, e sua mão inchou na mesma hora. Outra vez, ficou desaparecido por um dia e uma noite, até que alguém ouviu os gritos vindo de um poço; tinha descido por uma corda puída que se rompeu e não conseguiu escalar as paredes escorregadias cobertas de musgo.

– Esse garoto é uma responsabilidade e tanto, um perigo para ele próprio – dizia papai. Mas papai nunca ficava zangado como se imaginaria. E, ao que parecia, ninguém achava que Pierre podia ser um perigo para os outros, embora devessem, como se viu depois.

Pierre montou um verdadeiro sistema de execução enquanto brincava de escalar e se dedicava à tortura de insetos (a certa altura, meu irmão se fez acompanhar por um aprendiz, um louva-deus *prégadiou* que bateu um recorde extraordinário como assassino de borboletas, inclusive as coloridas que circundavam o jardim com elegância; ele e o louva-deus aprenderam muito um com o outro).

O esquema envolvia peças velhas de maquinários, chaves de fendas e parafusos, vasos quebrados e pratos e xícaras esquisitos, além de uma gravura emoldurada, produto de uma incursão ao sótão. Como não eram objetos importantes, ninguém nunca deu por falta deles. As coisas sempre apareciam e desapareciam; era a peculiaridade de uma casa por onde muita gente circulava atrás de coisas, pegando-as e esquecendo de recolocá-las no lugar.

Outras coisas, porém, não desapareciam da maneira usual. Pierre surrupiava objetos e os vendia nos dias de feira na cidade, quando devia estar na escola. Acho que nem se dava ao trabalho de justificar as faltas com uma desculpa para o senhor Fabre, o diretor da escola. Ele apenas lhe dizia que estava na feira e deixava naturalmente implícito que tinha trabalhado na barraca da família. Afinal, vivíamos no campo, e era natural que alguns alunos faltassem às aulas em dias de feira.

Ele oferecia os produtos para uma barraca que vendia tralhas e pedia o preço que queria em troca de uma manhã inteira de trabalho na movimentada barraca do feirante. Mesmo assim, saía lucrando, já que o *brocanteur* era um beberrão inveterado e passava a maior parte da manhã no bar de Lou Pastor, sem se dar conta de que meu irmão o roubava.

Nesse tempo, Pierre era um macaquinho abusado cujo, encanto e aptidão para as vendas ilícitas faziam o homem achar melhor mantê-lo à frente do jogo, a despeito do que acontecia por baixo do balcão.

2

Era final de verão. As amoras-pretas secavam duras como formigas mortas nos galhos ressequidos e cheios de fungos que se projetavam como bandejas do tronco do grande pé de carvalho. As árvores da parte mais baixa da encosta estavam em relevo acentuado: primeiro os terraços capinados e depois as árvores escuras que pendiam para um mar que não era um mar.

Mostrei para Dom a funesta descoberta na velha piscina: uma fenda aberta na parte funda, onde a parede do lado oeste parecia estar rachada.

– Parece que a terra se acomodou – ele disse. – Lá também tem mais estrago – continuou, apontando para um dos cantos.

– É a mesma história com a casa.

Dom ficou rubro como de costume. Já tínhamos sido avisados de que teria que haver reformas. Isso faria parte da nossa vida ali. Sabíamos o que estávamos assumindo.

Percorremos então o jardim. Se fizéssemos uma piscina nova, deveria ter dez ou doze metros de comprimento? Se a estrutura semicircular da piscina não fosse obedecida, a naturalidade do lugar se conservaria? Que largura teria? Que profundidade? Hoje, me pergunto o que teria acontecido se não tivéssemos feito uma reforma na piscina. Pensando em retrospecto, será que levaríamos o projeto em frente se soubéssemos o que seria descoberto e os efeitos que a descoberta causaria?

Marcamos uma reunião e fomos de carro até a zona industrial de Apt para conversar com o proprietário da construtora de piscinas. O senhor Jallon fora bem recomendado, e gostamos dele de cara. Simpático e prático, ele nos garantiu que tudo era possível. Como quase todos os outros que conhecemos na Provence, parecia combinar profissionalismo e camaradagem de um modo tão espontâneo, que, no final da reunião, já éramos amigos do peito, sócios na gloriosa empreitada que incrementaria não só os arredores de nossa propriedade como também toda a paisagem e a história de toda a região.

O primeiro passo seria uma ida do senhor Jallon à propriedade para dar uma olhada na velha piscina e avaliar se poderia ser recuperada. Em seguida, talvez pudéssemos optar por uma versão mais moderna e mais eficiente, mas sem deixar de obedecer a um procedimento padrão. Claro, ele conhecia a propriedade – aparentemente, como todos os outros – e, como a nossa terra era devassada, se mostrou bastante interessado em nos fazer optar por uma cobertura retrátil para a piscina, moderníssima e seguramente mais cara.

Também devíamos levar em conta que o revestimento para piscina em tom de gelo verde-acinzentado estava na moda: a água adquiria uma coloração de geleira em degelo, uma visão que induzia o cérebro a abaixar a temperatura do corpo, segundo o senhor Jallon. Ele era um vendedor e tanto.

No caminho de volta para casa, me virei para Dom e tentei parecer o mais leve e brincalhona possível.

– Tomara que tudo isso não seja só porque você está louco para dar umas braçadas.

Ele esboçou um sorriso, para que eu soubesse que tinha entendido.

– Seria a última coisa que eu deixaria escapar – ele disse.

* * *

No final da alta temporada de turistas, as ruas se aquietaram. Descobrimos no grande vale vilarejos novos e encantadores: Bonnieux, em cujo ponto mais alto se avistava uma igreja e não um castelo, oposta à erma e arruinada fortaleza de Lacoste; Ménerbes, uma nave por cima de um afloramento baixo ao pé da cordilheira; Roussillon, empoleirada à beira de penhascos em ocre vermelho por entre pinheiros verdes; Gordes, com um majestoso vazio outonal e incomparáveis paisagens emolduradas pela perfeição artística dos cumes de pedra calcária plantados com velas de ciprestes.
Escalamos lado a lado sinuosas ruas de paralelepípedos. Encostava-me na aspereza do estuque de muros dourados à sombra de edificações de pedra e clamava por beijos. Férrea pureza do sol do meio-dia, venezianas fechadas. Almoço regado a vinho. Conversas sem fim.
Só não se podia tocar num assunto.
Então, já que não podia conversar com Dom e, na verdade, não queria provocar o mau humor dele naquele adorável momento, restavam-me dois caminhos: o nome da casa que a mulher no almoço dos Durand associara a ele e os próprios Durand, que certamente me colocariam em contato com a própria mulher.
Mas, a essa altura, um lado meu questionava a razão de tanta preocupação. Afinal, tudo não passara de um incidente trivial. Eu tentava afastar o assunto para os fundos da mente, em vão. Eu estava morrendo de curiosidade.
No posto dos correios, pedi para Marie-Claude informações da casa de Mauger.

Certa manhã, Dom saiu para ter uma segunda cotação de outra construtora de piscinas – talvez porque precisasse provar que o feitiço da Provence não o fizera perder o tino para os negócios –, e desci a colina, conforme as instruções obtidas nos correios.
Foi uma agradável caminhada sob o sol brilhante até as ruínas de uma capela. Meus passos esmagavam os cascalhos do caminho de pedras. O ar quente exalava perfume de pinho; se não fosse pelo silêncio das cigarras, se diria que era verão.

Contudo, os caçadores de outono já estavam a todo vapor. Uma placa de plástico vermelha estava amarrada no galho de um pé de carvalho: *ATTENTION: BATTUE DE GRANDE GIBIER EN COURS.* Presumi que o "grande jogo" se referia ao javali selvagem, ou quem sabe até aos cervos. Vez por outra, os disparos troavam ao longe. Lembrei-me das palavras de Fernand no início da temporada.

– Se precisar caminhar, vista um casaco de cor brilhante e faça isso antes do almoço ou ao meio-dia, quando os caçadores estão comendo e bebendo nos acampamentos. Não se aventure a caminhar depois do almoço. Não muito longe, ao norte daqui, um caçador quase matou um ciclista de domingo.

O *La Provence,* jornal local, relatou que o trágico acidente se devera a *une balle perdue.* Aos ouvidos dos ingleses, a expressão "bala perdida" soa quase tão prazerosa quanto uma bola perdida.

Não demorou muito e cheguei às ruínas da capela. Na verdade, não passam de duas paredes paralelas cobertas por uma hera tão resistente e retorcida quanto as árvores. Pés de carvalho se insinuam pela nave aberta em direção ao céu. A visão de um telhado vermelho me fez apressar o passo.

A casa estava revestida de uma camada de argamassa tangerina recente e vívida demais para se enquadrar na antiga história do vilarejo. Meu coração batia desconfortavelmente (sem que eu conseguisse entender por quê) quando me aproximei do portão de ferro da entrada. Era uma construção baixa e moderna, sem charme e cercada por um jardim bem cuidado com uma piscina. Tudo isso era entrevisto por uma cerca de arame embaralhado que ficava em cima do muro de pedra.

Havia um carro estacionado no caminho de entrada. As janelas em tom verde-sálvia pareciam firmemente fechadas. O lugar tinha o ar de uma casa de veraneio fechada agora para o inverno.

Não havia uma alma viva para responder às perguntas. Eu não encontrara ninguém no caminho de descida. Apenas a gritaria exaltada dos caçadores indicava que eu não estava sozinha na encosta.

Uma caixa de correspondência no pilar do portão era uma solitária indicação de que eu chegara ao lugar certo. Lia-se o nome MAUGER em letras maiúsculas escritas à mão em caneta hidrográfica preta numa etiqueta do tamanho de um Band-Aid.

Hesitei.

Plantei-me perto do muro, em dúvida sobre o que fazer. Examinei atentamente a propriedade na tentativa de ver algum traço de Dom, embora sabendo que isso era inviável.

Será que era mesmo o lugar que ele e Rachel tinham alugado para passar as férias? Parecia improvável, uma escolha estranha para um homem que amava a atmosfera, a paisagem e as honrosas e antigas peculiaridades de Les Genévriers. A casa ocupava uma posição sem graça na ladeira mais baixa da colina e quase não tinha vista. O vilarejo orgulhosamente assentado em pedras era tapado por um agrupamento de árvores mal-colocadas. Era um lugar enfadonho, e o tipo de propriedade que Dom descartaria de cara. Que raio de coisa o fizera ir parar ali?

Se é que isso aconteceu, frisei para mim mesma.

Esparramados e enraizados nas fendas ao longo dos muros do jardim, os pés de linária começavam a se expandir sem controle. Do outro lado da cerca, se via um gramado altivo e sem graça, com muito poucas árvores. O lugar não me disse nada.

Constrangida, voltei pelo mesmo caminho por que viera. Claro que Dom estava certo. A mulher do almoço se equivocara.

3

Dormi sob o teto abobadado do térreo, torcendo para que o arco suportasse o peso da casa aos pedaços e me protegesse. Perto da janela do meu quarto, um tradicional e rústico banco de três lugares apinhado de tralhas. Minhas poucas roupas estão cuidadosamente dobradas nas gavetas do adorável baú de nogueira de mamãe.

Mamãe sempre demonstrou gostar mais de Pierre.

Meu irmão era aquele que ria das preocupações dos outros, e cujo riso insolente se intensificou gradativamente até se tornar um traço permanente no seu bonito rosto quando se fez homem, embora Deus seja testemunha de que era bem melhor ser irmã dele que uma de suas mulheres.

– Ele é um garoto – dizia mamãe, e o tom de orgulho de sua voz deixava dolorosamente claro que o fato obscureceria para sempre as deficiências dele. Naquele tempo, eu não entendia nada sobre mães e filhos homens, a não ser sobre filhos homens e a perpetuação do nome, da linhagem e do trabalho na terra. Só conseguia especular, com abjeta frustração, como mamãe não percebia as crueldades, as mentiras e os desprezíveis atos de Pierre.

Já se passaram tantos anos agora, mas, de alguma forma, o círculo está se fechando. Agora, sinto o passado mais próximo do que sentia vinte anos atrás. Os morcegos recolonizaram os cômodos de baixo. Minhas roupas estão rotas e remendadas, e me importo menos com isso do que quando era uma menina que corria o dia inteiro pelas colinas. O gerador quebrou, e vivo à luz de velas e de lampiões de querosene. A vida agora se reverte ao estilo dos meus tempos de criança.

Eu tinha a ambição de ser professora, como a senhorita Bonis, mas na primeira vez em que provei o que era uma carreira foi bem menos gloriosa. De forma involuntária, me tornei uma criminosa.

Lia à sombra de uma ameixeira quando Pierre chegou e ordenou que eu escondesse alguma coisa no mato para ele.

– Esconde bem. Debaixo do pé de rosa-mosqueta.

Eu conhecia o lugar indicado. Pagara por esse conhecimento muitos meses antes, ao tropeçar acidentalmente em Pierre que fumava agachado. Ele tentou se livrar da prova, escondendo o cigarro no buraco debaixo de uma moita, mas era tarde demais.

– Você é muito novo para fumar – eu lhe disse. – Só tem doze anos.

Ele não disse nada, mas enterrou as unhas na minha perna com a ferocidade que geralmente reservava para matar e esfolar pequenos animais.

– Ai de você se falar – ele sibilou. Um rastro acre de fumaça escapou do canto de sua boca enquanto ele enterrava as unhas cada vez mais. – Se não quiser passar por isso todo dia.

Tentei me desvencilhar, mas em vão.

– Isso é do papai? Você roubou essas coisas do papai?

Ele riu.

– Por que precisaria fazer isso? Tenho o meu próprio dinheiro.

A necessidade de se gabar foi maior que a discrição, como de costume. Nunca se deu conta de que essa era a sua grande fraqueza.

De alguma forma, ele reverteu a situação em seu favor, e perdi. A partir daquele dia, passei a cumprir suas ordens, sem entender bem por quê.

Mas, nessa outra vez em que Pierre me pediu para ir ao esconderijo debaixo do pé de rosa-mosqueta no bosque por cima do curral das ovelhas, bati o pé e cruzei os braços.

– Não – eu disse.
– Não?
– Não.

Ele caminhou a minha volta como se pela primeira vez me observasse com atenção. Segurava uma vara comprida que arrancara de uma árvore e começou a sacudi-la no ar como se praticando esgrima.

– Acho que vai fazer, sim – ele disse. – Porque lhe pedi com gentileza.

Eu sabia que, na próxima vez, ele não pediria com tanta gentileza, e então tomei a iniciativa.

– Faço... se você prometer que vai deixar as borboletas em paz!
– As borboletas! – ele repetiu como um professor, como o senhor Fabre, que gostava de punir os alunos que faziam perguntas estúpidas. – Pode ter a gentileza de explicar o que está querendo dizer?
– Você sabe muito bem o que eu quero dizer. Deixe as pobrezinhas em paz, deixe de ser cruel!

Ele voltou a caminhar a minha volta de um modo ainda mais desconcertante, coçando o queixo como o senhor Fabre, o qual, segundo diziam, era parente de um conhecido erudito e adorava demonstrar isso.

Eu já estava desejando não ter começado aquilo quando Pierre soltou uma de suas sórdidas risadas. A princípio, foi como uma versão teatral de uma risada sórdida, mas logo se tornou genuína. Igual ao prazer que tinha em arrancar as asas das borboletas, asinhas lindas que pareciam vitrais arqueados de catedrais góticas.

– Sua idiota! – ele disse e se calou.

Não pronunciei uma só palavra.

– Está bem, está bem. Se as borboletas significam tanto assim para você... me faz esse favor e eu deixo as borboletas para lá... se bem que é um sonho achar que isso afastará os verdadeiros predadores delas.

Ouvi o que teria que fazer e fui até o esconderijo dele, totalmente feliz comigo mesma e pensando que finalmente aprendera a obter dele algo em troca. Na ocasião, eu não fazia a menor ideia do que ele tinha feito, e obviamente não sabia que objeto pesado era aquele que estava dentro do saco. Seguindo as instruções, coloquei o saco com cuidado no buraco debaixo do pé de rosa-mosqueta e o tapei com a maior pedra que consegui mover.

4

Dias de luminosidade cristalina se abriam com o frio que cortava o ar da manhã e ferroava nosso rosto.

À medida que a temperatura caía, nos aconchegávamos mais perto um do outro. Dentro de casa: lendo, cozinhando, comendo; o cheiro das ervas aromáticas se espalhava por todo lado enquanto as notas do piano ecoavam da sala de música. Lá fora: caminhadas ritmadas pelo jardim, alegremente absortos em descrever as pedras circundantes, as telas e o sistema hidráulico.

Dom tinha decidido que a piscina nova seria construída nas proximidades da estranha estrutura semicircular feita de pedra onde havia ramagens de alecrim, uma cerejeira morta e outros matos espinhentos irreconhecíveis. Assim, a velha piscina seria demolida e o buraco faria parte de uma nova, bem maior.

– Excelente decisão – disse o senhor Jallon no seu bem organizado escritório da construtora de piscinas. – Se quiser, posso providenciar para que o senhor veja uma piscina que construímos perto da sua propriedade... é um projeto arquitetônico que ficaria perfeito no seu jardim, mas também posso dar algumas ideias a mais e mostrar como funcionam.

Aceitamos sem discutir.

* * *

Dom estava certo. Em certos dias de outubro, tínhamos a impressão de que estávamos presos dentro de uma nuvem. Eu lia as obras de Brontë na biblioteca que fizemos no segundo andar. As figueiras amareleceram, e continuamos felizes, sem a obrigação de fazer as malas e partir para um trabalho invernal na cidade. Eu nunca vira a passagem das estações no sul do país. Imaginava os lugares próximos do Mediterrâneo como ensolarados, quentes, brilhantes e sensuais. E agora as hastes roxas das buddleias se transformavam em grãos de milho podres aos meus olhos. As nozes despencavam.

Estava mais úmido e escuro que o previsto, mas nos sentíamos privilegiados por testemunhar tudo aquilo e acrescentar uma nova camada ao nosso conhecimento da terra. Eu tinha todo o tempo do mundo para ler e mantinha um caderno de anotação de frases coloquiais que eventualmente dariam frutos se me chegasse às mãos o livro certo para traduzir. Escrevi de rompante e com insano otimismo para me apresentar a uma sólida editora parisiense e a uma outra editora menor em Marselha, mas com a suspeita de que talvez fosse melhor encontrar eu mesma um livro interessante e trabalhar as palavras para ver no que dava.

Tudo era propício para isso. Dom geralmente estava no piano, preenchendo notas em páginas e páginas de partituras. Uma vez, anoitecia quando ele me levou à sala de música, me fez sentar no sofá e tocou uma peça romântica que eu nunca tinha ouvido.

– É encantadora... maravilhosa – comentei quando terminou o último acorde e ele me olhou ansioso e talvez até com alguma timidez. – É uma das suas?

– Compus pra você – ele disse. – *Canção para Eve*.

Eu vagava pelos cômodos por horas a fio, tentando decidir a melhor forma de utilizá-los. Raramente íamos até o andar mais alto da casa principal, mas, no final de uma escada sinuosa, havia dois quartos interligados sob um beiral de um lado, e, do outro lado, um sótão vazio com o piso de madeira empenado. Talvez um palheiro. O único móvel no cômodo era um armário assimétrico. Rangeu quando o abri, mas estava vazio.

O piso estava manchado onde pingavam as goteiras. Em alguns pontos das tábuas, os buracos eram tantos, que pareciam fatias de queijo Emmental. Camundongos?, me perguntei. Sem pensar duas vezes, puxei uma tábua para ver se descobria alguma coisa. A tábua cedeu facilmente, deixando à vista um pequeno vazio escuro que exalava uma umidade mofada. Larguei a tábua e puxei as outras. Uma cavidade mais próxima da parede era diferente. Estava forrada com palha, e debaixo da palha tateei uma superfície lisa e suave. Puxei para fora e vi que era um livro. Fiquei de cócoras, extasiada. Tratava-se de um volume de lendas Provençais infantis, com uma bela capa coberta de poeira e danificada pelo tempo e pela umidade. Abri a página de rosto. A volumosa impressão datava de 1935. As folhas se esfacelaram quando as folheei. Uma traça saiu apressada da apertada fenda da lombada. O que aquele livro estaria fazendo debaixo de uma tábua do assoalho? Estava escondido, e, caso estivesse, por quê? Tateei novamente por dentro da cavidade, mas estava vazia.

A casa, mais uma vez, oferecia um outro presente, só que os presentes vinham acompanhados de mistérios. E, a cada vez, os ecos do passado se intensificavam. Quanto mais tempo permanecíamos na casa, menos parecia nos pertencer.

Mostrei o livro para Dom, me perguntando em voz alta quantas crianças teriam vivido na casa.

– Por que uma criança o esconderia? Para mantê-lo a salvo? Talvez uma outra o quisesse... e elas não deviam ter muitos livros como esse, que talvez fosse... muito caro...

Dom sorriu, arqueando as sobrancelhas.

– Você já deve saber que tem uma imaginação extraordinariamente fértil – ele disse, com um tom carinhoso.

A bruma de outubro estava espessa como um nevoeiro quando descemos aos solavancos pelo caminho de Les Genévriers, transpondo as valas e os buracos feitos pela chuva. Durante os pesados aguaceiros, formava-se um riacho que corria entre a casa principal e a fileira de cabanas.

Depois de virar na direção do vilarejo, pegamos a estrada tomada pela umidade branca rumo a Viens. Era um platô monótono nos dois lados da estrada vazia – campos e árvores e aqui e ali uma casa. No banco de carona, consultei o mapa aberto sobre os meus joelhos. Depois de me atrapalhar com as dobras do mapa na tentativa de reconhecer as linhas mais próximas, notei pela primeira vez as palavras *L'Homme Mort*, o homem morto. Comecei a divagar sobre o significado: uma pequena aldeia ou um memorial que marcava o lugar de um trágico acidente? À medida que avançávamos, a brancura do ar assumia pouco a pouco um pálido tom de ametista, e por fim a névoa iluminou e o sol apareceu. As montanhas do Luberon se tornaram uma escura mancha irregular por cima da linha da névoa. Estávamos a poucos quilômetros do ponto de partida, e era como se estivéssemos em outro país.

– Não estamos longe daquela escarpa alta onde dizem que vive um misterioso javali negro – eu disse.

– O quê?

– Foi o senhor Durand que me contou. Em algum lugar perto daqui, há um grande javali negro que vaticina desastres para aqueles que têm a infelicidade de vê-lo, pelo menos é o que dizem. De vez em quando, ele aparece para andarilhos e pastores.

Dom se manteve calado, e, depois de me aconchegar nele, abaixei a voz.

– É uma visão terrível... pois significa que eles logo se deparam com um... trágico destino...

Ele fez uma careta.

– As pessoas dizem que... nas bordas dessas pedras... há pegadas da fera...

Ambos rimos.

A casa era moderna e construída em estilo *mais* Provençal. Substantiva e atraente, mas contraditoriamente sem personalidade. Uma piscina bem-cuidada e limpa, com uma cobertura eletrônica espetacular. O homem barbado com uma jaqueta de caça que nos mostrou a casa não era o dono e, sim, o caseiro. Os proprietários eram belgas.

No jardim, reinava uma desordenada maturação. Arbustos carregados de contas vermelhas e bagas que amadureciam, contrastando com o marrom precoce da estação.

Um frio de inverno beliscou o ar quando Dom fez perguntas sobre a cobertura eletrônica da piscina e os efeitos de infinidade. Preferi sondar os arredores quando ficou claro que Dom não precisava de mim como intérprete. Ele desenhava o que não conseguia dizer em francês. Foi interessante observar como os outros organizavam as cercanias, mesmo quando isso não combinava com o meu gosto.

Na volta para casa, finalmente a névoa emergiu, encaracolando-se por entre as árvores úmidas da nossa encosta.

Alguns dias depois, Dom retornou com outra aquisição. Uma estátua de um monge de olhar perturbador, com a metade da altura de uma pessoa, feita em madeira com aprimorado polimento. Ele alojou o monge justo à porta, no pequeno hall de passagem ao saguão de entrada da casa principal, cuja atmosfera medieval talvez tivesse muito mais a ver com a penetrante umidade que com a nossa sensibilidade espiritual. Entendi por que Dom viu no monge uma adição apropriada.

– Uma outra figura sinistra – comentei com um misto de verdade e piada.

Até então, eu não tinha contado a ele o incidente no caminho de entrada da casa para ele. Não queria que colocasse em questão a minha razão. No entanto, sozinha com os meus botões, ponderava bastante sobre os objetos que ele escolhia para nos cercar: pratos e tigelas lascados; espelhos e telas de segunda mão danificados; estátuas ensandecidas e quebradas. Eu ponderava que tais objetos contavam uma história que não nos pertencia, mesmo em estado inanimado, e de um jeito que borravam a diferença entre vivos e mortos.

Distante, acariciei o braço de jacarandá do monge, na tentativa de encontrar alguma coisa agradável para dizer sobre a peça.

– Seria bom ver pessoas vivas aqui – murmurei.

Olhei para Dom, que, por sua vez, estampou angústia no rosto.

– O que quer dizer com isso? – perguntou. A voz soou diferente, como se ele lutasse para se controlar.

– Nada! Só estava... só acho que não deveríamos ter apenas velhas estátuas de mortos em volta de nós, só isso... O que há de errado nisso?

Ele se afastou sem responder.

Com essa atmosfera, era bem plausível pensar em fantasmas e espíritos. Até então não me ocorria que isso me deixava desconfortável. Mas devo ter pensado nisso de um modo inconsciente. O que mais explicaria a visão de luzes e sombras que se movimentavam pela parede e se transformavam em assustadora presença no jardim? Minha imaginação fértil, diria Dom.

Era natural que todas as pessoas que outrora viveram aqui tivessem deixado vestígios tanto da história de suas alegrias e tristezas como da labuta de sua vida cotidiana. A terra era abundante, mas também era fruto de um trabalho duro. É só pensar nos pastores e nas histórias que eles contam das andanças que fazem e das centenas de quilômetros que percorrem a cada ano para manter o rebanho alimentado e saudável...

Quando o jardineiro Claude apareceu, fiz a pergunta:

– O que é L'Homme Mort, o lugar marcado no mapa daqui? – apontei vagamente para o norte dos limites da nossa terra.

– É uma gleba... como aqui.

– E o que há lá? Uma fazenda?

– Sim, acho que sim. Ainda há uma fazenda.

Era hora de perguntar exatamente o que me interessava. Ele coçou o rosto e se pôs à espera.

– É só um nome, sei disso. Mas me pergunto por que o lugar tem esse nome. – Fiz uma cara de quem esperava que ele entendesse: uma expressão simples de curiosidade, mas também interessada na história guardada naquelas montanhas.

– Não sei – disse Claude. – Não sou daqui. Sou de Apt.

Sorri e logo me dei conta de que ele estava sério.

– A senhora soube? – ele continuou. – Encontraram o corpo de uma das garotas desaparecidas.

– Qual delas?

– Amandine. Aquela de Roussillon. Um homem estava com um cachorro farejando trufas nas cercanias de Oppedette e achou os restos mortais da garota na floresta.

– Que horror...

– É uma notícia ao mesmo tempo boa e ruim – comentou Claude. – Foi ruim para a família dela, mas as outras famílias respiraram aliviadas. Afinal, ainda podem ter esperança.

– Pois é, mas mesmo assim... deve ser horrível.

– O homem que está fazendo isso...

– Eu sei...

Mas eu não sabia. Como todos os outros, eu queria que aqueles acontecimentos tivessem um fim para que a nossa fantasia de uma vida nova perdurasse por mais tempo.

– Todo mundo está comentando. O cachorro farejador de trufas era irmão de um cachorro criado num canil daqui, da família Millescamp de Les Peirelles.

5

Quando as cerejas silvestres começavam a secar nas árvores, pequenas demais para ser colhidas e duras demais para os passarinhos, embora saborosamente mastigáveis e verdadeiras guloseimas para as crianças, sabíamos que catorze de julho se aproximava. Em Apt, todo ano a data era marcada por uma festa na grande praça ao sul e pela feira e a queima de fogos às dez horas da noite.

Além de ser um evento anual da vila, a *fête votive* também era o ponto alto do verão. De férias da escola e sem pensar nisso, celebrávamos o Dia da Bastilha e a liberdade com algumas tradições que nós mesmos estabelecemos.

Mamãe passava a tarde inteira ao pé do fogão. Depois vestia o melhor vestido e, com a ajuda do nosso orgulhoso pai, que vestia um terno de sarja marrom, subia com os cabelos sedosos e brilhantes no banco dianteiro da charrete e, com um ar coquete, pegava as cestas que lhe entregávamos.

Em seguida, nos espremíamos dentro da charrete, nossos vizinhos, nas deles. Os cavalos eram reabastecidos uma última vez no bebedouro, depois os atrelávamos e partíamos. Era uma festança. Podíamos ir a pé ou no ônibus da vila que parava na encruzilhada entre o caminho da casa e a estrada, mas não seria mais um evento tradicional se a família deixasse de se acotovelar na velha charrete, para comer as roscas cobertas de açúcar que mamãe preparava de tarde e cantar na descida do morro enquanto lançava piadinhas e desafios de corrida para as outras charretes, com o azul do céu alaranjado se tornando dourado como o mel sobre o pico da montanha e as onduladas colinas que se tornavam maiores e mais misteriosas à medida que descíamos.

* * *

Nas ruas da cidade, o calor da multidão e dos fogos era quente como o dia. Legiões de copos e garrafas se destacavam em cima das mesas da praça, os restaurantes estavam lotados e uma banda tocava a pleno vapor.

– Meia-noite, no mesmo lugar de sempre – dizia papai com firmeza, antes de sairmos para nos divertir em meio à luz e ao barulho inabituais.

Eu passeava de braços dados com Marthe e Arielle, e, vez ou outra, parávamos para ver os garotos se divertindo na feira. Eles preferiam as barracas de tiro, onde tinham que acertar em latas para ganhar prêmios.

Para mamãe, papai e os outros adultos, a dança era a grande atração. Passavam horas em passos de valsa e foxtrote, com rebolados e mesuras. Fiquei impressionada quando vi papai e mamãe dançando um tango e me perguntei em que raio de lugar tinham aprendido aquela dança.

A banda era infatigável, o acordeonista dominava os complexos ritmos e as mudanças de andamento com presença de espírito e generosas goladas de vinho.

Já tinham feito a queima de fogos com rastros enfumaçados, no ar um forte aroma de excitação queimada. Embora Marthe, Arielle e eu estivéssemos totalmente exaustas, nunca admitiríamos isso porque poderíamos ser proibidas de ficar até tarde nas festas seguintes.

Estávamos sentadas num muro baixinho, observando os pares que dançavam no chão de terra, os homens bebendo nos bares, as luzes se infiltrando pelas árvores e a banda de músicos, quando avistamos Pierre no meio da cidade.

Ele atravessava a passagem debaixo da torre do relógio, esfregando o rosto com a manga da camisa. Andava de um jeito desengonçado, os ombros caídos. Puxou a manga da camisa outra vez. E se virava com uma expressão raivosa ou desgostosa para sair dali quando três amigos chegaram correndo e o chamaram aos gritos. Um dos amigos pôs a mão na cabeça dele e foi repelido de imediato.

Apertei os olhos para enxergar o que realmente estava acontecendo naquela passagem arqueada e um tanto sombria. Pelo que parecia, estavam discutindo. Os lábios de meu irmão se moviam rápido, e as mãos se erguiam agitadas. A cena era intrigante. Talvez fosse uma briga. Já era hora de Pierre provar um pouco de sofrimento, e testemunhar isso seria um prazer.

Nesse exato momento, Marthe me puxou pelo braço, pedindo-me para levá-la às barracas onde fritavam sonhos. Nesse meio-tempo em que ouvia o pedido e me levantava, Pierre e seus amigos foram engolidos pela escuridão.

À meia-noite, nos reunimos na esquina da praça como combinado. Nós, as meninas, fomos as primeiras a chegar, seguidas por mamãe e as outras senhoras do grupo. Os homens trouxeram os cavalos e as charretes. Papai tirava o relógio do bolso e estava prestes a fazer um comentário quando Pierre e os outros meninos chegaram correndo.

Pierre alegou que a crosta de sangue no rosto se devia a um sangramento no nariz, e, graças ao silêncio dos amigos, meus pais não tiveram outra opção senão acreditar nele.

Na manhã seguinte, Arielle me cochichou no bosque em cima do curral das ovelhas que o irmão contara o que realmente tinha acontecido. O dono da barraca do mercado onde Pierre trabalhava o espancara por causa dos roubos.

Os outros garotos sugeriram um confronto para dar um troco ao homem e sua gangue, mas Pierre se recusou a fazer isso. Ou seja, admitiu a culpa.

Não sei o que meus pais souberam da história, se é que alguém lhes contou. Suspeito de que não souberam muito, mas talvez eu esteja errada. Felizmente, o nariz de Pierre não estava quebrado; se estivesse, sem dúvida papai teria extraído a verdade dos garotos e procurado o barraqueiro para tomar satisfações e aplicar um corretivo.

Deixei de lado as teorias e decidi manter silêncio, para o caso de precisar de uma ferramenta útil contra os excessos do meu irmão.

Na volta, acenderam-se as lanternas da charrete e fomos levados aos solavancos morro acima, exaustos, com a boca lambuzada de açúcar e cobertos pelas estrelas de um céu cuja claridade deixava acompanhar o rastro brilhante da Via Láctea.

Mais tarde, excitada e sem conseguir pegar no sono, me levantei da cama e fui à janela. Lá embaixo, um lampião de querosene ardia assentado no pátio debaixo da oliveira; ao redor, mamãe e papai dançavam silenciosamente, majestaticamente a sós. Ela descansava a cabeça no ombro dele com os olhos fechados e um adorável e iluminado sorriso no rosto. Papai cantava, ou tive a impressão de que cantava tão baixinho, que só mamãe sabia qual era a canção.

6

O trajeto até Apt é de apenas seis quilômetros colina abaixo, mas, para mim, significou muito mais. Assim que entrei no carro, me dei conta de que passava muito pouco tempo sozinha fora de casa. O mundo a dois, além de ser agradável, era bem reconfortante, e a novidade da experiência me deixava à vontade para estar à deriva.

A descida pela estrada é sinuosa e irregular, o que já torna o passeio incerto. Mas o pior é que as pessoas da região fazem curvas na estrada às cegas e em alta velocidade, com veículos caindo aos pedaços e alheias à possibilidade de topar com outros veículos. Na cidade, o rio Calavon rolava quase totalmente cheio ao longo do canal de concreto no vale. Durante o verão, ele se reduz a um triste riacho que, de tão raso, deixa brotar exuberantes afloramentos de capim e arbustos nas pedras do leito. Os avisos de cautela nos estacionamentos dos aterros ainda pareciam desnecessariamente alarmistas. Depois de estacionar em uma das inúmeras vagas disponíveis, saí a pé pela ponte que dava no centro do vilarejo.

Na última vez em que tinha estado ali, era dia de mercado. Um dos mais conhecidos da região, o povo diz que há oito séculos se arma uma fileira de barracas em Apt a cada manhã de domingo. A multidão gritava a plenos pulmões nas estreitas ruelas medievais apinhadas de barracas para se entender em relação aos pontos que vendiam as melhores hortaliças e as carnes mais suculentas; Dom foi até a barraca de queijos de sua preferência e começou a conversar animadamente com o barraqueiro; o ar cheirava a galinhas, castanhas assadas e pizzas recém-saídas do forno; três praças – uma ao norte, outra ao sul, outra ao oeste – faziam ofertas de carnes, peixes, frutas, lenha, especiarias, utensílios de cozinha, roupas de cama e de banho, roupas indianas, artigos de couro do norte da África, bijuterias, sabonetes perfumados de Marselha à base de azeite e uma grande variedade de produtos feitos de lavanda.

Agora a estrada estreita e pavimentada que atravessa o centro está quase vazia. Ouço o eco dos meus passos e noto que aqueles mesmos produtos agora estão nas vitrines das lojas. O perfume e o odor de comida se foram. Um vento leve carrega o odor de inverno: lenha queimada nos vilarejos da montanha. Observo cada recanto sem medo de obstruir o fluxo da multidão. Encontro o que procurava na livraria do outro lado da prefeitura: livros sobre a região, sobre o estilo de vida no tempo em que isso aqui era uma área perdida e remota da França.

Em seguida, compro um jornal e o leio enquanto tomo uma xícara de café na cafeteria da praça, onde só há um outro cliente.

Removeram do bosque abaixo de Oppedette o corpo da garota desaparecida; uma foto mostra um lugar ermo e lamacento cercado pela fita amarela da polícia. A página estampa muitas outras histórias; fotos documentam o resultado de um trágico acidente automobilístico com vítimas fatais. Outras empresas passam por dificuldades. Só há notícias boas nos pequenos anúncios de sucesso pessoal, casamentos civis e prêmios desportivos.

Ao dirigir de volta para casa, me deparo com um engarrafamento pouco comum na estrada principal para Manosque e Sisteron. Fico detida atrás de uma fila de carros e caminhonetes; observo os arredores mais interessada que aborrecida. Isso é o lado bom desse estilo de vida: não ter pressa, nem estresse de trabalho, nem horário marcado; para mim, não fará a menor diferença se tiver que ficar quatro horas presa no engarrafamento.

No lado oposto, um café com internet que até agora me passara despercebido. Homens vestidos ao estilo do norte da África conversam no lado de fora do café. Logo um outro grupo se junta a eles e o vento agita a barra das túnicas longas e brancas. Como é bom conhecer esse lugar. Até agora não parecia estranho viver em nossa colina bem longe do século XXI, sem televisão, sem telefone fixo e sem acesso a banda larga. O carro da frente começa a se movimentar e dou partida no meu.

7

Os ventos de outubro levantam folhas secas, pétalas rasgadas e agulhas de pinho crocantes junto a insetos que se esmagam debaixo das portas encolhidas pelo sol.

Ao longo das gerações, as mulheres varrem e recolhem tudo de joelhos com a pá de lixo. Duas vezes por dia, quando o mistral está irado.

Cento e oitenta tipos diferentes de vento sopram na Provence, com nomes distintos e especiais: o mistral, claro, vem do noroeste; o tramontano, do norte, e ainda o vento sul e muitos outros de menor intensidade. De acordo com o povo, são mais de seiscentos nomes de ventos.

Trinta tipos diferentes se apresentam com regularidade aqui em Luberon; a um delicado vento do norte se dá o nome *biset*, beijinho, e o poder de um vento gelado do norte tanto é chamado de *l'air noir* como de *bise noir*, ar negro e beijo negro. É um vento gelado e violento, como a tempestade nas profundezas das noites de inverno sem lua.

O nordeste, conforme se diz, é *l'orsure*, ou *le vent de l'ours*, o vento do urso, vento dos poetas melancólicos, artistas e sonhadores. Os *vents de farine* que impulsionam os moinhos de farinha são norte-noroeste. Os gentis *vent roux*, ventos ruivos, de leste-sudeste, se assemelham em espírito ao vento siroco do norte da África e trazem brisas secas e aconchegantes montadas por insetos polinizadores e a áspera poeira árabe.

Enquanto os piores ventos de outono e inverno uivavam, o verão se estendia nas frutas e vegetais vermelhos, alaranjados e verdes que se comprimiam em jarros de vidro hermeticamente fechados. O azeite enfumaçava o jarro à medida que a temperatura caía.

Eu ainda era criança para entender os fatos quando um dia Pierre me alertou que as sombras brancas enevoadas que se formavam dentro do jarro de azeite eram espíritos aprisionados.

– Como fantasmas? – perguntei.
– Fantasmas maus.
– Eles podem escapar?
– Claro que podem – respondeu Pierre.
– E o que fazem com a gente quando escapam? Eles nos pegam se sairmos correndo?
– Pegam. E fazem coisas terríveis quando a gente se planta no chão sem se mexer.
– Coisas terríveis como?
Arregalei os olhos de pavor quando ele foi até o jarro de vidro com um olhar diabólico no rosto, que fazia seu queixo parecer mais pontudo. Pegou o jarro e fez menção de jogá-lo ao chão.
– Não! Não faça isso! – gritei.
Depois de soltar uma gargalhada angustiante, Pierre recolocou o jarro na prateleira bem devagar. Eu tinha certeza de que continuaria com a tortura se o barulho da porta dos fundos não tivesse anunciado a chegada de papai da lavoura.

Nem sempre as mudanças são visíveis, como o são a passagem das estações e o envelhecimento natural de todas as coisas. Somos inúmeras e diferentes pessoas durante a vida. Mas ainda acho que Marthe sentia os meus pensamentos e as ásperas texturas da minha indecisão sob seus dedos, e também o gosto dos meus erros com a mesma facilidade com que sentia o cheiro da mudança das estações.
Quanto a Pierre, que diabo de perturbação se passava em sua cabeça e debaixo da pele desde pequeno? Nunca o compreendi.
Por que teve que voltar agora? Para rir e zombar dos meus esforços? Por que não foi minha gentil *maman*, ou Marthe ou *Mémé* Clementine, a melhor de todas? Uma avó estaria dentro da ordem natural. Eu receberia vovó de bom grado, se a escolha de fantasmas fosse minha. Seria uma presença agradável de ser vista perto da lareira, ou mesmo na entrada da adega, ou em algum ponto tranquilo do pomar ou da horta da cozinha.

Ainda cultivo meus alimentos. E me alimento principalmente de hortaliças e de grão-de-bico, que cresce rapidamente e sempre está à mão do camponês. Faço o que posso para me manter em forma, embora as juntas não estejam mais tão flexíveis quanto antes. Os dedos levam mais tempo para pegar e pôr os pregadores quando lavo e penduro as roupas no varal. Já reparei que a terra fica presa nos sulcos fundos das mãos depois que passo algumas horas nos canteiros da horta. Sou obrigada a lavar e esfregar muito para tirar a terra, e, quando termino, os sulcos estão vermelhos e curvados como garras. A velhice irrompe pouco a pouco, um insulto para quem se convenceu de que nunca passaria por isso.

Mas agora entendo muita coisa! Ainda uso os utensílios e as panelas que mamãe usava e limpo os metais com sumo de limão como ela limpava, o ácido penetra nos cortes dos meus dedos como deve ter acontecido com ela, embora ela nunca reclamasse. É preciso manter a tradição.

– Trabalhar na cidade? – ela dizia aos gritos. – Mas aqui sempre tem tanta coisa para fazer!

Era uma mulher do campo da cabeça aos pés que um dia descobriu que viver na gleba envolvia se afastar da vida comunitária da vila e realizar um trabalho inacreditável. Quando se sentava (um acontecimento raro), se aprazia com uma reconfortante tisana de lavanda. Acho que nunca lhe disse o quanto eu gostaria de estudar para ser enfermeira ou professora.

Será que pareço uma velha agora? Suspeito que sim.

O espelhinho de mamãe já se foi há muito. Mas que diferença faria me olhar no espelho agora? Só recebo visitas de passarinhos, animais silvestres e crianças atrevidas que pregam peças e se arriscam a espiar a velha que mora aqui sozinha.

É melhor ser invisível.

8

O rio Sorgue corre esverdeado e vítreo por Fontaine-de-Vaucluse. É um verde extraordinário, um composto de malaquita e campos submersos de algas de tom esmeralda, com reflexos da exuberante vegetação verde do vale acima e da gélida e misteriosa fonte de pureza azulada que ferve no lago embaixo dos penhascos, segundo dizem um lago tão fundo, que nunca foi medido com precisão.

O vilarejo é um beco sem saída, um prodigioso recanto no final de uma linha aprisionada em três lados por fraturados precipícios que se erguem para o céu até o grande platô de Vaucluse. Custa acreditar que as ruínas do castelo que se agarram à escarpa um dia abrigaram as poucas pedras que se preservaram.

Foi ali que o poeta italiano Petrarca escreveu sonetos de amor para Laura, embora esse romance seja entrecortado de referências deprimentes em cada suvenir turístico. No centro do vilarejo, uma coluna de granito, erguida em 1804, marca, segundo a inscrição, o quinto centenário do nascimento de Petrarca. A coluna acabou se tornando uma rotatória.

Enquanto eu e Dom consultávamos o cardápio na mesa do restaurante perto da ponte, onde a iridescente água parece se aquietar antes de cair no açude, um par de noivos entrou ali, talvez depois de ter saído do registro civil na *mairie*: um sorridente casal com vinte e poucos anos; ele, moreno e bonito, ela, loura e linda.

– Você está quieta.

Dom se debruçou na mesa e acariciou minhas mãos.

– Estou?

– Perdida em seu mundo.

Isso era verdade. Mas é estranho, muito estranho que não se possa escapar quando se começa a reparar em alguma coisa. A visão do casal de noivos abriu uma trilha. Curiosa, não resisti à tentação de segui-la para saber aonde chegaria, mesmo sabendo que era bem diferente da minha trilha.

Eu já tinha tentado tirar da cabeça a caçada na casa de Mauger e os traços de pensamentos sobre Rachel e seu papel de ex-esposa dele. Isso não tinha nada a ver nem comigo nem com a vida nova que levávamos. Nunca mencionamos a palavra casamento. Aceitei que não seria esposa de Dom quando decidimos viver juntos na França, embora nunca tivéssemos aventado o fato. E nunca passou pela minha cabeça casar por casar, o que era ótimo para mim. Nunca fui o tipo de moça que sonha com o dia do casamento ou com o vestido de noiva, e com os tradicionais votos e o bolo todo branco e confeitado.

Mas minha curiosidade fora atiçada. Como ela era, e o que tinha de especial a ponto de levá-lo a querer se casar? Teria sido uma grande festa de casamento, com todos os membros de uma imensa e gloriosa família, ou apenas uma cerimônia simples na própria prefeitura?

Isso se deu exatamente quando me dei conta de que sabia muito pouco sobre Dom. Não havia pontos de referência, ninguém a quem indagar. Eu conhecia uns poucos amigos, mas ninguém da família dele. Isso não era tão estranho como pode parecer, até porque ele tinha conhecido minha mãe de passagem (durante um rápido drinque no final da tarde em Brighton) e alguns amigos meus (num jantar de despedida num restaurante em Londres). Aparentemente, não importava que tivéssemos um universo privado, só nosso. De um jeito ou de outro, ambos queríamos isso. Outras pessoas não passariam de ruídos de fundo.

Claro, enquanto escrevo, percebo que isso parece muito estranho. Mas, além de ser verdade, é o que estou tentando alcançar aqui, organizar na mente o que realmente aconteceu, o que era diferente do que eu imaginava ou deduzia. Naquele momento, tudo isso se mesclava com o nosso romance.

Então, mordi a língua e me calei.

Fizemos uma caminhada depois do almoço.

O rio se quebrava com uma espuma branca nos seixos cobertos de musgo e assumia o verde-azulado opalescente da cabeça de um pato selvagem em quietude. Lá em cima, as rochas dos penhascos se empilhavam em costelas diagonais, acentuadas aqui e ali por linhas embriagadas de pequenas árvores e arbustos que acompanhavam os ângulos.

Atravessamos a funda arcada que se juntava ao moinho do papel, onde não me contive e comprei um caderno artesanal de folhas grossas e um pacote de cartões, e depois atravessamos as pesadas prensas de madeira movidas por uma roda-d'água. Poucas pessoas transitavam no caminho de terra e cascalhos que dava na fonte. Passamos por uma fileira de barracas de suvenires, a maioria aberta, e por diversos pontos de venda de toalhas de mesa em tons azuis de íris e amarelo-mostarda com padrões tradicionais de azeitonas pretas, folhas prateadas, flores, borrifos e diamantes.

– Li uma velha história provençal... *O pastor de Fontaine* – eu disse.

Na noite anterior, eu tinha encontrado no celeiro do sótão o livro de lendas provençais arruinado, com histórias estranhas e perturbadoras e personagens que pareciam de contos de fadas: o pastor de Fontaine; a filha do mágico de Castellane; Picabrier e o jardim perfeito; as ruínas de Grimaud. Os trovadores e a ameaça dos sarracenos perpassam as histórias sempre ali, como sombras que cobrem a terra.

Todas essas histórias têm raízes na topografia. Penhascos cinzentos de pedra calcária de Alpilles, a gama de pedras nuas ao sul de Avignon. Planícies quentes e colinas raquíticas ao sul, em direção a Marselha. Planaltos vazios ao leste de Lure.

Dom sorriu.

Ainda caminhávamos confortavelmente, de braços dados, quando contei a história de Paradou, o pastor de Fontaine-de-Vaucluse.

– Paradou era um pobre selvagem abandonado que tinha as ovelhas como única família. Dormia no campo junto com elas e quase não convivia com outros humanos. Estava sempre imundo. Falava muito mal e não sabia ler nem escrever. Mas uma viúva rica que vivia na casa grande de uma fazenda em Fontaine foi gentil com ele. Em vez de chutá-lo e afastá-lo aos gritos, a senhora lhe ofereceu comida.

Segui em frente.

– Certo dia de inverno, Paradou descia com o rebanho do platô alto e gelado, quando uma das ovelhas escalou as pedras íngremes no topo da fonte. Paradou ficou de olho, na expectativa de que a qualquer momento ocorresse uma queda, e, num piscar de olhos, a ovelha desapareceu. Curioso, ele escalou o precipício que se estende por cima do lago verde e do riacho. Chegou ao lugar onde tinha visto a ovelha pela última vez, e, ao se deparar com uma fenda na rocha, se espremeu todo e entrou. Sem sinal da ovelha, caminhou ao longo de uma borda interior que o levou a uma caverna. Lá, abaixo de onde estava, avistou uma fantástica piscina de pedra como jamais vira. Da água, emanava um brilho verde e mágico. Ele se sentou à beira para observar. Quando finalmente fez menção de ficar de pé, esbarrou a mão num jarro de barro. Abriu o jarro, certo de que encontraria um tesouro sarraceno, mas só encontrou um papel com estranhas marcas assinaladas. Foi tomado pela decepção e a perplexidade. Mas, enquanto olhava para o papel, chegou à conclusão de que havia encontrado um tesouro, mesmo sem entender do que se tratava. Saiu pela fenda na rocha com a impressão de que tinha acontecido alguma coisa extraordinária.

"A partir daí, ele fez visitas regulares à secreta piscina de pedra. O jarro de barro com o tesouro ainda estava lá. E, cada vez que abria o papel e examinava os sinais gravados, os entendia um pouco mais, como se uma névoa se dissipasse. Como se já conhecesse a resposta e a tivesse perdido.

A essa altura, estávamos sentados nas pedras em frente à fonte. A maioria das pessoas já tinha ido embora, e só restavam algumas lá embaixo e fora de vista. Estávamos praticamente sozinhos ali.

– Um mapa de tesouro? – disse Dom.
– Poesias. Poesias que ele aprendeu a ler.

A água fluía aos gorgolejos. Lá no alto, três lados de penhascos íngremes nos enclausuravam. De repente achei que, se continuasse no mesmo passo, se forçasse muito, Dom poderia se aborrecer e deixaria de me ouvir.

– O resto da história descamba no burlesco... muito estranha mesmo. As tais poesias tinham sido escritas por Petrarca em provençal antigo, e a velha viúva rica era na verdade Laura de Noves, que não morrera jovem durante uma peste em Avignon como se supunha; confundiram o corpo de outra pessoa com o dela, e ela fugiu com Petrarca. Os dois viveram felizes por cinco anos. Petrarca escreveu sonetos de amor inesquecíveis para ela. Mas depois tiveram um filho. E Petrarca estava tão obcecado pelo amor que o levara a escrever e se tornar conhecido, que acabou pedindo à mulher para desistir do filho... Já sabe para onde a história caminha?

– Para o pastor selvagem?
– Exatamente. Paradou. No fio da melhor tradição, ele e a viúva descobrem que são mãe e filho. Houve uma longa conversa para explicações.

– E depois eles foram felizes para sempre.
– Oh, não. De jeito nenhum. Desde o início Paradou percebe que Laura não odiava Petrarca... que depois a abandona e retorna para a Itália. Paradou percebe que a mãe ainda gostava do poeta e que o tinha perdoado porque ele se mantivera escrevendo e produziu uma grande arte depois de abandoná-la. O filho não conseguiu entender o perdão da mãe e matou-a. Espancou-a até a morte... e voltou para o campo.

Dom emudeceu.
– Aposto que não esperava por esse final.
– Não...
– São histórias estranhas. Parecem contos de fada e de repente dão uma virada cruel e moderna – acrescentei em tom casual. – Quer

dizer, alguém que você ama simplesmente se vira e diz: desculpe, mudei de ideia. Odeio você e vou lhe espancar até a morte...
O sentido das insólitas e desconhecidas canções provençais ressoou dentro de mim. Fiquei a me perguntar se tinha topado com um possível projeto de tradução de lendas que ainda não vira na língua inglesa. A água fustigava as pedras. Passei alguns minutos sem me dar conta de que estava sozinha.
– Dom?
Nenhuma resposta. Chamei de novo.
Desci o caminho de volta ao vilarejo às pressas. Procurei-o em cada canto onde achava que o tinha visto, e nada.
Já estava sem fôlego, quando cruzei o moinho do papel e o encontrei. Encostado a uma árvore, virado de costas para o caminho.
– Até que enfim!
Ele não disse nada.
– Você saiu de repente!
Silêncio.
– O que houve? Peço desculpas se estava... não notei que você tinha saído...
– Não, você não notou.
– Desculpe, eu... só estava pensando.
Ele me olhou com as feições distorcidas. Não propriamente irado, embora houvesse um ar de ira com um toque de angústia.
– O que foi? O que foi que eu fiz?
– Você fez o que ela costumava fazer – ele disse. – Falou como ela costumava falar. Eu não podia ficar. Ainda acho que tudo isso é um erro.
Não diga isso, implorei mentalmente.
O sol esfaqueou o céu, manchando-o por um momento, e logo tudo se fez sombrio. As pupilas de Dom se encolheram às alfinetadas de uma luminosidade repentina, e ele apertou os olhos antes de se virar.
– Por que você se separou de Rachel?
Ele hesitou. Dei-lhe o braço e esperei.
Mas o silêncio se estendeu e tornou-se insuportável.
O rio balbuciava. Enquanto corria por cima das rochas e dos seixos, ocupando o ar petrificado, um pássaro dava voz ao grito de dor abafado no meu peito.

Caminhamos apaticamente de volta ao lugar onde tínhamos deixado o carro.

9

Fui pega, é claro, quando menos esperava.
Alguns dias depois, Pierre me ordenou que fosse ao esconderijo. Eu teria que pegar o que estava escondido debaixo da pedra e levar para casa, onde o esconderia debaixo da cama, lá no fundo, de modo a deixá-lo encostado na parede. Intrigada com esse detalhe, em vez de me perguntar o sentido da missão, me perguntei por que teria que deixar aquilo encostado na parede, até que levei um susto com a voz firme de papai, que fez o chão faltar debaixo dos meus pés.
– O que você tem aí?
Ele se posicionara em silêncio atrás de mim, enquanto eu cavava o buraco debaixo da pedra. E me espreitara como uma caça até me deixar acuada.
Sem esperar por explicações, papai se adiantou e arrancou o saco com suas mãos grandes. Abriu e, para meu espanto, tirou de dentro um instrumento esquisito e desengonçado de ferro preto. Era bem antigo, mas, sem dúvida nenhuma, uma arma.
Ambos engolimos em seco.
– O quê. É. Isso.
Ele sacudiu o objeto. Com a testa vermelha e franzida, parecia prestes a explodir. Uma veia estufou por cima da sobrancelha.
– Eu... eu...
As palavras não saíram.
– Onde. Você. Pegou. Isso.
Não me restou escolha senão contar tudo.

No terraço das oliveiras, havia uma pequena construção de pedras com uma abertura estreita como passagem. Foi para aquele lugar construído por razões que ninguém sabia que papai me levou junto com Pierre e nos empurrou para dentro com um mutismo sinistro e furioso.

Era um lugar frio, úmido e escuro. Papai arrastou o tampo de uma mesa e o apoiou na abertura, bloqueando a entrada da luz. Lá fora, troou um barulho de pedras batendo umas nas outras. Era contínuo e ressoava no bosque com a fúria de papai. Eu quis gritar. Eu quis implorar para que parasse com aquilo e nos deixasse sair. Mas, se o fizesse, só iria piorar a situação e então me contive. Comecei a gemer e a tremer de medo por causa dos chutes que Pierre dava nas minhas canelas com o bico da bota.

Papai não disse nada. Não disse nem mesmo: "Vou lhes ensinar uma lição da qual jamais se esquecerão." Só ouvíamos o barulho das pedras batendo umas nas outras do outro lado da barricada, e que aumentava cada vez mais.

– O que está acontecendo? – sussurrei.

Pierre arrastou as botas ruidosamente no piso de terra.

– Estamos sendo emparedados – disse da maneira mais despreocupada possível.

Comecei a chorar. Estávamos presos na escuridão fria, sem comida e sem água, e eu não tinha feito nada de errado. De repente, passou um pensamento pela minha cabeça que me fez estremecer dos pés à cabeça. Aquele lugar... escuro, e daquele tamanho... me fez lembrar os jazigos das famílias no cemitério da cidade. Caixotões de mármore com pedras ornamentadas, trancas em relevo no latão e inscrições de nomes junto a datas de nascimento e de morte.

– Será que vamos morrer?

– Claro que vamos morrer – respondeu Pierre. – Cedo ou tarde.

Odiei a resposta. Ele era o culpado e nem fizera um simples pedido de desculpas na hora em que recebemos a sentença de morte por um crime que eu nem sabia que estava cometendo. Abracei a mim mesma e me encolhi como uma bola, balançando para a frente e para trás. De olhos fechados ou abertos, a escuridão continuava a mesma.

Algum tempo depois, não se ouvia mais o barulho lá de fora.

Meu companheiro de cela, invisível e silencioso na masmorra. As paredes podiam estar a um toque de distância ou tão distantes quanto as montanhas mais próximas. Flutuei em meio a um terrível nada.

– Pierre?

Nenhuma resposta.

Será que já estava morta?

Belisquei o pulso e senti dor.

Em seguida, alguma coisa arranhou o chão. Um animal?
– O que é isso?
O barulho se tornou mais longo e definido.
– Estou cavando – disse Pierre.
Eu sabia que podia confiar nele!
– Será que escaparemos dessa?
– Não estou cavando um túnel.
– Oh.
A escavação prosseguiu.
– Está fazendo o quê, então?
– É claro que estou procurando o tesouro. Este lugar aqui é ideal para escondê-lo; não digo nada a ninguém quando o encontrar e fujo com a fortuna.
Isso era típico de Pierre. Não parecia nem um pouco preocupado. Era melhor não puxar conversa, aquele comportamento arrogante não me agradava nem um pouco. Encolhida em meu canto, cheguei à conclusão de que, se relaxasse, talvez conseguisse dormir e vencer o medo.
Já era noite quando papai chegou para nos soltar. Estávamos famintos, mas ele nos mandou para a cama de estômago vazio; só bebemos um copo d'água. Passei a noite toda acordada, tremendo toda.

Pierre nunca explicou exatamente como adquirira o revólver prussiano. Disse alguns detalhes para mim que podiam ser verdadeiros ou não. Arielle contribuiu para o esclarecimento parcial dos fatos quando contou o que ouvira de uma conversa entre o pai dela e o meu.
Segundo ela, a arma era de um negociante do mercado que tinha uma barraca de "artefatos históricos" especializada em armamentos. Claro, um comércio no qual não se faziam perguntas ao comprador, que muitas vezes não tinha licença para o porte de armas e não se interessava por antiguidades. Acho que a negociação envolveu a troca por um dispositivo aparentemente inócuo – na verdade, uma peça fundamental para uma arma mais perigosa e letal; o pior é que papai se convenceu de que o tal dispositivo fora roubado da barraca onde Pierre trabalhava. O negociante achou que Pierre era o mensageiro.
O que Pierre pretendia fazer com a arma permaneceu um mistério. Se bem me lembro, ele deu de ombros. Alegou que poderia ser útil. Ele ainda não tinha completado treze anos de idade.
Mas o episódio não ficou só nisso. O pior estava por vir.

10

Primeiro, senti um arrepio desconfortável e não liguei. Depois, um apertão nos ombros. E, de repente, tive uma forte sensação de que alguém me observava pelas costas na cozinha. Olhei ao redor. Claro que não havia ninguém lá.

Dom tinha ido à loja de CDs da cidade para encomendar algumas gravações raras nas quais Rachmaninoff executa os próprios prelúdios ao piano. Eu estava preparando um almoço gostoso que seria servido na área do jardim virada para o sul, se o sol do meio-dia estivesse quente o bastante, uma frágil tentativa de disfarçar a depressão que eu deixara transparecer pela manhã.

Já tinha feito uma quiche de alcachofra e alcaparras e o prato favorito de Dom: purê de batatas com azeitonas pretas e azeite, que eu iria decorar com um raminho de oliveira.

Acabei de preparar os dois pratos e tentei seguir a receita de uma revista para uma *charlotte aux trois abricots* – um bolo molhado feito com três tipos de damascos: frescos, cozidos com lavanda e um pote inteiro de geleia de damasco. Como outras receitas francesas, essa também dizia que o tempo não era problema, que cozinhar era a coisa mais importante na vida e que não se devia cozinhar às pressas e apenas para o sustento do corpo. Mas tudo bem. Eu estava à mesa e feliz; os raios do sol entravam pelas janelas, e o tempo de preparo era irrelevante (claro, à parte as instruções precisas de preparo, o autor da receita insistia no quesito concentração com um leve tom autoritário).

O aroma surpreendente da receita era uma elegia perfumada à vida campestre na França. A vida de fantasia com que sonhara um dia e que escapava pelos meus dedos.

Naquele estado onírico, talvez eu tivesse trazido inconscientemente à tona o que estava acontecendo entre mim e Dom, o que talvez tivesse a ver com aquele lugar que escolhêramos com impetuoso otimismo para morar.

Tive então aquela mesma sensação. De que estava sendo observada, de que alguém estava por perto. A frágil impressão de tranquilidade se fraturou. E, numa fração de segundos, me senti tensa.

Olhei em volta com ansiedade, e lá estavam grupos sombrios de antigos moradores da casa; lampiões acesos; espíritos à espreita nos cantos escuros; risadas e choros; crianças em trajes de dormir; velas a se extinguirem repentinamente, e ainda os ruídos furtivos de camundongos no forro da casa e a ressonância de conforto e esperança da leitura das escrituras. Logo o sol ardeu como um anjo brilhante de olhos intensos e inquisidores. Penetrou pelos cortes e fendas da mesa e assim patenteou a essência dos meus fantasmas: meus próprios medos.

Saí pela porta dos fundos para clarear a mente. Apoiei-me na parede lá de fora, pensando comigo mesma que devia deixar de ser tola. Foi quando ela apareceu novamente. A silhueta flutuou no caminho de entrada, tal como eu a vira antes. Azul-acinzentada, etérea.

Desnorteada, desci os degraus devagar e em silêncio, com o coração aos pulos e bem atenta. Saí do pátio dos fundos e entrei no jardim.

A sombra continuava por perto. E se movia em minha direção. A mulher estava com uma capa esvoaçante e vinha ao meu encontro e dessa vez não se desmaterializara. Ela se aproximou de mim.

À luz do dia, ela aparentava ter mais que os trinta e muitos anos de quando a vira no saguão de entrada da casa dos Durand. A boca carnuda não estava com o batom cor de ameixa. Mas o impecável corte dos cabelos ruivos era inconfundível.

– Não queria assustá-la, desculpe!
– É um caminho público. – Embaraçada, nem percebi que estava tremendo.
– Meu nome é Sabine.
– Já nos conhecemos – eu disse. – Na casa dos Durand... naquele almoço maravilhoso.
– Cheguei a me perguntar se você se lembraria.
Ela estava sendo sarcástica? Possivelmente, sim. Os olhos levemente ocultos e ligeiramente maquiados estavam atentos e vívidos.
– Que bom vê-la outra vez – tentei aparentar calma e leveza.
– Como está se sentindo aqui?

– Isso tudo é... – apontei para os arredores com a mão trêmula e torci para que isso passasse despercebido – é adorável... fabuloso, o que posso dizer? Estar aqui é como ganhar um prêmio – disse isso e me lembrei das bolhas de infiltrações na argamassa das paredes e do mofo esverdeado que tomava a parede do banheiro. As venezianas balançavam com o vento que a qualquer momento poderia se tornar um mistral e se prolongar por uma semana. O sol já tinha sumido.

Ela balançou a cabeça, como se tivesse que ser assim, e fez menção de se retirar.

Sem me dar conta do que dizia, convidei-a para entrar e tomar alguma coisa... um café, uma xícara de chá? Qualquer coisa que a mantivesse ali até que meu cérebro se encaixasse com meus instintos de maneira a virar a situação a meu favor.

– Você mora aqui na vila?
– Não. Moro na estrada de Céreste, fora do centro.
– O ano todo?

A pergunta não era estúpida como pode parecer. Muitos profissionais da região trabalhavam em Marselha ou em Avignon ou em Lyon e só retornavam nos fins de semana. Sabine emanava um ar distinto de uma mulher profissional.

– Atualmente, meio a meio.

O que você faz? Poderia ser rude perguntar isso, se o tom soasse errado na hora errada. Esperei que ela mesma dissesse para me poupar de um possível contratempo. Mas ela percorreu a cozinha com os olhos, talvez para satisfazer a curiosidade.

Sabine então pegou uma jarra de porcelana lascada, com adornos de serpentes saindo de uma tigela e uma inscrição em letras azuis: *HERBES DES MAGICIENS*.

– Será que deixaram aqui de propósito para que vocês achassem? – ela perguntou como se soubesse.

Concordei com a cabeça.

– A gente acha todo tipo de coisas aqui. Chamamos de presentes da casa.

Servi duas xícaras de café e nos sentamos à mesa comprida de pinho perto da janela. Pela janela alta que dava para o pátio, se viam as castanhas que se agitavam na árvore e despencavam na grama fofa.

Houve uma pausa incômoda.

– Foram muitas histórias, muitas famílias que viveram aqui no decorrer dos séculos – eu disse entusiasmada, sem entrar direto no assunto que me interessava conversar com ela.
– É verdade.
Ela me observou atentamente. Ela sabia. Até parecia que tinha colocado a mão no meu ombro a fim de ouvir minhas confidências. Ela sabia e estava à espera.
– Outro dia, achei uma *borie* aqui. – Mencionei uma casa primitiva feita de pedra e de forma arredondada. Estão espalhadas por toda a Provence, talvez como abrigos de pastores. – Há quanto tempo estará aqui?
– Muito tempo. Talvez até antes da construção desta casa.
Ela olhou para a cozinha novamente, como se para se familiarizar com as mudanças. Isso foi desconcertante.
– A casa é muito velha. E, na verdade, não está em bom estado.
– Vocês pretendem fazer obras?
– Algumas. A escada está em péssimas condições... é muito perigosa. E há rachaduras enormes nos pontos das paredes onde a casa foi alargada. Parece que as escoras não deram conta.
– É o que se faz aqui na região em casas como esta; quando se precisa de mais espaço, simplesmente se constroem novos cômodos. Amplia-se a casa de qualquer maneira. É bom não exagerar.
– Eu sei. Para não a descaracterizar.
Sabine pareceu pensar um pouco antes de fazer um comentário.
– Não se preocupe – eu disse. – Não colocaremos paredes de vidro nem escadas industrializadas de aço.
– Todas as casas daqui têm algumas partes rústicas. Ninguém se incomoda, e muito menos os parisienses e outros ricos do norte que chegam aqui para brincar com o estilo rústico durante algumas semanas ao sol.
Eu já os vira chegar naquele verão em grandes carros pretos e polidos de quatro portas que assustaram os pedestres de Gordes. Prestigiaram os restaurantes, que lotaram e inflacionaram os preços, tornando-se acessíveis apenas para os que estavam mais interessados em aparecer que em se alimentar. Celebridades – e políticos – que chegaram às bancas de jornal local e se puseram a limpar as revistas *Paris Match* e *Pont de Vue* para deixá-las em bom estado.
– Mas isso é só no verão.

– Geralmente os parisienses só chegam aqui em agosto. – Ela fez um gesto de menosprezo com a mão. – Os turistas de outras nacionalidades chegam durante todo o verão. Os moradores reclamam dos supermercados lotados, mas a gente vê tudo isso e nem por isso deixa de gostar daqui.
– Bem, não posso dar um palpite... já que sou estrangeira.
Ela sorriu.
– Não seria o mesmo sem vocês aqui. Trabalho como corretora de imóveis, entre outras coisas.

As outras coisas incluíam a direção de uma revista local e a participação numa empresa de serviços de luxo, negócio no qual se organizavam jantares para vinte pessoas, com poucos dias de antecedência e acompanhados de um chef de cozinha, ou se providenciavam cadeiras especiais ou ostras ou obras de artes ou outra coisa chique qualquer que era encomendada. Ela concordou comigo que era quase impossível encontrar uma boa iluminação, pontos de luz que cumprissem a função sem que fossem de mau gosto – eu tinha chegado à conclusão de que os cantos escuros da casa que recebiam a forte luminosidade do sol durante os meses de verão precisavam urgentemente de iluminação. Na chegada do inverno, surgiram na velha casa muitos cantos escuros, recônditos e perigosos. Ela indicou onde encontrar o tipo de loja de luminárias que eu queria e disse que, se fôssemos juntas, poderia me conseguir um bom desconto.
Não mencionamos o nome de Dom.
E também não mencionei a Dom a visita de Sabine quando ele voltou para casa na hora do almoço.

11

No dia seguinte, mamãe me pediu para levar um recado na vila. Continuava de boca fechada comigo, mas papai assumira a tarefa de proferir as palavras duras que certamente estavam por vir. Pierre estava encostado na figueira de mãos para trás quando entrei correndo pelo pátio depois de ter entregado o recado.

– Você contou – disse.
– Você sabe que não contei.
– Sei que você contou, Bénédicte. Você não foi cuidadosa como mandei. Ou deixou que papai visse ou você mesma contou o que ia fazer.
– Mas não fiz isso!
– E agora terá que aguentar as consequências.
– Que consequências? – Eu já estava cansada das ameaças do meu irmão, cansada do castigo naquele depósito escuro.

Pierre estendeu um dos braços e mostrou o que estava escondido. A gatinha preta desamparada que aparecera miando no meio da tempestade algumas semanas antes e que acabei adotando com a permissão dos meus pais. Uma criaturinha franzina e tímida que aceitou feliz a comida que recebeu e que logo se recolheu a um canto. Mas depois recuperou as forças e começou a brincar, caçando castanhas no terraço de pedras do lado de fora da cozinha e pulando em cima de uma castanha para pedalar com as patas traseiras.

A gatinha preta oscilou perigosamente no ar. Pierre a dependurou pelo pescoço.

– Não! Não faça isso! Deixe-a em paz! – gritei, avançando contra ele, sem me preocupar com a reação que poderia ter comigo.

Mas ele se esquivou. E balançou o corpo da gatinha fortemente preso pelo pescoço. Talvez a tivesse estrangulado antes de me ver e já não adiantasse mais nada. Levei algum tempo sem saber se tentava ver a gata se mover ou se protestava antes de testemunhar o gesto vil.

A luz tremeu e o pátio se encheu de pontos escuros. O escárnio se endureceu com as sombras.

Ele esmagou a gatinha indefesa no chão. Olhei horrorizada e com uma súbita inundação de lágrimas o corpo que jazia rígido no chão.

Ele tirou uma faca do cinto e me encarou. Inclinou-se e abriu a pobre gata com um movimento repentino e certeiro, as vísceras à mostra mancharam o pelo negro e macio com um escarlate assustador.

Saí correndo. Encostei-me numa figueira no pomar e vomitei até as costas doerem.

Toda vez que eu chorava, mamãe me abraçava e dizia que os anjos da guarda velavam por nós e pela casa e que nada de mau aconteceria.

– Então, onde eles estão? – eu perguntava.
– Saberá, se fizer um esforço para vê-los e ouvi-los – ela respondia. Eu fazia de tudo para ver ou ouvir alguma coisa, mas nunca tinha uma prova sequer.

Os mesmos sons se elevam agora: os sinos do bode no pasto lá embaixo, as cigarras, os pássaros. O vento ainda sussurra antigas histórias nas árvores. Logo se metamorfoseia e parece um córrego ou um veículo que se aproxima pela alameda. As árvores imitam os sons da vida, absorvem-nos e os passam adiante de acordo com o tipo de vento que sacode os galhos.

Arrasada, subi até o andar de cima para buscar consolo nos livros. Não eram muitos, mas tinha ganho de presente de aniversário dos meus pais um lindo exemplar de *Lendas provençais*, de Corio. Era um livro de tamanho médio, com capa grossa e pintada de modo a parecer couro. Foi o melhor presente que ganhei na vida, com histórias que os pastores contaram ao longo dos séculos enquanto conduziam os rebanhos pelas planícies e os vales de acordo com as estações. Histórias em que o tempo não importava e a vida era sempre a mesma, em que bem e mal se revezavam com o simples adejar de uma capa empastada de lama e a natureza humana se tornava tão sombria quanto uma caverna sem saída.

Mas o livro não estava mais debaixo da cama quando o procurei.

Embora o tenha procurado em tudo quanto é canto, nunca o encontrei. Mesmo sem provas, eu sabia quem o tinha apanhado e que esse crime jamais seria confessado.

12

No dia seguinte, Dom se fechou na sala de música. Abri a porta com todo o cuidado. Ele estava ao piano, de costas para mim, e não respondeu quando lhe disse que daria um pulo em Apt para fazer compras. Fui acompanhada pela música no trajeto da casa até a garagem.

Sem inspiração, comprei pão, queijo e ovos no supermercado da rua principal de Avignon, e, depois de colocar a sacola no porta-malas, olhei em volta à procura de Sabine. Caminhava de volta para a entrada, quando um braço moreno saiu de um bonito carro prateado e acenou para mim. Conforme o combinado, entrei nele.

A loja de luminárias ficava meio fora de mão, quase na metade do caminho para Avignon. Mas ela estava certa. Era exatamente o tipo de loja que eu queria. Levei uma hora e meia para fazer as encomendas e depois voltamos ao carro.

– E então – ela disse enquanto ligava o motor. – Levo você direto para Leclerc ou vamos para outro lugar mais interessante. O que quer almoçar?

– Bem... nada.

Fomos a um restaurante em Roussillon.

O vilarejo se empoleira em penhascos ocre que se elevam do vale como chamas e ali permanece como uma ilha cercada de pinheiros e cedros verde-escuros. Era avistado de Les Genévriers, embora ao longe, e eu já tinha jantado lá uma vez com Dom, mas não tinha sido propriamente uma exploração.

No alto verão, as ruas estreitas ficam congestionadas, mas, na hora, foi fácil encontrar uma vaga, e estacionamos na praça. A argamassa arenosa das construções brilhava em cores de laranja, vermelho e rosa, que esmaeciam do melancia ao tangerina.

Passamos por lojas especializadas em produtos da região, como vinhos, velas perfumadas, azeite, sabonetes e ramos secos de lavanda, e, no topo de uma rua de pedestres, Sabine empurrou a porta do restaurante.

Foi recebida como uma cliente especial, e, alguns segundos depois, nos acomodaram na mesa de canto ao lado da vitrine da frente, com vinho, água e pão.

Conversamos educadamente sobre o lugar, e, em seguida, ela me perguntou se eu fazia alguma coisa em particular com o meu tempo. Fiz uma breve menção ao meu trabalho de tradutora antes de me referir às minhas ambições literárias, e ela pareceu genuinamente interessada. O que eu tinha em mente? Que tipo de livro? Quais eram meus autores preferidos?

Depois que descobrimos que gostávamos dos mesmos autores – Pagnol e Magnan entre outros –, não me incomodei em compartilhar algumas ideias que vinha amadurecendo e cujos temas estavam enraizados no espírito do lugar. Talvez, admiti, acabe coletando algumas histórias para traduzi-las.

– Les Genévriers é o lugar certo para começar – ela disse, sem que me tivesse entendido de todo. – É um lugar cheio de histórias. Devia pesquisá-las.

Não era exatamente o que eu pretendia, mas ela sugeriu com tanto entusiasmo, que a ouvi.

– Marthe Lincel. Vale a pena pesquisá-la. Ela viveu lá. A menina cega que um dia se tornou a mais famosa perfumista dos anos 1950. Conhece-a?

Nunca tinha ouvido falar dela.

– Parece interessante. Verei o que consigo achar dela.

– Sem dúvida, você devia pesquisar. Marthe Lincel.

– Vou pesquisar.

A conversa transcorreu agradável ao longo de duas rodadas de pratos. Eu dava tratos à bola para encontrar um jeito de abordar o assunto que me interessava enquanto o garçom tirava os pratos da mesa, quando ela perguntou.

– O que aconteceu com Rachel?

Levei um susto. Não apenas pela objetividade de Sabine, mas pela suavidade com que disse o nome Raa-quel, dando a entender que o nome guardava segredos e avisos. Sem saber o que responder, lutei para recuperar a compostura e não deixar transparecer a extensão da minha ignorância, até que Sabine levou a mão ao queixo e o apertou.

– Eu a trouxe aqui uma vez.

Ela disse isso com leveza, embora com uma nota ligeiramente falsa.

– Foi durante uma viagem que organizei para a imprensa. Hospedamos os jornalistas em uma das melhores casas daqui. Eu os levava aos restaurantes, e, uma noite, a empresa de promoção de eventos mostrou o que um jantar maravilhoso era capaz de proporcionar. Durante o dia, mostrei as partes da região que podiam se transformar em boa matéria. Ela depois mandou a matéria que tinha escrito, com uma carta anexa bem gentil.

Pensei rapidamente.
— Eu adoraria ver a matéria — disse.
Sabine me observava atentamente. Estudava cada nuance das minhas reações. Ao conversar com ela, cada passo novo teria que ser dado com precisão.
— Tenho certeza de que ainda a tenho guardada em algum lugar — ela disse.
— Gostaria muito de lê-la.
— Foi por causa dessa viagem que ela voltou. Inspirou-se aqui. Ela queria pesquisar um pouco mais e preparar uma matéria investigativa.
— E aí entrou em contato com você.
— Um contato breve, mas lhe consegui um aluguel de seis semanas por um ótimo preço. Conheço muita gente aqui.
— A casa Mauger.
Sabine abriu a palma das mãos, em rápido assentimento.
— E ela trouxe o marido — acrescentei.
— Sim, trouxe.
— Mas então por que... — interrompi a frase para organizar os pensamentos. Por que Dom fingiu não conhecer Sabine? Não deve ter pensado que ficaria estranho fingir que não a conhecia. Ah, Deus, logo com ela, cujo trabalho era reparar nas pessoas que instalava nas casas dos clientes.
Sabine pareceu ler minha mente.
— Só o vi uma vez. Ela ficava sozinha na maior parte do tempo. Se bem me lembro, só teve um dia, ou talvez um outro, em que ele se juntou a ela.
— E quando foi que os dois estiveram aqui? — Tentei parecer o mais casual possível.
Ela fez uma pequena careta.
— Dois ou três anos atrás? Alguns meses depois que os jornalistas estiveram aqui.
De novo, me senti atentamente avaliada por ela.
— Parece um lugar estranho para se alugar... Quer dizer, para uma pessoa só.
— Bem... ela me fez um favor ao alugar a casa. Queria ficar nas cercanias, e o proprietário queria alguém lá enquanto estivesse ausente. Fizemos um trato que atendeu as duas partes.

– *Une bonne affaire* – comentei. Um bom negócio.

Fez-se uma longa pausa enquanto eu considerava as possibilidades. E cheguei à conclusão de que saber mais sobre Rachel suplantaria o embaraço de admitir que não sabia nada sobre ela e que estava ávida para saber mais. A ideia de falar sobre o meu relacionamento com Dom era um poderoso freio, mas nem assim me detive.

– Então... Rachel encontrou o que procurava, escreveu a matéria investigativa?

– Sim, ela fez a pesquisa. Mas não sei se escreveu sobre o que encontrou. Acho que não.

– Ora? Por quê?

– Ela disse que manteria contato comigo, e fez isso por algum tempo. Havia outras vias a serem exploradas, questões em que ela sabia que eu poderia ajudá-la. E ajudei muito.

O olhar investigativo se mostrou novamente atento às minhas reações. Procurei me manter impassível e firme o máximo que pude.

– Mas depois... nada.

Estremeci involuntariamente, embora tenha me mantido firme.

– Mas... se você ajudou muito... pelo visto, se tornaram amigas. E você deve ter tido meios de se comunicar com ela.

– Claro. Eu tinha o número do celular... que foi desativado. Telefonei para o jornal que publicou a matéria, mas eles também estavam sem notícias dela.

– E não tinha o endereço da casa dela?

– Escrevi para lá, mas não houve resposta. Nada.

As palavras de Sabine caíram como uma sombra gelada.

Começou a chover lá fora. Os retalhos das copas das árvores escureceram rapidamente. De nossa mesa, reparei na ferrugem do metal que emoldurava a vitrine, e me veio à mente a casca de um queijo maturado.

– Como era Rachel?

Já não fazia sentido fingir que sabia mais do que realmente sabia, ou que não estava interessada nisso. De qualquer forma, Sabine parecia conhecer muito bem como jogar aquele jogo, e as melhores cartas estavam nas suas mãos.

Ela refletiu por alguns segundos.

– Era uma mulher intensa, arrojada... com fome de conhecimento, queria fazer diferença. Mas também tinha um lado festeiro; po-

dia ser frívola, gaiata e segura. Às vezes desconcertava as pessoas. Em dado momento, era ousada e determinada, e um segundo depois era superficial. Isso era desconcertante. As pessoas tinham dificuldade para entendê-la. Mas era uma excelente jornalista. E muito bonita... é claro.
Sempre a imaginava bonita.
– Escrevia para qual jornal?
Sabine fechou os olhos, talvez para se lembrar.
– O nome do jornal começava com a letra "T"...
– *Times, Telegraph? Travel*... algum desses?
– Acho que era *Telegraph*.
Faltava completar o nome dela.
Peguei um folheto de propaganda.
– Rachel... de quê? Qual era o sobrenome dela? Não usava o sobrenome do marido, usava?
– Summers.
Balancei a cabeça como se já soubesse e ela simplesmente tivesse me ajudado a lembrar.
– O que ela estava pesquisando?
Eu tinha plena consciência de que a bombardeava com perguntas e que, ao fazê-las, revelava alguns aspectos do meu relacionamento com Dom. Devia ter encerrado o assunto ali, mas não consegui.
– Posso lhe mostrar, se quiser. Ou melhor, posso lhe mostrar o que ela viu e a inspirou a fazer a pesquisa. Não é a história propriamente dita. Aliás, é bem diferente do que a história que a originou.
Como eu poderia não ficar intrigada?

13

Foi muito ruim quando o fantasma de Pierre apareceu, silencioso e com um ar deslocado. Ainda investido da identidade infantil, a cada manhã espreitava os arredores com uma expressão insolente, na cozinha, no meu quarto. Até então, não tinha feito nada que me magoasse, mas eu o conhecia. Era só uma questão de tempo.

Nesse ínterim, enquanto a razão exata para o reaparecimento de Pierre se mantinha obscura como uma nuvem pairando na montanha, como uma ameaça escura e nebulosa, sempre encontrava um jeito de apagar a imagem dele; fechava os olhos e fingia que tudo estava normal, e uma vez ou outra, quando reabria os olhos, ele tinha desaparecido, se desvanecido, evaporado ou outra coisa qualquer que os espíritos fazem quando não estão ocupados em assombrar alguém.

Fazia mais ou menos uma semana que Pierre estava ausente e que já não me assustava com oscilações de luz e sombras na parede, quando certa tarde a assombração reapareceu.

Só que dessa vez era Marthe. E só então me dei conta de que estava metida numa situação complicada. Veja bem, não se tratava mais de uma criança. Ela era uma mulher rica, ereta e poderosa, que em pé parecia bem maior que eu, embora na vida real fôssemos quase do mesmo tamanho. Acho até que eu era um pouco mais alta que ela. Mas não naquela hora; eu estava sentada, e ela, de pé e muito ereta.

– O que você quer? – Soltei um grito involuntário, e claro que não esperava por uma resposta. Até porque Pierre nunca respondia a pergunta nenhuma, nem mesmo com gestos.

Marthe não se moveu. Parecia uma estátua fria e com conexão vazia. Era a própria representação da imobilidade. Em pé, imóvel e a menos de dois metros de onde eu estava sentada.

Arrancada de um cochilo perto da lareira, fiquei congelada na cadeira. O vento soprou nos galhos da catalpa, que estalaram lá fora. Uma veneziana se soltou com um baque. O silêncio começou a zumbir dentro da casa.

Marthe não reagiu. Permaneceu encarnada na imobilidade. Observei-a por uns longos segundos, sem conseguir respirar.

A imobilidade de Marthe continuou firme. E então – juro que isso realmente aconteceu – os olhos dela começaram a brilhar até ficar vermelhos flamejantes. Ela fixou os tristes e lindos olhos cegos que quase não enxergavam e ardiam como carvão em brasa nos meus olhos. A pele que os contornava tornou-se uma crosta de sangue seco.

Embora não tenha dito nada e nem sequer mexido a boca, juro que a voz dela ecoou na minha cabeça.

– Pensou que podia fugir? – ela disse.

14

Algum tempo depois, entrei no café que tinha internet, o olho mágico do mundo moderno. Eu me senti desleal, dissimulada e iníqua. Mas meti na cabeça que aquilo era para um bem maior e para me apaziguar. Encontraria o que queria e a coisa terminaria ali. Mais uma vez, me equivocava, mas como poderia saber quando estacionei, tranquei o carro e caminhei pela calçada em direção ao café em Apt?

Lá dentro estava cheio de rapazes do norte da África. Parecia que o lugar pertencia a eles, mas o rapaz atrás do balcão não foi hostil quando solicitei uma conexão.

Digitei o nome dela no mecanismo de busca usual. Meu coração deu um salto quando a tela exibiu milhares de entradas referentes ao nome. Sem me deter, cliquei em "Imagens" para ver se aparecia alguma foto. Nenhum dos rostos e cenas que encheram a tela parecia corresponder a ela. Ou eram muito jovens ou muito velhos, ou então pertenciam a uma Rachel Summers com uniforme de jogadora de futebol.

Retornei à página inicial dos resultados da busca e, impaciente para avaliar as ofertas, desci rapidamente a barra de rolagem. Entre as entradas, um grande número de páginas sobre o time de futebol de Rachel Summers, uma relação de diversos sites colegiais de relacionamento, uma cientista proeminente, uma musicista e uma ambientalista. Por fim, encontrei artigos de cinco ou seis anos antes, um do *Daily Telegraph* e outro do *Traveller*. E também um artigo curto de uma revista feminina. Talvez ela tivesse trabalhado como freelancer, talvez tivesse escrito regularmente em algumas das publicações. Mas era só um palpite.

Procurei freneticamente, na esperança de encontrar alguma foto ou algum artigo de Rachel, até que tive a primeira sensação de desconforto, como se o inconsciente tivesse percebido e o consciente se esforçasse para perceber enquanto procurava datas e artigos mais recentes. O mais recente era de dois anos antes. A última publicação era uma entrevista com Francis Tully no verão de 2008, na Provence. Eu estava tão absorta na tarefa de continuar a busca, que não notei a discussão que se iniciava no balcão. Ergui os olhos, e um senhor vestido com o tradicional traje muçulmano apontava para mim enquanto o rapaz do balcão a quem eu tinha pagado para usar o computador lhe pedia calma. Alguns minutos depois, durante os quais fiz de tudo para me concentrar na tela do monitor, o rapaz do balcão se aproximou de mim com um ar apologético.

– Sinto muito, madame, mas tenho de lhe pedir para sair.

– Mas... eu ainda não...

Pelo que entendi, o tal senhor era um cliente assíduo que reclamara da minha presença, que, além de jovem e desacompanhada, usava uma saia acima dos joelhos.

– Sinto muito – repetiu o rapaz com um ar simpático e um pedido no olhar para que não houvesse confusão. Não me restava nada a fazer senão sair com elegância para retornar em outra ocasião.

– Faria o favor de imprimir isto para mim? – Apontei para a entrevista com Francis Tully na tela enquanto recolhia a bolsa e alguns papéis com uma incompreensível dignidade. – Antes que eu vá.

Olhando para trás, vejo que aquele dia marcou o início, a sensação da nossa separação. Além de ter percebido que eu e Dom não estávamos mais ligados um no outro, também me dei conta de que eu tinha trancado e esquecido uma parte vital do meu ser, na tentativa de mostrar autoconfiança e não parecer carente e ciumenta do passado dele. Agora, vejo que aquele dia foi como um mergulho em águas geladas.

O verão idílico acabara verdadeiramente.

15

Daily Telegraph Magazine (Londres), sábado, 14 de junho de 2008.

O JARDINEIRO INCANSÁVEL:
UMA TARDE COM FRANCIS TULLY
por *Rachel Summers*

"Não tantas mulheres, como Picasso, não tanto vinho, como Durrell, não tanta raiva, como Beckett; eu poderia ter sido bem pior...", *Francis Tully ergue uma garrafa de vinho rosê fabricado na região e me estende um copo lascado, sem dar uma pausa para respirar.*

No jardim do escritor iconoclasta ao sul da França, fragmentos de estátuas de pedra e frontões deliberadamente dispostos para agradar aos olhos; em algum lugar, um detalhe de mão quebrada, um emaranhado de hera petrificada que liga um grupo de pinheiros, um abacaxi rococó no canteiro de lírios brancos.

O torso de um arqueiro sem cabeça se junta a nossa mesa de pedra abrigada pela copa de uma videira. Ele aponta o arco para a cabeça de Tully, a velha versão de uma arma apontada para a cabeça, embora não esteja claro se isso sustentará a voz de Tully ou se a deixará calada. Em todo caso, não é uma boa ideia interrompê-lo em pleno fluxo do discurso.

"A fotografia e a arte naïve *não passam de ferocidade emotiva, o que pode ser visto na reação do púbico e em como ambas provocam essa reação... austeridade, a única verdade... o contexto deve ser suprido pela mente... Surrealismo é fazer isso como se fosse brincadeira, uma peça de teatro, transmissão da fantasia de um jeito bem europeu..."*

E ele prossegue, com um fermento de ideias e associações.

O piso na pérgula verde ao lado da casa está repleto de restos de estatuária e membros de pedra sem o resto do corpo, como um cemi-

tério macabro. "Uma obra em progresso", ele diz com displicência. Ele ainda trabalha, ainda leva a arte a sério.

Contudo, a esperada retrospectiva da obra de Francis Tully será aberta na próxima semana na Tate Modern sem que ele esteja presente. Ele não tem intenção de retornar a Londres... nunca mais. A antipatia pelo país de origem ainda é a mesma de quando partiu quase quarenta anos atrás.

Quero perguntar sobre a chegada dele a esta casa, a esta terra no sotavento das montanhas rochosas Alpilles, na primavera de 1974, quando ele fincou uma estaca no solo e chamou-a de seu domínio sensual; sobre a viagem de trem que ele próprio descreveu em The Rotten Heart: *o sul do país passando pela janela do trem quando nela o reflexo era apenas uma sombra enquanto ele via passar campos e árvores obscurecidas e o contorno de rostos sem detalhes, sonhando se tornar o homem que queria ser.*

As descrições pictóricas que ele fez quando topou com o mundo maravilhoso e fechado ao "sul do telhado entalhado de Dentelles de Montmirail, um cordão de pedras tecido pelo mistral", encantaram gerações e continuarão encantando. Das altas janelas de sua grande bastide de pedra, veem-se as vindimas, "de onde vertem os ricos vinhos tintos quase azuis absorvidos pelos lábios flácidos e roxos dos papas de Avignon, e que ao longo dos séculos fortaleceram e uniram os homens em sólida fraternidade".

De longe, esses vilarejos parecem abandonados. Apenas as portas e os gerânios nas cantoneiras das janelas indicam que são habitados. Distantes do mundo mediterrâneo, fechados em si mesmos, à primeira vista parecem desolados e empedrados, mas cheios de riqueza para homens como Francis Tully.

Segundo o que ele mesmo confidenciou em The Rotten Heart: "Na França, como expatriado em exílio voluntário, dispus de liberdade e ambiguidade. Sem fronteiras, sem inspeções e sem controles. Isso é tudo de que o artista precisa: inventar o próprio país, onde ele se recria."

E o mundo novo onde o artista se recriou trouxe-lhe amizades e um dossel de personagens imortalizados em suas telas: o ex-malabarista do Circo dos Sonhos; o pastor desdentado; a alemã de quase dois metros de altura cujo marido era um banqueiro de Zurique; o brocanteur que coletava e reciclava tralhas de fazendolas, igrejas e castelos para a crescente onda de estrangeiros; o curandeiro que cultivava as ervas que usava como ingredientes, pesando-as e destilando-as em potentes remédios; e o grande elenco de companheiros de bebida – agricultores, apicultores, vinicultores, construtores, padeiros, engenheiros e artistas – no Bar des Alpilles.

Quero lhe perguntar se essas pessoas ainda estão aqui, se ainda se reúnem para beber pastis e conversar à sombra das árvores. Aquele mundo era real ou apenas um mundo retratado? Mas ele descarta as minhas perguntas sobre o livro com um aceno: "Isso não tem importância!"

Pelo visto, a aparência também não importa. Ele veste um suéter azul com buracos que ficam visíveis quando estica o braço de um modo teatral para acentuar alguma ideia, o que ele sempre faz. Os sapatos estão rotos, e a sola do pé esquerdo é presa por uma fita adesiva.

Quando insisto, ele pega outra garrafa, puxa a rolha e diz com um tom comedido: "Alguns preferem mentiras a verdades. Essas pessoas se valem de ambiguidades e evasões como autodefesa. Qualquer tentativa de conhecê-las é como descascar cebolas. A analogia é adequada, pois as lágrimas também vertem quando você tenta amá-las."

Ele agora mostra um tom erudito e distante, colorido pelo cortante sotaque inglês. Até onde ele fala de si mesmo?, pergunto.

Ele se esquiva da pergunta. "Mas você não pode amarrar tudo com nós e conspirações. Certamente, o que importa é o maravilhoso. O agora, as cadências proteicas, o azul escandaloso deste céu, este momento! Esta pedra! Este vinho! Esta vespa chata! Esta súbita lufada de perfume de esteva!"

Será que ele vê o país da mesma maneira?, penso comigo. Ou o país se transformou e se confunde com os muitos anos que ele vive aqui?

"É estranho. Quanto mais você conhece, mais você vê. Porque você vê junto a uma outra dimensão que não pode ser vista: tempo e experiência, e todas as histórias ouvidas e lidas que agora estão sobrepostas. Isso faz parte da terra. É o que a cria.

"Você já esteve em Cassis? Veja as pinturas de Duncan Grant e Vanessa Bell. Leia Woolf. Veja os lugares onde eles viveram, e depois veja de novo. Sem raízes como essas, livros, pinturas, instalações... tudo é fraudulento."

Ele disse que acabava de voltar de uma viagem que tinha feito para pintar. "Com uma jovem e adorável modelo. Chamo-a de Magie... ela é mágica. É a melhor modelo que tive nestes anos todos. Destemida, entende? Gostaria de fazer mais coisas com ela. Mas você devia ir a Cassis. Você vai adorar. Aliás, que tal ir comigo?"

Na hora de ir embora, ele me conduz pelo jardim, onde me mostra um gazebo de metal que fez para as roseiras trepadeiras. Ele volta a insistir que devo ir a Cassis e me presenteia com um abacaxi de granito e uma mão quebrada.

16

Quando cheguei perto do muro do jardim, soprou um vento gelado que fez o cabelo cobrir o meu rosto.
    Um abacaxi de granito e uma mão quebrada.
    Eu achava que Dom os tinha comprado na loja de demolições. As palavras de Rachel não saíam da minha cabeça. Mesmo que fossem peças diferentes, será que Dom as comprara não por coincidência (isso seria impossível) e sim para se lembrar das que tinham sido dadas a Rachel?
    Descartei a ideia em poucos segundos. Seria preciso muita sorte para encontrar itens específicos e estranhos como aqueles.
    Além disso... que importância tinha se ela os tivesse dado para o ex-marido? Talvez tivesse feito isso porque sabia que ele gostava de objetos. Não havia nada de sinistro nisso.

– Por que não vem se sentar aqui? – disse Dom quando entrei em casa. – Você vive correndo por aí como um camundongo, sempre desaparece em cantos onde não posso encontrá-la.
    Ele não acendera a lareira da copa da cozinha muito bem, e colocara duas poltronas e uma mesinha de centro próximas do fogo.

Geralmente deixávamos aquela cozinha nua e fria ao sabor do seu calor natural.
Tirei o casaco e disse que ia pegar um café para nós dois.
– Já está feito. O que você estava fazendo lá fora? – ele perguntou.
– Ora, só... nada de mais. Só estava admirando o jardim.
– Venha se aquecer aqui.
Depois de nos sentarmos juntos, tomamos o café em silêncio. O fogo crepitava e arrotava fumaça. Passado algum tempo, peguei um livro. Dom saiu para pegar mais lenha. Fazia frio mesmo com a lareira acesa. Flocos de reboco se descolavam das fendas das estreitas ripas do teto e flutuavam. Muitos caíam em cima das páginas do livro. Algum tempo depois, era como se caísse neve do teto. Enquanto sacudia a poltrona, me perguntei por que Dom estava demorando tanto.

Um rangido demorado me fez dar um pulo. Parecia que uma porta empenada durante muitos anos estava sendo aberta. Será que Dom estava dentro de casa? Estiquei o pescoço para ouvir. Nada, só o fogo. Então, um outro rangido alto. Pensei nos navios durante as tempestades e estremeci. Um outro punhado de flocos de reboco despencou do teto.

Eu já estava quase de pé quando a cozinha explodiu. Ecoou um rugido seguido por um estrondo, e, de repente, fui empurrada com força porta afora. O barulho de alvenaria e madeira a se espatifar no piso da cozinha foi ensurdecedor. Depois, um grito, o meu grito. Por um momento, não me dei conta de quem tinha me livrado do perigo.

E logo estava de rosto colado no peito de Dom, e ele praguejava e tremia tanto quanto eu. A alguns metros de distância, o teto despencara em cima da poltrona onde eu estava sentada pouco antes. Uma nuvem cinzenta emergiu do amontoado de entulhos. No teto, um buraco negro, sinistro. Ambos estávamos em estado de choque.

– Ai, meu Deus – repetia Dom sem parar. – Você não percebeu?
– Ouvi uns rangidos, mas não pensei...
– Se eu não tivesse voltado...
– Não...

Ficamos abraçados, colados um no outro, com o coração aos pulos. Tentei me concentrar na respiração para repelir o pânico. Dom tremia mais violentamente que eu.

* * *

Guardei a cópia da entrevista de Francis Tully dentro de uma caixa, junto com documentos e arquivos meus, no quarto sem uso no segundo andar. Fiz isso com sentimento de culpa. Mas nem a culpa me fez parar de pensar compulsivamente sobre o que tinha lido. Rachel se colocara em primeiro plano na entrevista. Ela estava na página como um personagem junto ao entrevistado de um jeito como só os grandes jornalistas faziam – habitualmente, pelo menos. Isso dizia alguma coisa sobre ela ou era apenas uma forma exigida para uma matéria em particular?
Ficou bem claro que a entrevista com Tully tinha sido complicada; mesmo assim, aparentemente no fim eles estabeleceram uma afetividade. Ela conduziu a entrevista com paciência e brilhantismo, segura de que domava um leão. Ele tinha apreciado a companhia, tanto que a presenteara com a mão e o abacaxi de pedra.
Francis Tully ainda devia estar morando na mesma casa de Alpilles. Se eu fosse até o vilarejo dele – apenas uma hipótese –, será que teria sorte de encontrá-lo em algum café? Falaria que tinha lido a entrevista e perguntaria sobre a jornalista que a fizera. E se eles realmente tivessem se tornado amigos e ainda estivessem em contato?
Então, parei de pensar. Tudo não passava de um emaranhado de fantasias. Não amarre as coisas em nós e conspirações, ele tinha dito a ela, um conselho que também servia para mim. Não havia um fio comum, o máximo que eu fazia era tecer um fio a partir do nada.
Como se pode ver, nunca tive a chance de investigar as suposições; mesmo porque depois voltei ao café com internet em Apt, onde tive que esperar até que o gentil funcionário não tivesse mais clientes lá dentro, e, quando fiz uma rápida busca de referências sobre Francis Tully, me deparei com a leitura de obituários. O velho homem caíra morto no seu adorado jardim uns seis meses antes.

Foi mais ou menos na mesma época em que o teto caiu e descobri outras coisas sobre Rachel que Dom se ensimesmou ainda mais ao longo dos dias, deixando-me com os meus próprios projetos.
Ele passou a dar longas caminhadas solitárias, sem se importar com o tempo que fazia lá fora. Saía de carro enquanto eu ficava dentro de casa, lendo, cozinhando e pensando. Mas chegava cheio de

histórias e pequenas observações que queria compartilhar. Eu racionalizava achando que tudo estava bem e que nunca tínhamos estado tão próximos e que aquilo era uma garantia de que a relação não seria minada pelo tédio.

Sempre que me preocupava, me persuadia de que aquilo era normal em qualquer relacionamento, e que, além do mais, passávamos muitas horas juntos. Em muitas ocasiões, ele se mostrava solícito e preocupado em me fazer feliz, minha sensibilidade exacerbada é que me fizera confundir a situação. Estava tão apaixonada por ele, que era insuportável pensar que nossa vida em comum podia escapar pelos dedos.

E, de noite, sempre ficávamos juntos. Ele colocava no vaso à minha cabeceira oferendas silvestres colhidas no jardim: ramos frescos de alecrim e pinheiro em círculos translúcidos de honestidade. Sempre se preocupava em me perguntar se eu estava precisando de alguma coisa, e chegou até a comprar um aquecedor elétrico para a salinha nua do térreo, onde eu gostava de me sentar para ler.

Na ocasião, me concentrava na leitura de um livro em particular: *Rebecca*, de Daphne du Maurier. O livro não tem a envergadura intelectual de *Madame Bovary* ou de *Anna Karenina* ou de *Crime e castigo*, mas, a meu ver, se destaca pela despretensão. Trata-se de uma história com uma verdade e um apelo emocional singulares. Rachel, a mulher de Dom, é o nome de uma das heroínas de Daphne, uma coincidência que me atraía para *Rebecca* e não para outros romances sobre mulheres assustadas?

PARTE III

PART III

1

A pesar do céu iluminado, os invernos de Les Genévriers eram sempre duros. Quando a neve chegava, caía pesada. Nos invernos mais severos, a estrada para a cidade ficava interditada durante semanas, e a tinta violeta do tinteiro nas carteiras de madeira da escola congelava. Nossa propriedade se tornava então uma comunidade ainda mais à parte, isolada, ainda que a dez minutos de caminhada morro acima até a cidade.

O início dos meses difíceis era marcado pela mudança nos calçados. No final de setembro, trocávamos os sapatos com solados de corda que usávamos no verão por meias de lã e botas de couro. O vento trazia o ar frio das montanhas, junto com pontinhos gelados de chuva.

Somente três dias ao ano, os ventos provençais não remexem esta terra. Mas os velhos costumes estão em extinção – em muitos casos já se extinguiram –, e logo moleiros, pastores, agricultores e pescadores cujas vidas dependem da leitura dos ventos também estarão mortos.

Os ventos enviavam palavras do norte e do noroeste para avisar a Les Genévriers que setembro virava outubro e que era tempo de provar o *vin de noix*. Era um rito do início de outono, como fazer a conserva de frutas e legumes em garrafas e jarros de cerâmica no verão.

As nozes verdes eram colhidas em junho e destiladas com vinho tinto, aguardente, açúcar e laranjas. Em muitos aspectos, era a principal colheita, porque era o nosso famoso licor de nozes que trazia as famílias vizinhas até a propriedade para comprá-lo, algumas com as próprias garrafas para encher dos barris a um bom preço.

Papai descia para o porão embaixo do celeiro. Naquele lugar, reinava o silêncio; seguindo em frente, no final de um pequeno corredor de passagem, a adega abobadada e revestida de cascalhos embaixo do pátio. Ele enchia um copo do doce vinho amarelo-acastanhado do primeiro barril.

Marthe sentia aromas no *vin de noix* que ninguém mais sentia.

Marthe girava o copo de vinho de nozes e o cheirava.

– Sinto o calor do caramelo, é a nota mais alta. Mas o licor permanece na língua e apresenta o mel do tabaco, e ameixas maduras, e heliotrópio e cacau – disse na primeira vez em que fez isso, para fascínio universal.

Como ninguém quebrava o silêncio, ela acrescentou:

– Quando me concentro, sinto um toque de figos cozidos com mel, naquele segundo em que o fogo os transforma em geleia na panela, vocês sabem. Só no finzinho é que sinto o amargo adocicado da noz.

Amargo? Nota mais alta? O que eram notas mais altas? Eu percebia que não era a única a me fazer essas perguntas.

– Hummm – exclamou papai, decidindo entrar no jogo. – Mas qual é o gosto dele? É bom?

– O gosto é bom, talvez um pouquinho doce e viscoso.

Ela não viu a expressão de dor e decepção dele, mas acrescentou em cima da hora.

– Mas o aroma! É muito especial, o aroma das nozes cultivadas aqui é absolutamente perfeito. É como devia ser, definitivamente maravilhoso.

– Ahnn, isso é verdade. – Ele aproximou o copo do nariz antes de tomar um outro grande gole. – Um vinho magnífico.

– Posso ser honesta, papai? Para ser realmente magnífico, deveria ter uma acidez, um contraste cortante. Talvez uma nota de ervas que o ancore e o deixe um pouco menos fofo.

– Fofo?

– Flácido, gordo, adocicado demais.

Isso o fez soltar um grito.

– Fofo? Flácido? Acidez? Que tipo de insolências estão lhe ensinando na escola? Suma daqui com essas suas ideias extravagantes!

Mas era um grito falso, um grito que não dissimulava a alegria que ele sentia pelo inesperado jorro de orgulho adicionado ao vinho. Fez sinal para que saíssemos e ficou lá com a garrafa, cheio de satisfação.

* * *

Naquela época, Marthe estudava numa escola especial para cegos de Manosque. Só tomei consciência de que ela não conseguia enxergar direito quando entrei na escola da vila que ela ainda frequentava. Toda manhã, às sete e meia, atravessávamos o bosque, com ela apoiada em meu braço, embora eu fosse mais nova.

De vez em quando, eu apontava para uma nuvem que se colocava como uma cobertura de bolo no topo da cordilheira, mas ela preferia reparar nos aromas, nas mudanças na umidade da lama e do caminho de pedras e no bater das asas dos pássaros no céu, mas só hoje me dou conta disso.

Talvez isso tenha sido uma rotina por um ou dois períodos letivos (embora me pareça que aconteceu por anos e anos), já que Marthe foi para uma escola especial de cegos quando eu tinha dez ou onze anos.

O estranho é que não me lembro de ter ficado chocada com a descoberta da cegueira de Marthe, até porque não sabia disso antes. Ela não reclamava. Era uma garota calma e gentil, que se sentia feliz ao estudar a natureza de perto, e todos aceitaram o fato sem mais perguntas. Se alguém ficou chocado, esse alguém foi Pierre, mas não por muito tempo, e sem nenhuma demonstração de remorso. Naturalmente, na ocasião não sabíamos do envolvimento dele, o que só ocorreu algum tempo depois.

Ainda hoje, não sei ao certo como ou quando nossos pais tomaram conhecimento da extensão da perda de visão de Marthe e como souberam que isso era um problema. A primeira vez que recebi a notícia de que ela seria mandada para estudar em outro lugar foi na noite em que eles contaram com toda a calma para todos na hora da ceia.

Claro, fiquei surpresa, mas eu era jovem demais para aceitar uma notícia sem questionar e os enchi de perguntas. Mais tarde, perguntei uma ou duas vezes para Marthe se a cegueira tinha sido repentina e assustadora, mas ela não respondeu. Talvez tenha achado que a minha curiosidade pelos detalhes era mórbida, e a pergunta, meramente leviana. Então, fiquei na mesma, sem saber. Tudo o que tinha eram suposições que provavelmente não abrangiam o quadro inteiro. E, na hora em que você encontra a verdade, não há ninguém a quem fazer mais perguntas.

2

Certa manhã, o cenário mudou. Uma poeira luminosa congelou o jardim. Os arbustos artisticamente podados petrificaram-se de branco. Era o inverno que chegava. Os ossos desnudos da natureza eram varridos pelos ventos sob as nuvens prateadas. Lá fora, a atmosfera se tornava espessa. A neve era ameaçadora. A eletricidade estática estalava quando nossos dedos se tocavam. Descemos pelo bosque totalmente transformado até as ruínas da capela.

A luz sempre muda o cenário. Mesmo lugar, outra estação: a luz faz a diferença. Enquanto caminhávamos, a luz do fim de tarde estava baixa e brilhante, a superfície da lua iluminava de uma forma estranha as touceiras de capim nos campos. Mas, quando voltamos para casa, com o sol ardendo às costas, nos movíamos na própria sombra como se de volta ao passado, de volta ao tecido de uma solidão autoimposta.

Na manhã seguinte, a neve esvoaçava nas janelas de maneira hipnotizante. Agora, os flocos eram punhados gordos, a neve alinhavava no solo gelado uma lã que se erguia até as folhas da hera. O vento soprava em todas as direções, ziguezagueava com frenesi, distorcendo a perspectiva.

Lá fora, o abacaxi de pedra perdia a definição, e a mão acolhia um punhado de neve. Ainda não conversara com Dom sobre a procedência dos dois objetos. A cornucópia de pedra estava com uma camada de açúcar; as uvas roliças, salpicadas; os pêssegos, cobertos de um creme insólito. Formavam-se almofadas brancas sobre os bancos e as cadeiras de madeira, que ali estavam para conversações que só seriam travadas na primavera.

A neve tomou conta dos esqueletos da horta, cobrindo a cabeça das sementes e o topo dos caules. Logo, os pés de alho e o globo das alcachofras se emplumariam no capote extravagante do inverno.

A vida diminuía o ritmo com uma calma estranha à medida que a desordem e a decadência eram cobertas a cada hora, sufocadas de maneira cada vez mais densa.

Eu já tinha colocado uma das cadeiras do jardim na sala austera da qual me apossara para estúdio. Ficava de frente para o pátio, para a oliveira e a figueira agora cobertas de neve, mas me sentava de costas para a janela, com uma manta sobre os joelhos e o aquecedor elétrico ligado, a fim de escrever e ler com a luz natural. Um aroma suave de lavanda exalava de um buquê seco colocado num jarro de vidro durante o verão. Às vezes me parecia ouvir a música do piano de Dom, mas era sempre um ligeiro exercício de notas que terminava tão logo começava.

Finalmente, as ideias começavam a cristalizar. Em cada canto observado, lá estavam os materiais crus de uma narrativa: histórias vividas por pessoas conhecidas; fragmentos de informação que ressoavam. E também as minhas próprias observações: velhas chaves que não entravam em fechaduras; poços vazios; caçadores que invadiam o nosso bosque e a descoberta de outros cômodos secretos da casa, o tempo todo ali, à espera de serem destrancados; a garota cega que criava perfumes.

Era apenas uma experiência, mas eu estava decidida a tentar escrever um livro sobre as dimensões sensuais do campo que nos circundava, baseado nas velhas lendas provençais e com a história de Marthe Lincel como fio condutor.

Mas, por mais que estivesse imersa no passado e no nosso enclave, era difícil me alienar do que ocorria aqui e agora. Dom passava cada vez mais tempo na sala de música, distante de mim.

Ao que parecia, não se relacionava nem com a família nem com os amigos. Comigo também parecia acontecer o mesmo. Desde que chegamos a Les Genévriers, só tínhamos recebido seis cartas, todas para mim. Aquele isolamento não era saudável.

– Quer convidar seus pais para passar o Natal aqui? – sugeri. – Claro que gostarão de conhecer a casa.

– Não posso imaginar algo pior. Não no Natal.

– Por que está dizendo isso?

— É muita missa, muita confissão. Muita culpa. Nunca fui o bom católico que esperavam que eu fosse.
— Ah.
— E quanto a você?
— Bem, mamãe talvez goste de ser convidada, se bem que dará uma desculpa para não vir — eu disse. — Ela prefere passar o Natal com meu irmão... e os netos.
— Então, só nós dois.
Ele disse isso com muita rapidez?
— Só nós dois — concordei.

3

Marthe se saiu bem em Manosque; além das aulas habituais, aprendeu o braile. Então, um dia, a turma da escola fez um passeio que mudou o curso de sua vida.

Era uma tentativa tímida (e perceptiva) da escola de se associar a uma pequena fábrica de perfume local. Marthe me disse que soube que estava no lugar certo logo que entrou na sala de mistura. Embora muitas garotas tenham revelado aptidão para o trabalho, ela foi a mais entusiasmada e a única que perguntou se poderia voltar lá e logo.

Ela descobriu ao mesmo tempo uma vocação e um trabalho. Naquela mesma noite, nos mandou uma carta ditada para uma das professoras que dizia: "Cheirem as duas juntas. É maravilhoso. Felicidades para todos, de Marthe." O envelope continha uma pétala de rosa branca e um torçal de casca de laranja seca.

Primeiro, ficamos intrigados, mas depois sorvemos a deliciosa mescla daquela pétala delicada com a pungente, intensa e ácida pungência da casca e começamos a entender o que ela dizia. Ajudaria mais se tivesse se referido à visita à fábrica de perfumes, mas disse isso nas cartas subsequentes, quando já estava menos excitada.

Ela me fez pensar. Como descrever um aroma? O aroma da lavanda, por exemplo? Aparentemente, o olfato é dez mil vezes mais forte que o paladar. Mesmo assim, é difícil descrever com palavras o aroma da lavanda. Doce, pungente, silvestre, temperado, almiscarado, adstringente; nenhuma dessas palavras é capaz de evocar sozinha um aroma singular que todos conhecem. Peça uma descrição do aroma da lavanda para qualquer pessoa e o mais provável é que ela não consiga fazer isso. Na maioria das vezes, fazemos referências visuais. Lavanda é cor, campos ondulantes de roxo; azul e malva esmaecida. É a essência do azul e dos ventos quentes do verão, opulenta em contraste com o amarelo dos campos de milho, misteriosamente sombreada sob as oliveiras plantadas nas proximidades.

Também vejo a lavanda dessa maneira. Ela brilha como a lembrança que se torna mais vibrante à medida que os anos passam. Mas a lembrança talvez seja das ilustrações que já vi nos livros ou das imagens que outras pessoas me transmitiram com palavras. Na verdade, o que quero dizer é que não houve despropósito naquela carta de Marthe que continha mais aromas que palavras.

Também achei normal abrir um envelope enviado de Manosque e descobrir que não continha palavras, mas apenas um punhado de lavanda junto a uma fita de casca de toranja seca e algumas sementes de baunilha. Quando a visitávamos em um domingo – não fazíamos isso semanalmente –, ela descrevia os aromas de uma forma quase incompreensível para nós.

O heliotrópio era a sua flor favorita. Essa flor tem tudo a ver com o sol, ela disse quando voltou para passar as férias de verão em casa. O nome significa "girar com o sol". Estávamos deitadas de barriga para baixo, de frente para o sudoeste, no aterro perto do celeiro e da adega, ao lado das moitas das diminutas flores purpúreas que se reuniam em sólidos pacotes de nuvens quando voltadas para a luz, e à noite, para o leste, à espera do nascer do sol; olhei atentamente os buracos brancos no centro da flor; Marthe se perdia em mundos novos.

– Tem cheiro de cereja e amêndoa e chocolate e baunilha. Como é que as glândulas de uma pequena flor produzem tantos aromas? – ela se perguntou enquanto esfregava uma folha fresca entre os dedos. – Qual é a proporção de um para outro? Aprenderíamos muito se descobríssemos isso.

Ela era fascinada por aqueles pequenos botões de flor e aprendeu. Compreendeu o aroma da flor e o transmitiu para os outros de um jeito que era exclusivamente seu, mas isso ainda estava por vir.

À medida que a visão de Marthe se deteriorava, o olfato se tornava cada vez mais apurado, e isso chegou a um ponto em que era visível que ela podia ler o mundo com o nariz e os instintos. Mais tarde também se mostrou capaz de perceber quando eu estava aborrecida, ou quando estava escondendo alguma coisa ou quando estava prestes a lhe dizer o que ela não queria ouvir. Mas foi bom ver que ela encontrava um caminho e que aos poucos recuperava a confiança perdida.

4

– Não olhe agora – disse Dom.
Estávamos tirando as compras do carro depois de uma ida ao mercado no sábado. Lá, ele se mostrara expansivo, a ponto de comprar uma sublime carne de veado e uma torta de nozes para a ceia, e também vinho, facas de *chef* de cozinha e uma frigideira enorme, o que me deu uma vaga esperança de que talvez recebêssemos convidados. Mas o bom humor se foi abruptamente.

– Está vindo em nossa direção – ele acrescentou. – Lá embaixo, no caminho.

Sabine vestia jeans e botas, não foi então absurdo que parasse na frente da nossa garagem e dissesse:

– Não está um dia adorável para uma caminhada? Como vão vocês?

Trocamos algumas palavras desajeitadas e triviais enquanto Dom, de cabeça baixa, tirava as sacolas de compras do porta-malas do carro. Para mim, não restavam mais dúvidas de que ele a estava evitando.

– Telefone – ela disse aereamente quando ficou claro que a conversa não seguiria em frente e que ela não seria convidada para entrar. Visivelmente constrangida, virou-se para ir e acenou por cima do ombro, despedindo-se.

– O que ela veio fazer aqui?

– Só foi uma parada durante a caminhada. Você sabe que ela é um pouco mal-educada, não sabe?

– Ela foi invasiva.
– Da mesma forma com que todos os outros. – Pensei nos caçadores. – Além do mais... até que gosto um pouquinho dela. – Eu não quis parecer dissimulada.
Silêncio.
– Não gostei de como ela nos olhou.
– Dom...
– E então, o que ela quer?
– Ela mora do outro lado da cidade. Estive com ela. Nós conversamos.
– Por que ela mostrou tanto interesse?
– Pura curiosidade, não acha? Pela casa, pelos compradores e pelo que pretendemos fazer com a propriedade. O de sempre.
Eu bem que poderia ter mencionado Rachel e esclarecido tudo. Por que não fiz isso? Não tinha nada a esconder, a não ser o meu desejo de saber o que eles tinham vivido e o meu ciúme do que talvez ela tivesse significado para ele.

Houve outros momentos como esse em que me deu vontade de sumir e chorar pelo que já tínhamos perdido, pela perda da inocência e da facilidade de nossa conversa, e pela perda da confiança.

5

O que eu ainda não disse até agora é que Marthe era linda. Tinha uma pele cor de creme e cabelos castanhos fartos e ondulados, com um caimento naturalmente elegante. E que olhos! Castanhos e cegos, mas pareciam avelãs, e eram intensos e inteligentes. Sei que é um clichê, mas, no caso dela, absolutamente verdadeiro; talvez o clichê tenha sido inventado para descrevê-la. Quem olhava para ela não encontrava uma pista sequer de que era cega; não se percebia de imediato, ao contrário do que ocorria com as outras garotas da escola. Além de delicada, ela era popular e tinha fome de aprender.

Não surpreende que tenha tido uma chance na fábrica de perfume. Logo que saiu da escola, aos dezoito anos, foi chamada para um treinamento como perfumista. Ficamos felizes por Marthe; dessa maneira, ela era a primeira da família a sair de Les Genévriers para trabalhar em uma das novas indústrias que atraíam os jovens para as cidades, embora não fosse sua primeira escolha, mas tinha se devido à determinação de extrair alguma coisa positiva do terrível destino que enfrentava.

Faz alguns anos que escrevi para Marthe, e mais uma vez mencionei a venda da propriedade, mas ela não respondeu. Na verdade, embora com uma alma delicada, ela tem um coração de ferro. E, como não podemos vender Les Genévriers sem o seu consentimento, eu permaneço aqui.

6

Caiu mais neve que depois derreteu em cristas de lama e água.
— Podíamos esquiar. O que acha? — perguntou Dom.

Nunca tive interesse em esquiar, mas sabia que ele adorava. E, de repente, isso me pareceu um excelente plano. Eu estava ansiosa para sair daquela atmosfera claustrofóbica de nossa colina, uma solidão ressaltada pela impressão de que não éramos os únicos espíritos naquele lugar. Alguma coisa me dizia que ele também se sentia assim.

Tivemos uma longa e agradável discussão sobre qual das pequenas pousadas com poucas horas de distância da *autoroute* devíamos escolher, e, no dia seguinte, ele retornou da agência de viagens de Apt e anunciou que iríamos para a Suíça. Já tinha feito uma reserva num hotel em Davos. Alguns dias depois, estávamos na montanha mágica de Thomas Mann, com o ameaçador sanatório pairando acima daquela cidade extensa e feia.

Sob um céu claro, as pistas relativamente rasas de Parsenn eram vastas e brilhantes camadas de pura neve. Com o gelo a cintilar por cima das rochas e da neve, o duro exercício no ar fresco da montanha bombeava com um novo otimismo o fluxo sanguíneo do nosso corpo. O zumbido moderado e os estalos intermitentes das cadeiras que deslizavam suavemente nas roldanas do teleférico enviavam uma mensagem de força e poder.

Dom era um esquiador elegante que realizava com destreza as manobras mais intricadas. Foram dias ótimos. Nos dias ruins, os flocos de neve se chocavam como lascas de gelo em nosso rosto rubro e crispado. A nevasca desorientava. Suor seco e gelado às costas. As rochas marrom-acinzentadas dos penhascos íngremes onde a neve não conseguia se agarrar sempre irrompiam com atraso, trazendo conforto e bom-senso. Nesses dias, o medo de um acidente se insinuava em mim como uma premonição. Dom esquiava rápido demais e com uma maestria que não me era possível acompanhar.

O dia estava radiante, prateado, brilhante e aquecido pelo sol quando ele se deteve a uma boa distância à frente, na pista avermelhada de Gotschnagrat. Quando o alcancei, estava curvado e com os olhos fixos na montanha. Comentei de brincadeira que ele tinha feito muito esforço antes de me dar conta de que alguma coisa estava errada.

– O que houve? Não está se sentindo bem?

Ele balançou a cabeça.

Cheguei mais perto, e as lágrimas lhe escorriam pelo rosto.

– O que houve? – dessa vez perguntei com delicadeza.

De novo, nenhuma resposta.

Pensei automaticamente que talvez o problema fosse eu. O sol batia como um laser. Picadas de brilho desciam pela encosta.

– Foi um erro vir até aqui. Não devíamos ter vindo – ele disse algum tempo depois, com o rosto empalidecido por uma luminosidade cortante.

Toquei no seu rosto e enxuguei uma nova lágrima sem entender o que se passava com ele. O que eu teria feito?

Campos nevados se estendiam abaixo de nós. As lágrimas salgadas e o brilho intenso do sol me anuviavam a visão.

Dom estava em completo silêncio, e eu me sentia impotente para ajudá-lo.

Thomas de Quincey escreveu que nunca é possível esquecer, devido aos mil acidentes que servem de véu entre a consciência presente e "as inscrições secretas da mente". É uma expressão inspirada, reconhecida por todos mesmo quando não destilada perfeitamente em palavras.

Interrompemos a semana de estada naquele lugar e voltamos para a Provence. Ele não se explicou na ocasião, e mais tarde fingiu não ligar para o incidente. Estava tranquilo e não parecia infeliz comigo. Pelo contrário, estava mais amoroso do que nunca.

7

Era verão, e eu estava com quinze anos quando fui às montanhas de Valensole para a colheita da lavanda. Foi ideia de Marthe, ela é que persuadiu nossos pais para que me deixassem ir e eu pudesse ver por mim mesma as encostas sulcadas que se transformavam em tapetes roxos onde nascia o aroma.

Bem, a verdade é que ela queria que eu visse por ela.

– Quero que veja com muita atenção, exatamente como fazíamos; olhe fixamente o miolo das flores, as folhas e o solo e me descreva tudo. Use todos os sentidos para tornar as imagens vivas para mim. Fará isso, Bénédicte, fará isso? Preciso saber, preciso ter as imagens dentro da cabeça para não me esquecer de nenhum aspecto na hora de pôr em prática as ideias. Não quero ser apenas uma misturadora de aromas que segue um punhado de receitas. Quero seguir meus próprios instintos. Quero ver tudo, o processo inteiro; e você é a única que pode entender, a única que pode fazer isso de maneira que eu possa ver, a única que não acha que eu sou maluca!

Na hora, fiquei em completo deleite. Fiquei muito agradecida pela chance de poder vivenciar um pouco de independência e descobrir com os próprios olhos aquilo que ela descrevia e que tanto nos fascinava; e, não menos importante, agradecida também por ter sido requisitada para prestar um serviço para ela e poder mostrar de uma forma concreta que a amava e a admirava.

Nossos pais não fizeram objeção. Pela primeira vez, eu faria um trabalho fora da propriedade, e ainda por cima ganharia um dinheirinho. Nenhum argumento seria mais forte que esse.

Na noite que antecedeu a partida, depois do boa-noite, ela me entregou um bloco de anotações e um lápis e disse:
– Não se esqueça, de agora em diante, você será os meus olhos.

A estrada da lavanda venta ao leste da nossa propriedade, para cima das montanhas do norte da Provence. Eu sabia que estava seguindo os passos de Marthe, e que ela havia tomado aquele caminho quando era mais nova que eu, e que ela havia encontrado um novo propósito para sua vida no final daquele caminho, quando tudo estava bastante escuro.

Na época, predominava a visão de que a colheita da lavanda era um trabalho para jovens e mulheres. Depois da Grande Guerra, fez-se um esforço para incrementar a produção de lavanda como um meio de conter o êxodo dos jovens dos vilarejos. Em 1920, produziu-se o híbrido lavandim, a partir do cruzamento da lavanda pura com a alfazema, um tipo de lavanda rústica e espinhenta, que se mostrou bastante aromático e ideal para colheita. Pouco a pouco, a velha e pura lavanda foi substituída pelas mudas da nova planta, e, no verão em que cheguei, a nova lavanda já estava firmada.

Em 1941, era tempo de guerra outra vez. Os homens capazes combatiam na clandestinidade, de todas as maneiras possíveis. Tanto Pierre como todos os outros da mesma idade esperavam pela convocação, embora o famoso Exército do Armistício estivesse jogando um jogo de espera no sul não ocupado. Circulavam rumores de que nossos rapazes tinham armas escondidas nas montanhas para surpreender os nazistas quando chegassem.

Nos campos, havia mais mulheres que homens, e isso deve ter contribuído para que meus pais me deixassem ir. Lembro que fiquei feliz com a perspectiva, sem pensar que era um trabalho de guerra. Eu queria ver pessoalmente as ondas violeta nas encostas, as plantações nos morros – nunca em terra plana para que não congelassem –, onde o ar gelado não tinha vez. Estava orgulhosa porque poderia ganhar um dinheiro extra para a família e cumprir minha promessa para Marthe. A sensação inebriante, do primeiro gosto de independência e responsabilidade, me levou com uma onda de excitação pelo desconhecido até a plantação de lavanda, carregando uma bolsa de couro com uma carta de recomendação de minha irmã e da professora da escola de cegos.

Fui levada da cabana de pedras, que no passado devia ter sido uma *borie* de pastores, até um campo a um quilômetro de distância. Ao chegar, encontrei um campo de corcundas, com fileiras azuis que esverdeavam como poeira atrás de mulheres curvadas como vírgulas com sacos de pano atravessados no corpo.

Um homem de camisa branca e colete aberto, o único ereto no cenário, acenou para mim. Quando me aproximei, o sol bateu no dente de ouro que ele tinha na boca, e, quando ele falou, o dente cintilou e me deixou hipnotizada diante daquele ornamento que eu nunca tinha visto na vida.

Ele me deu um saco, uma pequena foice e um lugar para começar. Não se apresentou, porém perguntou o meu nome e balançou a cabeça em sinal de simpatia. Antes de trocar informações com as outras garotas que acabei conhecendo, durante muitos dias, ele foi para mim o homem de colete.

– Cuidado com as abelhas e as vespas – ele disse.
– Vespas?
– Elas se escondem debaixo das flores.

Vesti o avental e coloquei o lenço de algodão branco na cabeça. Os olhos ardiam de tanto sol.

Nervosa, iniciei o trabalho. Era um trabalho exaustivo, mas ansiava para me pôr à prova. O saco pesava cada vez mais e me batia nas pernas. O aroma era paradisíaco, espalhava-se ao redor com um vapor denso, tão intenso, que, depois de algum tempo, parecia pulsar.

A idade das outras mulheres variava de garotas de treze anos a avós. Ficávamos distantes umas das outras, de modo que ninguém conversava. Primeiro, nos curvávamos, depois, cortávamos e puxávamos, e os feixes formados durante o trabalho eram amarrados com barbante quando estavam grossos e então transferidos para o saco às nossas costas. O silêncio era completo, afora o zumbido das abelhas gordas e de outros insetos e o ruído da foice que cortava os talos. De vez em quando, ouvíamos um ratinho correndo.

Por fim, os sacos eram levados até a extremidade da fileira, onde colocavam as flores para secar ao sol por algumas horas antes da destilação.

Enfim uma carroça parecida com as de medas de feno sacolejava em direção às pilhas de flores. Era puxada por um cavalo tão calmo, que parecia drogado. Talvez estivesse mesmo drogado pelas misteriosas propriedades olfativas das flores. Já se sabia que cavalos, burros, ovelhas e bodes gostavam de pastar nos campos de lavanda. Já fazia alguns anos que tinham introduzido o uso de tratores com rodas de metal para puxar as carroças com sobrecarga, mas, naquele verão, estavam fazendo o trabalho à maneira antiga devido à escassez de petróleo.

Homens com ancinhos transferiam a carga de talos e flores para a carroça como se fosse feno. Um sujeito gritava no alto da carga comprimida. Então, quando não havia mais espaço para uma pétala sequer e os cachos cor de malva pendiam de todas as direções, ordenava-se que a carroça seguisse até o canto onde o alambique era movido por um burro.

Aquela dupla caldeira de cobre era uma engenhoca estranha e primitiva. Na aparência, era como um fogão a lenha, com uma considerável coluna arredondada que servia de chaminé. Fiquei observando (tínhamos uma folga para beber água) enquanto a água era vertida para dentro do ventre da máquina e posta para ferver no fogo. Ao mesmo tempo, os botões de lavanda eram batidos dos talos e enfiados na chaminé para se extrair o perfume a vapor.

– Isso dura quanto tempo? – perguntei, com as anotações que devia fazer para Marthe em mente, e determinada a não esquecer nenhum detalhe. Peguei um dos talos quebrados e examinei a extremidade pontuda, de onde uma minúscula pétala pendia debilmente.

– Cerca de trinta minutos a partir da fervura da água – disse o homem de colete.

Foi uma pergunta direta, e o tom da resposta me fez perceber que talvez eu tivesse ido longe demais, talvez tivesse sido familiar demais. Será que ninguém mais queria entender como tudo aquilo funcionava? Consciente de que tinha ultrapassado o limite, abaixei a cabeça e me concentrei no trabalho pelo resto do dia.

Quando finalmente o apito anunciou o término da jornada, minhas costas estavam tão rígidas, que eu mal conseguia aprumar o corpo. Saímos em passos lentos até a entrada do campo e passamos pelo chefe. Ao notar que ele me olhava com atenção, abaixei os olhos e apressei o passo. Era uma caminhada de alguns quilômetros até a sede da propriedade.

Os trabalhadores sazonais ficavam alojados num aglomerado de cabanas de madeira. Fazíamos as refeições ao ar livre, na comprida mesa de madeira fora da cabana que servia de dormitório. A comida era racionada e escassa. Mas eu estava interessada em fazer amizades e me divertir, e aparentemente os outros também estavam, porque geralmente o clima era de festa, principalmente à noite.

As camas eram colchões estreitos em cima de tábuas, com sacos fazendo as vezes de lençóis. Felizmente, as noites eram quentes e dispensávamos as cobertas; só era possível dormir naquele dormitório abafado deitando-se descobertas e ficando o mais imóveis possível. Às vezes parecia faltar ar para respirar, e arrastávamos os colchões para fora e dormíamos sob as estrelas cintilantes.

Nosso grupo era constituído principalmente de garotas e mulheres jovens. Ao que parecia, as mais velhas vinham das vilas das cercanias pela manhã e voltavam para casa à noite.

Era um ambiente amistoso. Eu era uma das mais jovens e não tinha interesse em fazer amizade com moças da faixa dos vinte, que só queriam falar de penteados e namoricos, por isso me sentia mais à vontade com Aurélie e Mariette, duas garotas da minha idade. Nunca tinha visto uma garota mais alta que Aurélie; era mais alta que papai e tinha um pescoço comprido como o da girafa que um dia vi num livro; sempre sentia dor nas costas, talvez porque não conseguisse se curvar direito. Mariette era filha de um queijeiro de Banon. Sempre dividia fatias brancas de um queijo ardido feito com leite de cabra que trazia da casa dos pais embrulhado em folhas secas amarronzadas. Mas sua generosidade não a tornava popular; era muito desajeitada para isso, mas eu gostava dela. Partilhávamos o mesmo desconforto de estar longe da família e da terra natal, embora não admitíssemos isso; alegávamos que nosso compromisso era ter sucesso naquela primeira experiência por conta própria fora de casa.

Os outros trabalhadores eram homens e mulheres espanhóis e portugueses, que, além de serem muito comuns nos períodos de colheita, eram pagos por empreitada. Eles nos tratavam com educação, mas eram extremamente volúveis uns com os outros e se mantinham ligeiramente à parte. Não faço a menor ideia do que faziam ali em pleno período de guerra. Talvez as autoridades também não, mas eram conhecidos por todos e tinham a confiança dos fazendeiros; talvez simplesmente tivessem ficado depois de colheitas anteriores e assimilado a terra, exatamente como nós.

Todos dormiam numa tenda ao lado dos campos de lavanda e faziam questão de preparar a própria comida num fogareiro de acampamento. O que eles achavam de dormir tão perto das vespas que sobrevoavam as flores é uma pergunta que nunca tive oportunidade de fazer.

8

A princípio, achei que eram estalactites de gelo. Mas depois me aproximei e vi que eram franjas de cacos de vidro penduradas na oliveira do pátio: cacos de pequenas jarras que eu mesma tinha pendurado nos galhos durante o verão como receptáculos para sustentar *tea lights*; os bojos das jarras tinham se quebrado com a água da chuva que, depois de coletada, congelou e se expandiu.

Enquanto recolhia o varal danificado e catava outros cacos de vidro espalhados pelo chão, me passou pela cabeça que fazia muito tempo que não me sentava no jardim com Dom durante as noites balsâmicas.

Quando você conhece alguém que lhe conta histórias de si mesmo, geralmente não duvida do que ouviu. Simplesmente as tem como verdadeiras.

Eis aqui a ironia: Dom nunca me contara nada que não fosse verdadeiro. De qualquer forma, a essa altura eu achava que era a única que começava a guardar as verdades desconfortáveis para mim mesma. Eu queria ardentemente que a realidade combinasse com o sonho. Desde o início, prometera a mim mesma que seria arrojada. Embora tímida no passado, muito medrosa quanto a relacionamentos sérios e às vezes quanto à própria vida, confiei nele com esperança e expectativas. E agora vivia a dolorosa percepção de que a verdadeira confiança só se dá com um conhecimento real do outro. A verdade é que, debaixo de toda a excitação e romantismo, éramos duas pessoas que não se conheciam muito bem.

Quando não estava imerso na música, Dom lia livros de ciência que giravam em torno da física: teoria das cordas, tempo, universo. Não cogitei questionar os motivos, nem me perguntei se tais interesses eram uma tática de afastamento. Talvez outra mulher fizesse isso, mas não fiz. Pensei que era ótimo ter uma vida interior vibrante e satisfatória que complementasse a vida exterior. Também era um lugar de refúgio. Eu mesma, quando lia e escrevia, me deslocava para um lugar deslumbrante, onde a imaginação era mais real que as lajotas, o solo e as pedras sob meus pés.

Racionalizava que, se partilhávamos alguma coisa, era porque isso marcava a nossa compatibilidade. Se ele não queria ver outras pessoas, bem, para ser franca, eu também não queria... quer dizer, não o tempo todo. Eu estava me abrindo para a liberdade de pensar, pesquisar e experimentar.

Assim, depositei fé nos infindáveis detalhes cotidianos que deixavam claro que nos amávamos, não os excessos e as conversas sem fim que marcaram o início de nossa história e sim os gestos sutis e as delicadezas: olhos e planos sorridentes, beijos silenciosos quando nos esbarrávamos, peças musicais compostas em minha homenagem, a troca de ideias e o entendimento regados a xícaras de chá e vinho, a comida que preparávamos juntos e as suas incontáveis gentilezas e a maneira como me tocava.

Como havia um equilíbrio no relacionamento quando nos ocupávamos com nossos próprios interesses, acatei a sugestão de Sabine e fui à biblioteca pública de Apt para pesquisar Marthe Lincel. A fusão de cegueira e perfume era uma ideia convincente.

"Fiquei completamente cega aos treze anos de idade, e a perda da visão me levou a lugares que provavelmente eu nunca teria visto."

São as primeiras palavras de Marthe Lincel em suas memórias como criadora de perfumes, publicada em Paris no início da década de 1960.

"As pessoas na cidade diziam que nossa família era amaldiçoada e que minha cegueira era a manifestação da maldição em nossa geração. Nunca pensei nisso. Estávamos presos num torno cruel entre o passado e o futuro, esmagados pelas rodas do progresso como qualquer outra família, talvez com um pouco menos de sorte que algumas."

Marthe, ou melhor, seu *ghostwriter*, descreve a jornada que ela faz aos onze anos de idade: da propriedade rural no vale de Luberon à estrada da lavanda que venta ao leste, para o alto das colinas de Manosque. Isso a leva para Paris, onde, por volta de 1950, já com trinta anos, abre uma loja na Place Vendôme e ganha fama com sua carreira. "Isso pode ser considerado maldição?", ela pergunta.

Ao leste de Manosque, encontra-se o platô de Valensole, berço da indústria da lavanda. *Vallis* e *solis*, em latim, "vale" e "sol". Foi lá que Marthe Lincel aprendeu o ofício que a tornaria a mais famosa perfumista de sua geração. Seu prodigioso talento na mistura de aromas fazia de cada um uma história, uma jornada sensual que se desenrolava na pele por mais de dez horas.

As fotos mostram uma jovem mulher segura de si, com cabelos escuros, magra e atraente. Pelas fotos, talvez editadas com muito zelo, é quase impossível perceber a cegueira. Não existem fotos de Marthe depois dos quarenta.

Fazia tanto tempo que a família, os Lincel, vivia em Les Genévriers que ninguém sabia precisar ao certo. Os anos eram indicados pelas safras de vinho, de nozes e de azeite de oliva, cada qual como uma variação do *terroir*, a terra que os produzia, influência do solo e do declive, altura e angulação para o sol, flutuações anuais da temperatura e das chuvas de inverno. Os rótulos eram como história escrita nas cavernas abobadadas debaixo da casa principal e do pátio, onde os barris rangiam e as teias de aranhas enredavam as fileiras de garrafas.

Ao criar o Lavande de Nuit, seu perfume de assinatura, Marthe engarrafa o passado como os vinicultores e os cultivadores de azeitonas. Depois, ela parte.

Deixa Paris no auge do sucesso e desaparece sem deixar traços.

9

O trabalho nos campos de lavanda era pesado, mas não insuportável. Eu me curvava, cortava e catava sem dificuldade, e o homem de colete era um patrão justo. Não tolerava preguiça e garantia água gelada para matar a terrível sede que queimava a garganta depois de algumas horas sob o sol quente e a poeira seca e perfumada.

Chamava-se Auguste, eu soube depois, e era filho do fazendeiro que tinha trazido grande parte das mudas da nova lavandim para aquele platô. Negociara um contrato vultoso com a destilaria de perfumes. Assim, no geral, apesar das dores físicas, não me sentia infeliz. Mudança de cenário, novas paisagens, novas montanhas e novas linhas no horizonte eram aventuras que ajudavam a esquecer as terríveis histórias das execuções e atrocidades praticadas pelos nazistas que nos chegavam de Paris e do resto da Zona Ocupada ao norte.

Às vezes, acabado o trabalho, eu fazia lentas caminhadas pelas alamedas ao redor do campo. Meus olhos eram atraídos para um lado onde o dourado de um campo vizinho de girassóis contrastava suntuosamente com a paleta de azuis. As faixas em amarelo ocre clareavam como pinicadas entre as cordas de índigo nos campos ondulados.

Nas áreas onde as lavandas desabrochavam em centenas de matizes de malva, o entardecer cobria o platô com uma tonalidade irreal de violeta. No anoitecer de um final de julho, observei as hipnóticas ondulações que emanavam de uma paisagem misteriosa sem fronteiras definíveis entre as flores e o céu, entre a sombra que se mesclava ao azul-escuro. A perspectiva cessou de existir por mais ou menos uma hora.

Fixei os olhos nas aberturas secretas e nas espirais das flores, e depois nas novas paisagens, e fiz rascunhos de desenhos para me concentrar nos detalhes, sempre tentando encontrar as palavras certas para descrevê-los. Começava a entender a mensagem de minha irmã naqueles envelopes que só continham pétalas.

Então, na hora em que apressei o passo em meio à pouca luz do dia que restara, avistei uma sombra negra que se avolumou debaixo de uma oliveira solitária no meio do campo e se deslocou. Veio na minha direção. Sem saber o que fazer, mas sabendo que ficar parada poderia ser tomado como admissão de culpa por alguma contravenção, abaixei a cabeça e continuei andando.

Só quando ouvi os passos firmes de um homem atrás de mim é que me virei para olhar, mas sem parar. Era Auguste.

– Você é introvertida – ele disse, direto ao ponto.

Isso me chocou, porque eu tinha feito um esforço enorme para ser sociável e, na verdade, nas últimas semanas, tinha conversado muito mais com estranhos do que o fizera em todo o ano anterior.

– Onde é que esteve esse tempo todo sozinha?
– Caminhando... só isso – respondi.
Ele concordou com a cabeça. Tinha um ar sério.
– Este... este lugar com tantos campos roxos... nunca vi nada igual.
– Tropecei tanto com a boca quanto com os pés. – É maravilhoso.
Ele me perguntou de onde eu era e disse que já tinha ouvido falar da minha terra. Talvez tenha dito isso apenas por educação.
– Achei que você era do tipo espertinho que arruma um jeito de demonstrar interesse para escapar do trabalho pesado – ele disse.
É verdade que o trabalho de separar as flores dos talos à mesa dava menos dores nas costas, mas achava justo que apenas as mulheres mais velhas e fracas tivessem esse privilégio.
– Não, não foi isso.
Outro meneio de cabeça com um ar sério.
– Havia uma razão, mas não era essa.
Falei-lhe então sobre Marthe enquanto caminhávamos lado a lado em meio ao canto contínuo das cigarras, de volta à sede da propriedade. Um véu perfumado sombreou as fileiras de lavanda ao redor de nós e da noite que caía.

10

Telefonei para Sabine.
Ela perguntou como andavam as coisas e se mostrou tão feliz, tão calorosa, tão amistosa quando soube que eu tinha aceitado sua sugestão, que imediatamente aceitei o convite para passarmos o dia juntas. Contei para Dom, mas ele não comentou nada.
Alguns dias depois, ela me apanhou de carro e pegamos a estrada para leste em direção a Digne e Sisteron. Quando me disse aonde íamos, o lugar simplesmente não poderia ser melhor: Manosque, a cidade onde Marthe Lincel aprendera o seu ofício.
Uma placa na estrada indicou que seguíamos para os Alpes da Alta Provence. A estrada mergulhava dentro e fora de avenidas de plátanos. No início do verão, as árvores formavam túneis verdes sob um alto dossel de folhas, uma recordação da velha França rural.

– Estão sendo arrancadas gradualmente por conta dos supostos perigos que representam – disse Sabine ao volante, de modo incisivo.

– Normalmente os acidentes são provocados por motoristas de gigantescos caminhões modernos, que dirigem com a cabeça para fora da cabine, e por bêbados ao volante que se desviam do curso e se chocam contra muros de madeira duros como aço. Costumam argumentar que os raios de sol provocam dores de cabeça e até crises epilépticas – ela suspirou, com uma expressão de descrédito exasperado.

Concordei que os arcos das árvores espalhados pelas estradas do país eram símbolos dos dias de outrora em que o tempo de uma vida corria sem pressa.

– Já estão destruindo árvores de duzentos anos de idade! Se o seu carro bate numa árvore, a culpa é da árvore? – ela continuou, enquanto ultrapassava um carro com toda atenção.

Sabine era interessante, encantadora e prestativa. Um lado meu achava que ela era de confiança, caso estivesse oferecendo amizade, e o outro lado mantinha um pé atrás. Era visível que estava ansiosa para falar de Rachel e me usava um pouco mais do que eu própria a usava para colher informações. A balança pendia mais para ela, no pé em que as coisas estavam.

Naquela época do ano, os campos de lavanda ao longe eram como um maçante veludo marrom. Mas, ao fundo, a Montagne de Lure flutuava acima das florestas e, atrás, os vastos e supremos picos voltados para o norte se mostravam ainda cobertos pela neve.

O dia estava ensolarado e frio como metal. Telhados cor-de-rosa e laranja afloravam de um calor ilusório sob o azul abobadado do céu. Aldeias quase esquecidas nos morros, últimos arrepios da formação dos Alpes. Eu estava mergulhada na leitura do mundo sobrenatural de Giono, histórias sobre a vida árdua nas terras altas, a extensão da solidão no campo e a sutil e imperceptível diferença entre sucesso e fracasso.

A certa distância do caminho da cidade, a fábrica de perfumes Musset, uma edificação moderna sem, no entanto, nenhum toque de romance. Pés de oleandro e canteiros de lavanda suavizavam a entrada e o estacionamento.

– Já passou muito tempo depois de Madame Lincel de Les Genévriers – disse Sabine.

– Olhe ali. – Apontei para um mapa em relevo que indicava o caminho para a biblioteca de aromas ao ar livre; uma olhada mais de perto mostrou que as etiquetas nas plantas estavam escritas em braile.

– Muita gente achava que ela retornou à vila depois que saiu de Paris – disse Sabine, como se não tivesse me ouvido. – Mas, nesse caso, ela não ficou muito tempo na vila. Ela simplesmente desapareceu. Ninguém sabe para onde foi.

Continuamos a visita, mas o curioso é que me sentia deslocada. Sabine estava certa. Se ambas pretendíamos encontrar o espírito de Marthe Lincel, era melhor desistir; fazia tempo que isso tinha se evaporado, junto com os aromas que ela conjurara e aprisionara em vidro.

Voltamos para a periferia de Manosque, cruzando com letreiros que indicavam o supermercado do lugar, barracas de frutas à beira da estrada, garagens e lojas de material de construção. Sabine estacionou com maestria numa vaga que, para mim, seria pequena demais, e atravessamos a pé o arco de uma torre que dava para o centro da cidade. Suas ruas estreitas eram restritas a pedestres e havia um burburinho antes do fechamento das lojas às doze e trinta.

Sabine sugeriu um almoço, mas não estávamos dispostas a comer. Resolvemos então perambular por entre umbrais de pedra até uma praça ensolarada, alinhada com as conhecidas edificações planas do sul, revestidas de argamassa ocre, que emergiam de portas fechadas acima da linha das árvores. Aqui e ali palmeiras altas e guarda-sóis abertos sobre as mesas dos cafés. Quase todas as lojas e restaurantes eram marroquinos. Especiarias pungentes de *tagine* impregnavam o ar de delicados aromas. Panfletos na vitrine imunda de um açougue de carne de cavalo de portas fechadas anunciavam uma reunião dos Jovens Comunistas. Quando passamos, africanas se ofereceram para nos fazer penteados, enquanto homens sentados em escadas escuras com roupas escandalosas nos observavam em silêncio.

Pilhas de livros usados enchiam as mesas no calçamento de uma outra praça enquanto os comerciantes vigiavam de dentro das lojas. Sentamo-nos no banco de pedra em frente a uma capela e, pela primeira vez no dia, deixamos o rosto se aquecer ao sol. Fechei os olhos e senti a pulsação avermelhada do calor.

A frase de Sabine me pegou de surpresa.
– Diga-me o que realmente aconteceu com Rachel.
– O quê?
– Rachel. Eu gostaria de saber.
Minha voz soou estranhamente alta e estridente até para os meus ouvidos.
– Não faço a menor ideia!
Ela não retrucou, mas me olhou de um modo penetrante e perturbador. Um olhar que me fez lembrar nosso primeiro almoço.
– Eu também gostaria de saber – acrescentei. O sangue me subiu pelo pescoço.
– Eles eram muito felizes juntos – disse Sabine. O olhar feroz que me lançou era uma acusação explícita.
– Ela não estava mais por perto quando conheci Dom. Não tem nada a ver comigo, isso posso lhe garantir.
Um outro olhar demorado de apreciação que me incomodou muito.
– Olhe, quando a vi pela última vez, os dois estavam planejando se mudar para cá a fim de levar uma vida mais tranquila. Ela estava pensando em trabalhar comigo. E acabara de saber que estava grávida. Ela... eles... não podiam estar mais felizes.
Olhei para o outro lado.
Sabine me poupou de responder ao acrescentar:
– O que aconteceu, afinal?
Pensei no transtorno de Dom no dia em que estivemos na estação de esqui. Pensei em como ele me evitava em Les Genévriers. Pensei nas melodias tristes, muito tristes, que soavam na sala de música. Sempre soube, durante aqueles meses todos, que alguma coisa estava errada. Cheguei até a me sentir culpada, mas estava enganada.
– Eles se divorciaram? – perguntou Sabine.
Era uma pergunta direta. E era uma boa pergunta.
– Sim – respondi prontamente.
Pelo menos, presumia que estavam divorciados. Logo no início, lhe perguntei se era casado e ele me disse que não, mas que tinha sido. Não disse que estava separado, não mencionou brigas com a ex-esposa, e, pelo que parecia, não se comunicavam mais, então concluí que só podiam estar divorciados. Mas, naquele momento... bem, já não estava mais tão certa assim.

– Você disse... ela teve o bebê?
– Isso eu não sei.
O fato de que eu ignorava um possível bebê ficou silenciosamente pendente no ar.
Sem dúvida, Dom teria me falado se eles tivessem um filho.
– Não deve haver filho – eu disse mais para mim mesma que para ela. Depois, afirmei com convicção: – Dom não tem filhos. Se tivesse, cumpriria o papel de pai, mesmo separado de Rachel.
Sabine se mostrou impassível.
– Às vezes... é difícil garantir se duas pessoas são felizes ou não, mesmo quando parecem ser.
– Talvez – ela disse.
Fez uma pausa um tanto acanhada antes de perguntar.
– Você é feliz com ele?
– É claro que sou – respondi.
Mas devia ter respondido: "Por que quer saber?"
Depois disso, perdemos a vontade de continuar em Manosque. Percorremos apressadas as ruas mais ou menos pobres que levavam ao lugar onde o carro estava estacionado. Nem cheguei a olhar a placa que indicava a casa de Jean Giono, o filho mais famoso da cidade, como pretendia. Àquela altura, só queria ficar sozinha com meus pensamentos.

Sabine me deixou na estrada acima de Les Genévriers, e desci com um vago sentimento de culpa. Logo que entrei pela porta da cozinha, tentei melhorar a expressão para poder encarar Dom. Mas o subterfúgio era desnecessário. Ele estava lavando os braços na pia e se virou.
– Dom, seu rosto!
Fiquei assustada quando o vi. Ele estava com o rosto, os braços e as mãos arranhados. A água da pia estava tingida de vermelho.
– Não é nada.
– Que diabos aconteceu...? Tem sangue por todo lado!
– Eu estava caminhando... prendi o pé e caí.
– Caminhando onde?
– E isso importa?
Olhei fixamente para ele.

– Lá pelos lados de Castellet. É um caminho com muitas pedras e galhos.
– Deixe-me ajudá-lo – disse, me aproximando.
Ele se esquivou, espirrando água ensanguentada.
– Já lhe disse. Não é nada. Não faça tempestade em copo d'água.
– Mas, Dom...!
– Saia daqui e me deixe tratar disso sozinho!
Subi as escadas correndo. Sem querer, bati a porta atrás de mim, mas isso me satisfez. Joguei-me na cama, tremendo. Fui tomada por uma onda de suspeita: será que ele tinha dito a verdade? A mensagem fora clara: cai fora ou se arrisca a sofrer as consequências de uma mudança abrupta de humor.
Passaram-se alguns minutos sem que nenhum som viesse lá de baixo. Algum tempo depois, o som do Oasis no CD player quebrou o silêncio a todo volume. Isso significava que o humor de Dom tinha piorado ou que a irritação tinha acabado? Lembrei-me de como ele caminhava: apressado, descuidadamente e seguro de si, sem olhar para onde pisava e sempre com a cabeça em outro lugar. Imaginei o ocorrido. Eu estava fazendo um drama por nada. Eu é que estava com os nervos à flor da pele e me sentia culpada por ter estado com Sabine, bisbilhotando-o pelas costas.
As desculpas não adiantaram nada. Não afastaram a ideia de que alguma coisa estava errada, de que havia alguma coisa escondida. Não se pode afastar os medos quando não se tem certeza se são infundados, e a insistente aflição era uma prova de que minha confiança nele e em mim mesma estava erodida. Queria tanto que ele fosse aquele que eu acreditava que era, mas agora duvidava da minha avaliação. E se Dom...
Parei. Aquilo era ridículo! Eu estava sendo tola e dependente como uma criança, fazendo um melodrama só porque achava que Dom estava se afastando de mim. Respirei fundo e desci a escada determinada a agir como se nada tivesse acontecido.

11

No dia seguinte, no intervalo para beber água, pedi às outras garotas que fizessem uma descrição do azul que circundava o campo de lavanda. Precisava de palavras que mostrassem para Marthe a beleza estonteante que nos circundava.

– É azul como a faixa do arco-íris – disse Aurélie.
– Não, é mais arroxeado – replicou Mariette.
– Não é tão escuro.
– Então é malva. Não se esqueça dos tons mais baixos de verde e cinza, e das pinceladas de cor-de-rosa e das pedras marrons do solo em meio às fileiras.
– É uma cor que oscila entre o azul e o roxo – Auguste se meteu na conversa. Quase nunca conversava conosco. Gostei muito da definição dele.

Ajeitamos o avental e retocamos o cabelo para que não caísse no rosto enquanto trabalhávamos sob o sol. Uma libélula que passou voando atrás de outros insetos mostrou o caminho de volta às fileiras onde estávamos trabalhando.

Quando me virei para sair, Auguste me puxou de lado.
– Venha bater as flores – disse.
– Eu?
– Você.
– Claro que vou – eu disse, feliz com a perspectiva.
– É por aqui.

Hesitei quando comecei a segui-lo.
– Não seria melhor... Aurélie... estava com muitas dores na noite passada.

Mas Auguste não se deteve.
– Não pense que bater as flores é um trabalho leve – disse, seguindo em frente.

No alambique, a água borbulhava com profusão. À mesa, uma das muitas senhoras chamadas de Madames batia o talo contra uma

caixa para desprender a cabeça e coletar as flores. Depois, com um movimento ágil, jogava os remanescentes do caule e da folha no chão, e uma nuvem de essência de lavanda ainda mais perfumada explodia no ar abafado.
– Você vai trabalhar com o que sobrou ali. – Auguste apontou para um monte de caixas com cabeças de flores cheias de grãos.
– Trabalhe com precisão e cuidado. Queremos a melhor produção possível.
Ao lado do alambique, um cilindro de cobre que era alimentado por um cano saía do topo do alambique com um volteio que parecia o pescoço de um cisne e descia até um mecanismo bem menor para a próxima etapa do misterioso processo.
– É a câmara de refrigeração – explicou Auguste. – O vapor é liberado das flores de lavanda e empurrado para o cano que sai do topo e desce até este cilindro aqui.
– Isso o torna frio?
– Água gelada. O cilindro está cheio de água gelada, e as serpentinas se movem sem parar lá dentro. No final do processo... aqui – ele tocou uma bica limpa e estreita –, o líquido contém a essência da flor, seu óleo e o perfume.
Uma outra mulher parou de trabalhar e olhou de um modo esquisito para ele e depois para mim.
– Você nunca me disse isso – comentou ela.
– Você não tem uma irmã cega – retrucou Auguste. Pela expressão da mulher, a explicação brusca deixou-a sem entender nada.
Logo que ficamos sozinhos, ele me perguntou se eu gostaria de sair com ele uma noite qualquer.

Saímos na noite seguinte. Labaredas lambiam o ventre do alambique quando deixamos o campo para trás. Lenha e resina liberavam rajadas de açúcar derretido e caramelo.
Era a primeira vez que eu ia ao centro de Manosque à noite. Estava excitada. À medida que nos aproximávamos a pé, as altas construções de pedra que emergiam vigorosamente na colina onde um dia a cidade começara a crescer nos faziam diminuir de tamanho.
O centro parecia um labirinto; nas paredes externas das construções se viam longos sulcos de rachaduras e aqui e ali o V da vitória, riscado com giz ou com pedra. Ao mesmo tempo curiosa e incerta

se devia estar naquele lugar, me deixei conduzir por Auguste até o coração da cidade.

O cinema itinerante estava armado numa praça alinhada por árvores. Cadeiras de madeira enfileiravam-se na frente de uma instalação de mesas cobertas com lençóis brancos muito bem pregados e esticados.

– Uma máquina que fica no final do corredor projeta o filme ali – disse Auguste.

Ele comprou limonada para mim e nos sentamos nas últimas cadeiras.

– É melhor não ficar muito perto. Faz mal para os olhos.

Não demorou e a noite se fez uma tenda escura. A audiência ocupou todas as cadeiras, os que não tiveram sorte de encontrar lugar se sentaram na beirada de pedra da fonte e nos bancos da praça, enquanto alguns pediram cadeiras emprestadas nas casas vizinhas. Acenderam-se os lampiões a vela e a querosene, e o odor de parafina se mesclou ao suor dos agricultores, à água de rosas caseira, à ubíqua e doce violeta aquecida na pele das mulheres, aos cigarros dos homens e ao alho de todos. No recinto, conversas e gritos excitados. Soldados em uniforme francês nos observavam. Na minha língua, a acidez da limonada.

Começou o filme. *Angèle*, baseado numa história de Giono e adaptado com brilhantismo por Pagnol, o cineasta que deve ter feito todos os filmes que vi quando era mais jovem. O ator Fernandel surgiu na tela, com dentes de cavalo e uma cara comprida e elástica, e fez expressões engraçadas que iam do descrédito ao horror, arrancando risadas da plateia.

A trama envolvia a jovem filha de um fazendeiro que foge de casa com um rapaz bonito por quem se apaixonou. Eu oscilava por entre as cabeças à frente e tentava me concentrar. Não foi fácil.

Logo no início, a mão de Auguste se insinuou na minha perna, e tive que contê-la. Inclinei-me para a frente a fim de ver melhor, e ele serpenteou o braço em volta da minha cintura, deixando a axila suada perto de mim. Em seguida, estava afagando o meu braço e sussurrando no meu ouvido. Eu o empurrei quando ele tentou me beijar. Afinal, eu gostava de conversar com ele, só isso.

Um pedaço da tela se soltou dos pinos que a prendiam e os atores agora ondulavam e encolhiam enquanto representavam a terrível cena do momento que Angèle sucumbia às investidas de um jovem oportunista.

Depois que acabou o filme, caminhamos de volta à propriedade, afastados e em silêncio.

No dia seguinte, no cetim lilás da bruma da manhã sobre o campo, ele parecia cansado e quase não olhou na minha direção. E depois deu o meu lugar no alambique para outra garota, mas não me aborreci porque, àquela altura, eu já tinha em mãos tudo de que precisava.

12

Em um fim de semana, em um dos mercados de objetos usados, Dom se deteve em frente a uma coleção de velhos instrumentos científicos dispostos sobre um tapete no chão: microscópios, dispositivos mecânicos de medição, barômetros, utensílios médicos e caixas de música. Pegou um item com aparência estranha e o examinou atentamente. Era um já desgastado objeto de metal negro, com o desenho e as dimensões de uma fôrma redonda de bolo, encaixado num fuso vertical.

– O que é isso?

– Um aparelho de ilusão de ótica – ele respondeu enquanto ajeitava o objeto no fuso. – Sempre quis encontrar um. É um zootrópio.

Puxou a tampa e me mostrou. Só pude enxergar uma inscrição desbotada: *LES IMAGES VIVANTES*. Ele ergueu o objeto.

– Olhe só estas fendas estreitas no tambor giratório. Você tem que olhar por aqui para ver as imagens na parede interna do outro lado.

Quando o tambor girava, as imagens pareciam se mover, tal como os desenhos animados que surgem quando se folheiam rapidamente as páginas de um bloco de notas: um policial corpulento perseguia uma criança ladra enquanto outro ia atrás de uma bailarina.

– É de meados da época vitoriana, acho eu... de 1870 ou 1880. Foi esse aparelho que deu início aos filmes, foi a etapa anterior ao projetor de imagens. As histórias eram curtas... na verdade, apenas ação.

– E um pouco repetitivas.

Ele sorriu.

– Agora, precisamos encontrar tiras de desenho para colocar nele. Depois de recolocar a tampa no lugar, ele se dirigiu ao comerciante e começou a pechinchar.

Retornou triunfante, com o zootrópio bem seguro debaixo do braço. Com o outro braço livre, me enlaçou pela cintura, e saímos de lá, discutindo alegremente sobre onde teríamos a sorte de encontrar outros desenhos para colocar no objeto. O dia estava ótimo. Nada podia acontecer.

Ele colocou o zootrópio em cima de uma mesa na sala de estar do andar de cima, perto das estantes de livros. Procurei o significado da palavra zootrópio num dicionário: do grego *zoe* (viver) e *tropo* (girar). Em outras palavras, roda da vida.

Para acompanhar as peças de piano – *Gnossiennes*, *Gymnopédies* e *Pièces Froides* – docemente nostálgicas e melancólicas executadas pelo próprio Satie no CD player, Dom começou a ler um livro intitulado *Olhos, mentiras e ilusões* e depois o deixou aberto e voltado para o zootrópio. Peguei o livro quando ele saiu da sala; precisava saber o que se passava na cabeça dele. Era um livro sobre a arte e o triunfo do ilusionismo; efeitos de luz e olho interior.

Não encontramos outras tiras de desenhos para o zootrópio, embora possa garantir que me esmerei para encontrá-las.

Naquela tarde, uma luz se acendeu sozinha depois que o deixei na cozinha e fui à biblioteca no andar de cima. Eu estava na penumbra da escada com um caderno de anotações em uma das mãos e uma xícara de chá na outra, e, de repente, o cômodo à frente se inundou de luz.

Parei e prestei atenção. Nenhum ruído.

Quando cheguei ao limiar do cômodo, percebi que não era uma lâmpada elétrica e sim um jato de luz do sol que entrara pela janela e inundara o espaço com uma luz abrasadora e concentrada. Parecia que a luz tinha se acendido sozinha.

O enfadonho metal negro do zootrópio sobre a mesa captou um brilho.

Na esperança de obter uma imagem mais apurada do pano de fundo da obra de Marthe Lincel, abri um livro sobre a história da indústria da lavanda, que eu acabara de comprar, mas meus pensamentos estavam dispersos. Os livros enfileirados nas prateleiras debochavam dos meus esforços, de minhas presunçosas tentativas. As anotações sobre a destilação do perfume rabiscadas a esmo depois que retornei de Manosque pareciam triviais e irrelevantes. Eu queria escrever, mas não encontrava um jeito de prosseguir sem descambar no pessoal.

Tudo, menos a história do marido que guarda um segredo a respeito da ex-esposa. E menos ainda do compositor que toca a música que a ex-esposa amava. A esposa desaparecida. A lenda do Barba Azul: o homem que diz para a nova esposa que ela terá as chaves do castelo e que poderá abrir qualquer porta, menos uma; aquela que ela abre para se deparar com um chão coberto de sangue e os cadáveres das ex-esposas dependurados em ganchos de metal espalhados pelas paredes.

Ainda inquieta, me voltei para as gravuras de um livro de velhas fotografias provençais. A cabeça doeu quando tentei me concentrar nas imagens granuladas, quando tentei recriar através das imagens o contexto de uma garota que tinha vivido aqui, em meio a insetos e vespas famintas, a lagartos velozes e marrons e ao capim que virava palha no morro e nunca parava de brotar. Complexos padrões visuais do campo e da montanha sobrepostos a mosaicos de telhas desiguais, de pedras e tijolinhos, tudo isso em preto e branco, sombra e luz.

Não adiantou. Eu queria ver as fotografias de Rachel. De Rachel e Dom.

Uma tarde, aproveitei que ele não estava em casa e vasculhei a casa inteira; remexi gavetas e armários, inspecionei todos os cantos que tinham caixas guardadas, em busca de um álbum ou de algum envelope... qualquer coisa que fizesse um elo com o passado de Dom, mas não encontrei nada.

De minhas fraquezas, de minhas dúvidas que se mantinham em eterno retorno ao estado de ignorância, Rachel era como um fantasma que se materializava. E, junto a essa estranha presença, um aroma romântico e cruelmente sarcástico que se espalhava com um toque sutil em cada cômodo da casa, ainda que todas as flores do pátio estivessem mortas. Ao que parecia, a única fonte era a minha extenuada imaginação.

Uma noite, as luzes piscaram e depois se apagaram. Um corte de luz. A primeira de muitas naquele inverno, como se viu depois e para as quais nos preparamos.

Mas, na primeira vez, não havia uma lanterna à cabeceira nem à mesa da biblioteca onde eu estava sentada. Desci a escada lentamente, com os pés firmes nos degraus e as mãos apoiadas no instável corrimão. Chamei outra vez por Dom, mas ele não respondeu.

Lá embaixo, uma luz tênue cruzou o vidro da porta dos fundos da cozinha, e segui naquela direção. Tudo silencioso. Depois, um ruído como de granizo na janela destrancada. Granizo ou uma pedra atirada.

Parei e prestei atenção, com o coração acelerado. Nada.

– Dom?

Nenhuma resposta. Abri a porta com cautela. A meia-lua no céu era suficiente para deixar a parte externa da casa mais iluminada que o interior, e também suficiente para caminhar até a garagem e pegar uma lanterna.

Parei no meio do caminho. Alguém estava no jardim.

Gritei, mas ninguém respondeu; dei alguns passos, até que mudei de direção e fui até lá. Eu tinha a sensação de que estava na linha de visão da pessoa, mas, de repente, o movimento cessou. Parei de novo e balancei a cabeça de surpresa. Era a estátua do menino grego no gramado. À meia-luz, parecia menos sólido, a veste manchada de musgo cintilava ao redor das coxas como se movida por uma lufada de vento; aquela angústia petrificada era bem real.

Procurei me controlar.

Segui para a garagem. Meus passos eram silenciosos no gramado. E de novo captei um movimento com a visão periférica. Dessa vez, era uma luz. Uma luz débil que se movia lentamente pelo caminho; balançava um pouco, como uma lanterna na mão de um guarda-noturno. Vinha do pomar e riscava o chão de retalhos amarelos, como o brilho de uma lanterna antiga a vela.

Fiquei à espera, trêmula, e ela também se pôs à espera, suspensa na escuridão. Muito baixa para ser uma estrela, muito perto para ser a luz de uma vila das montanhas que atravessava o vale à frente.

Então, a luz esmaeceu.

Depois que abri a porta do carro e encontrei a lanterna e olhei em volta outra vez, tudo estava completamente escuro. Talvez uma nuvem tivesse coberto a lua. Fiquei ansiosamente à espera de passos pelo caminho, mas ninguém apareceu.

Acendi a lanterna e fiquei surpresa ao ver no relógio que já passava da meia-noite. Tomei o caminho de casa, ainda chamando por Dom. Ele dormia a sono solto no sofá da sala de música.

Em meio à luminosidade leitosa da manhã seguinte, encontrei a velha lanterna embaçada e largada no meio do caminho. Uma lanterna com arabescos na extremidade que tínhamos achado no meio de um monte de lixo quando tirávamos o mato em um dos cantos do pátio. Nós a tínhamos usado no verão.

Alguém devia ter apanhado a lanterna. Parecia ter sido deliberadamente largada ali. Será que Dom tinha feito isso? Será que a luz que eu achava ter visto era daquela coisa velha e danificada?

Levei a lanterna comigo. A vela dentro dela se queimara até se extinguir. De todo modo, não havia muita vela para queimar quando a usamos na noite de verão e já estava no final quando a apagamos.

Dom pareceu não saber de nada quando lhe perguntei. Pareceu pensar que tudo não passava de um sonho meu.

13

Depois que acabou a colheita, fui trabalhar na fábrica como ajudante na fabricação de sabonetes, perfumes e poções.

Além do uso da lavanda na perfumaria, aparentemente quase não havia mal que a planta não curasse. Claro que eu sabia que mamãe preparava infusões de lavanda para emergências ligadas aos nervos, e que o velho Marcel esfregava a planta nas patas do cachorro quando estavam machucadas e infeccionadas. Mas foi uma novidade saber que as propriedades da lavanda também podiam curar asma, febre, problemas estomacais, dores de cabeça e até reumatismos. Isso e o amplo uso da lavanda nos hospitais como desinfetante eram a razão da produtividade constante nos campos.

De acordo com madame Musset, a esposa do dono, a fábrica no sopé de Manosque fazia uma beberagem potente que impedia o avanço de uma epidemia de influenza. Ela também era gerente do setor de poções. – Era o seu título oficial, um título que combinava com aquela mulher baixinha e magra de nariz proeminente; madame tinha um toque de bruxa boa e má das anciãs dos contos de fadas. Sem dúvida, era a fada madrinha de Marthe.

Pela grande afeição que sentia por Marthe e o desejo de nutrir o mais que podia o talento de minha irmã, madame era muito gentil comigo. Uma vez, me deu uma demonstração pessoal de como se curava a influenza. Fervia-se um pouco de água, acrescentavam-se cinquenta gramas das flores e deixavam-se em infusão por muitas horas. Se fosse necessário, era reaquecida, e o paciente bebia de uma só vez. O chá fazia suar profundamente e logo o paciente saía correndo para a privada, mas a poção era famosa pelo efeito curativo no organismo.

– Dizem que todo mês Napoleão tomava sessenta vidros de essência de lavanda – afirmou madame Musset com entusiasmo. – Ele bebia antes de se levantar da cama de campanha e de se apresentar no campo de batalha! Mas tenho lá minhas dúvidas em relação à quantidade de álcool que usavam para preservar as infusões.

A fábrica Musset seguia a receita convencional e tradicional do aperitivo de lavanda em que as flores da planta eram marinadas em vinho branco. Depois de uma semana, filtravam o vinho e adicionavam açúcar e mel; por fim, engarrafavam. Achei o gosto estranho.

– Precisa ser servido gelado – explicou madame. – Prefiro o esmeralda. – Fez um ruído irritante ao fingir que o bebia, com os dentes amarelados como sementes de abóbora à vista.

O licor esmeralda só continha umas poucas flores de lavanda, pois, no marinado, predominava o composto de algumas ervas: angélica, sálvia, alecrim, louro, arruda, artemísia e tomilho. A receita também incluía um litro de álcool 90%, que o tornava pungente; depois de adoçado, era simplesmente delicioso, embora estritamente recomendado em pequeníssimas doses.

Madame também me ensinou a fazer um talco para perfumar a casa; colocavam-se flores de lavanda, tomilho e hortelã para secar, depois eram adicionados alguns cravos-da-índia e se pulverizava tudo. O pó obtido era posto em potinhos abertos e espalhados pela casa.

Depois da guerra, esses produtos eram decantados em bonitos vidros e jarras e vendidos nas barracas de todos os mercados da Provence, junto a bibelôs com botões de lavanda seca e pétalas de rosas. Quando estive lá, isso seria uma indulgência impensável.

Ao anoitecer de cada dia, eu retornava ao quarto de Marthe ali nos arredores (eu dormia numa cama de acampamento) e lhe relatava tudo o que vira, com uma riqueza surpreendente de detalhes.

14

Eu tentava imaginar como seria viver o mundo apenas com o olfato, a audição e o tato. Tentava imaginar como alguém podia entender sem nunca ter visto as montanhas que se projetavam no céu com um mar de ondas verdes, o contraste da sombra do tempo no relógio de sol arruinado e os retalhos geométricos dos campos aromáticos. Tentava imaginar como se podia sentir o cheiro de um rebanho de cabras a bloquear as alamedas estreitas e as rampas cobertas de giestas amarelas sem poder enxergar a miríade das cores ou a formação das nuvens que flutuavam no vazio achatado dos campos ondulantes. E tentava imaginar como alguém podia combinar essências se não sabia o matiz exato da água-de-colônia no vidro.

– Já tem um projeto? – perguntou Dom numa noite em que eu fazia alguns rascunhos.

– Um projeto de tradução e a tentativa de concretizar uma ideia; talvez chegue a algum lugar.

– E o que seria?

– Estou pesquisando a história de uma garota cega que nasceu aqui em Les Genévriers nos anos 1920. É uma história fascinante, e beira o mistério. Ela se chamava Marthe Lincel. Começou a ficar cega aos cinco anos de idade e depois desenvolveu o olfato de maneira prodigiosa.

Ele não disse nada.

– Tudo começou com as flores e os canteiros de lavanda daqui. Na primeira vez em que ela pôs os pés na fábrica de perfume, já distinguia os diferentes tipos de lavanda e às vezes sabia com exatidão as colinas onde cresciam e os ângulos em que estavam voltadas para o sol. Tornou-se uma *parfumeuse* famosa, uma criadora de essências... em Manosque. Já estive lá, mas pretendo voltar... quer ir comigo?

A pergunta foi recebida com uma desconcertante cara de espanto que logo se transformou em completa indiferença.
– Se não quiser ir, irei sozinha. Não tem problema.
Nenhuma resposta.
– Dom?
– Por que está fazendo isso? – ele disse, sem conseguir dissimular a raiva.
– Fazendo o quê?
– Você ouviu. Por que escolheu esse tema?
– Bem...
Eu ia dizer que Sabine me contara a história e que eu tinha ido com ela a Manosque, mas Dom já estava de olhos fechados, como se preparando para o pior. Estava com as feições totalmente contraídas.
– Dom, é só uma... Você não precisa reagir dessa maneira...
Ele abriu a boca, e depois percebi nitidamente que tinha mudado de ideia.
– O quê? – insisti.
– Ora... esquece. Você sabe o quê, e realmente não estou com a menor vontade de saber.
– Dom, o que foi? O que foi que eu disse?
Ele se virou e saiu da sala. Algumas horas depois, intrigada por não ter ouvido nada dentro de casa, nem uma nota musical nem qualquer movimento, enchi dois copos de vinho tinto e saí a sua procura. Ele estava ao piano, com os cotovelos apoiados no teclado e as mãos na cabeça. Recuei diante da solidez do seu desespero.
Dei meia-volta na soleira da porta do estúdio sem fazer barulho e me retirei.

15

No primeiro dia de novembro, fui junto com Marthe para casa em Toussaint.
Enquanto os homens caçavam fora, eu ajudava mamãe a cortar e cozinhar o que os homens caçavam por tiro ou por armadilhas,

e Marthe se sentava à lareira e ouvia. Tinha muitas perguntas, queria saber de tudo.

    Eu me esforçava ao máximo para encontrar palavras capazes de reviver os quadros impressos na minha memória quando lutava para coser os brilhantes retalhos de verão sobre folhas mortas e o rumor do frio a bater nas janelas.

    Os odores – principalmente os odores – eram fugazes e difíceis de ser aprisionados em palavras. O odor do fogo resinoso que adocicava as suaves noites de verão debaixo do alambique. O odor do calor humano enquanto a audiência se acotovelava em frente à tela de pano dos filmes passados na praça da cidade. Nunca esqueci o odor do homem que me puxou para o recanto misterioso sob o seu queixo, na penumbra iluminada por cintilantes quadros em preto e branco.

    Eu não era Marthe, não tinha sua extraordinária concentração e atenção para o detalhe, mas por ela me tornava cada vez mais atenta ao sensual poder do aroma. Dizem que a perda de um sentido deixa os outros sentidos mais apurados. E digo mais: também se intensificam os sentidos das pessoas que cercam aquele que perdeu. Além de sentir os aromas do jeito como aprendi com ela, me tornei capaz de ver, de realmente ver detalhes nos quais jamais teria reparado se não fosse por ela.

    Um aroma, como uma atmosfera, um sabor, é sentido e vivenciado e depois se vai. Você não consegue se lembrar de um aroma como se lembra de uma música, uma conversa ou um quadro. É preciso senti-lo outra vez para se lembrar.

    A obra-prima de Marthe, o perfume que recebeu seu nome, tinha como base o heliotrópio e a lavanda.

    Muito tempo depois, vez por outra, me perguntava se esse perfume era uma forma tangível das lembranças do tempo que ela passou em nossa propriedade, uma versão idealizada da infância ou quem sabe até um hino de louvor e graças por tudo que já tínhamos vivido. Quando nos debruçávamos nas flores do aterro perto do celeiro onde se fazia o fermentado de nozes, para observar, ou pelo menos parecíamos observar, os botões purpúreos que giravam de acordo com a passagem das horas do dia.

    Na primeira vez em que senti o aroma daquele perfume, não resisti, e, quando dei por mim, regressava para o mundo ensolarado dos biscoitos de amêndoa crocantes que mamãe fazia com recheio de geleia de damasco azedinha, regressava para a terra que mais parecia chocolate em pó grudado em nossas pernas nuas, regressava para o vento suave e morno que trazia os aromas da cozinha enquanto engarrafavam as ameixas *mirabelles* alaranjadas; e, para mais além do aromático, regressava para o distante som dos guizos dependurados nas cabras, o sussurro das árvores, as borboletas nos campos floridos e a comichão da terra em nossos pés descalços enquanto as caçávamos, o gosto das cerejas secas chupadas até o caroço e do fermentado melado de nozes; as velas suaves e gotejantes à mesa do pátio onde jantávamos nas noites amenas, o abraço farinhento de mamãe antes de irmos para a cama: todas as fragrâncias – em uma única – dos quatro meses do ano em que estávamos fora de casa e explorávamos um gigantesco vale em meio a uma estação de calor e encantamento, a salvo de todos os horrores, ou pelo menos assim pensávamos.

16

Esperei até por volta da sete horas da noite. Depois, sabendo que não podia deixá-lo entregue à solidão por mais tempo, fiz uma barulheira quando me dirigi ao pátio e entrei na sala de música para perguntar se ele queria um drinque e o que gostaria de comer no jantar.

Dom não estava lá.

Fui para o jardim e o chamei. Sem resposta, presumi que ele devia estar perambulando no bosque ou no pomar.

Dei meia-volta e segui para a casa principal. Lá no alto, o céu tombava num leito de nuvens escuras; as luzes do andar de cima estavam acesas. Entrei na casa e o chamei enquanto subia a escada até o banheiro. Mas ele não estava lá, nem na biblioteca.

Ainda preocupada, abri a garrafa de um bom vinho e deixei num canto para respirar; peguei alguma coisa na geladeira e comecei a cozinhar, achando que a qualquer momento ele entraria pela porta.

Uma hora depois, estava totalmente escuro lá fora. Claro que ele não estava perambulando pela propriedade. Sem saber o que fazer, liguei para o celular dele. A ligação caiu direto na caixa postal. Fiz outras tentativas, uma vez do lugar em que estava e outra vez da sala de música, sem que houvesse sinal de chamada. Ele não estava na casa. Nem seu celular. E meu coração disparou quando entrei na garagem e vi que o carro também não estava lá. Como isso podia ter acontecido? Não tinha ouvido o barulho do carro. Com toda certeza, não tinha ouvido.

Perplexa, dei meia-volta. Fiquei com a pele toda arrepiada quando me perguntei quem tinha acendido as luzes do andar de cima.

Os ponteiros do relógio se arrastavam noite adentro. Ruídos noturnos familiares, estalos de lajotas na mudança de temperatura e corridas furtivas de pequenos animais, tudo isso era uma nova ameaça. Cada som era uma ameaça a mais.

Onde ele estava? Será que tinha acontecido alguma coisa com ele... um acidente? Por que saíra sem dizer nada? Fiquei na cozinha um bom tempo e depois subi para o andar de cima, mas não consegui dormir, repetindo interminavelmente as mesmas perguntas, até que deram lugar a outras que havia muito evitava: o que eu estava fazendo ali? Será que realmente o conhecia?

Então, ali pelas duas horas da madrugada, ouvi o barulho de um carro. Corri até a janela aberta e, como não ouvi mais nada, me dirigi ao terraço.

Uma luz tênue.

– Dom?

Silêncio.

Debrucei-me na mureta do terraço. As trepadeiras arranharam minhas pernas nuas quando me encostei e me debrucei o máximo que pude na mureta. A luz continuava no mesmo lugar, no meio do caminho. Apertei os olhos para enxergar melhor. A luz estava se movendo? Será que Dom estava segurando uma lanterna? Comecei a tremer.

A luz se aproximava cada vez mais. Parecia ser – e era – o brilho de uma lanterna. O mesmo padrão, a mesma dança amarela da chama gotejante de uma peça de metal que avançava pelo caminho. Quem a segurava? Pisquei os olhos de surpresa e me perguntei se aquilo não era um sonho.

Já não podia pensar em mais nada, e a luz ainda estava lá. Esperei que se extinguisse, como já tinha acontecido. Eu estava realmente apavorada.

Então, tudo escureceu novamente. Tremendo da cabeça aos pés, voltei para o quarto. Passados alguns minutos, achei que o tinha visto, ou então era outra pessoa refletida no espelho do aparador atrás de mim. A tremedeira desceu pelas costas quase como uma convulsão. Era como se eu estivesse sendo empurrada por mãos frias, muito frias.

Fechei os olhos. Quando tomei coragem e os reabri, não havia mais nada. Só podia ter sido uma oscilação da luz.

– Dom? – gritei com o coração acelerado.

Nenhuma resposta.

Na cama vazia, sem braços para me confortar e me enlaçar, sem hálito quente no meu pescoço, a noite se estendeu como um imenso vazio.

Uma brisa fugaz entrou pela janela, com o delicado vapor do misterioso perfume cuja fonte eu ainda não tinha identificado.

Será que eu tinha confiado muito em Dom e caído na armadilha de pensar que minha felicidade dependia dele? Será que me convencera do contrário, a ponto de não enxergar que o relacionamento estava no fim? Será que agora ele estava nos braços de outra mulher, cansado de mim e de minha inexperiência, e de não receber de mim o que queria?

Era impossível esquecer o vazio da perda. Pela primeira vez depois de tanto tempo, era preciso admitir. Eu estava sozinha; sentia falta da família e dos amigos.

Os relacionamentos anteriores rolaram na minha cabeça, sobretudo um deles. Lembrei o tempo em que me atormentava com desconfianças até azedar o amor num lamaçal de mentiras e traições. Eu prometera a mim mesma que nunca mais recairia no mesmo erro. Suspeitas, nunca mais; perguntas e exames de respostas em busca de contradições, nunca mais; perda da confiança, nunca mais; paranoia a corroer o estômago noite afora, nunca mais. E agora o que eu estava fazendo senão repetindo o mesmo padrão?

Contudo, daquela vez talvez fosse uma história diferente. Como tudo mais que nos cercava, era apenas uma questão de percepção.

Assim como o zootrópio, cada imagem altera ligeiramente a imagem anterior para produzir a ilusão do movimento. Mas isso é uma analogia inútil, já que o mesmo movimento se repete infindavelmente, ou até que o giro cesse. Cada ato gera um efeito, uma onda em cascatas.

17

O nome do perfume era Lavande de Nuit. Alguns anos depois de ter sido ajudante na fabricação de poções para poder descrever os detalhes da fábrica para Marthe, foi esse seu perfume, uma mistura de flores e ervas, que mudou a sorte de cada um dos que estavam envolvidos.

Enquanto a guerra e as frustrações dos anos de Vichy seguiam em frente, com nossos renomados líderes e nosso exército que não enfrentavam os opressores como era esperado, o levante da Resistência e a dolorosa libertação do país pelos Aliados, os Musset e os empregados mantinham a cabeça baixa. A fábrica era um sólido negócio provinciano, útil para todos os lados, e continuava a fabricar uma linha básica de água de lavanda antisséptica e sabonete. Enquanto os outros se transformavam em heróis e traidores, a cega e supostamente inútil Marthe trabalhava em silêncio, experimentava combinações de essências, abrindo mão de ingredientes caros como o âmbar ou a *Viola odorata* e recorrendo aos disponíveis, extraídos das plantas que brotavam livremente pelos arredores, os aromas familiares de sua casa.

No fim da guerra, ela dispunha de um catálogo de criações obtidas praticamente do nada. Elas foram produzidas nos cinco anos seguintes pela fábrica Musset com lucros bem maiores que o esperado.

Não é exagero dizer que esses anos transformaram os campos, a fábrica e a destilaria entre Manosque e Valensole, trazendo um prestígio colossal à Parfumeur-Distillateur Musset e fazendo de Marthe uma criadora de perfumes.

Os produtos da fábrica não eram mais vendidos nas barracas dos mercados, mas sim nas lojas de Aix, Avignon e Marselha; em seguida – coroação da glória –, na *parfumerie* Musset, na Place Vendôme, em Paris, aberta em 1950 para anunciar a nova década.

Vez por outra, Marthe enviava revistas e jornais com notícias sobre ela. As fotos mostravam uma mulher elegante com um semblante sedutor. Geralmente posava na frente de um balcão com vidros de perfumes e suas elegantes e despojadas embalagens, e às vezes aparecia sentada numa refinada sala de estar, vestida na última moda. Nunca tiravam as fotos de muito perto, de modo que era praticamente impossível perceber o vazio naqueles lindos olhos sorridentes.

Para lembrar os velhos tempos, de vez em quando, chegava um envelope de correspondência com uma folha ou uma vagem ou uma lasca de madeira dentro para que eu pudesse sentir o aroma do perfume que ela estava criando.

No transcorrer dos anos, vez por outra, eu lhe pedia dinheiro para a manutenção da propriedade, e ela era sempre generosa. No início, mandava o que podia de Paris, e passou a mandar mais à medida que se tornava bem-sucedida. Marthe tinha um bom tino comercial, o negócio não se aguentaria firme por tantos anos sem sua ajuda e suas ideias.

Claro, nunca concretizei o sonho de me formar professora. Não era para ser. Mas completei minha educação por conta própria, porque sempre amei os livros. Amava Balzac e Zola, autores que me levavam às lágrimas, de modo que a resiliência do espírito humano e a verdade cruel sobre a sociedade e os sonhos frustrados não me eram desconhecidas. Sempre fiz questão de ler os autores modernos, especialmente os que descreviam a vida das jovens em Paris.

Claro que rejeitaria com toda veemência se alguém me dissesse que chegaria um dia em que eu e Marthe deixaríamos de nos falar e que ela se tornaria grande demais para mim e que se esqueceria de tudo que tínhamos sido uma para a outra; claro que eu diria que estava completamente enganado.

Eu e Marthe éramos como unha e carne. Eu compartilhava a minha visão, e ela me ensinava a enxergar com os outros sentidos.

18

Não consegui dormir.
 O aroma se intensificou ainda mais. Levantei-me da cama e saí em direção à janela aberta, disposta a identificar de uma vez por todas de onde vinha. Mas parecia vir de lugar nenhum. E mesmo assim me envolvia. Quanto mais me concentrava, mais me sentia sufocada.
 E como antes, sem nenhuma razão aparente, isso me fez pensar: Rachel.
 Na falta de fatos concretos, a mente trava – pega uma imagem atrás da outra e as une na esperança de transformá-las em uma história coerente.
 Intensa, arrojada, inteligente; Sabine a descrevera assim. Mas também engraçada e confiante. E até um tanto frívola. Uma mulher que gostava de festas, mas que também era engajada e determinada. Parecia uma pessoa interessante de se conhecer. Não. Conhecer não. Ser.
 Sem dúvida, Rachel era muito mais extrovertida que eu, muito mais segura, socialmente falando. Sem falar que já era uma escritora publicada, enquanto eu ainda sonhava com isso. Mas ambas compartilhávamos o mesmo tipo de escrita e ideias e um fascínio pelas histórias. Ela fraseava e descrevia os fatos de uma forma bem próxima do que eu faria.
 Claro, Dom a tinha amado muito para se casar com ela. O que teria estremecido a felicidade deles?
 E quanto ao dinheiro: será que ela abocanhara um bom pedaço da riqueza dele? A generosidade de Dom era inquestionável. Quase tive que brigar para poder contribuir nas despesas da casa; se não tivesse feito isso, ele teria arcado com tudo sozinho sem protestar. Eu jamais permitiria que isso acontecesse, por puro orgulho. Logo no início do relacionamento, uma vez levantamos a possibilidade de viver juntos, e fiquei chocada quando soube da situação financeira que ele tinha. Ele nunca reclamou, nem naquele tempo nem depois,

nunca disse uma palavra que evocasse polpudas pensões alimentícias, nunca fez menção nenhuma a esse respeito.

Não, a mim Dom nunca disse nada que não fosse verdade. Mas talvez os advogados tenham se encarregado disso. Há níveis de honestidade. Como se pode saber qual a proporção certa? Há omissões, hesitações, declarações enganosas. Mas também há confidências a honrar. Há mentiras brancas que poupam o outro de se machucar com a dureza da verdade. E há a pura e simples restrição: sempre pensar antes de falar, escolher as palavras certas que não deem margem a ambiguidades.

Tudo isso recheava a minha mente de suposições e situações imaginárias limítrofes quando o aroma se tornou muito mais intenso. Eu estava furiosa porque Dom sumira sem dizer nada e estava também magoada e nervosa porque ele me deixara à mercê das circunstâncias. Minha respiração estava descontrolada, e me dei conta de que precisava de ar puro.

Fui até a varanda do quarto de dormir. A lua quase cheia pairava por sobre a propriedade, vertendo poças acinzentadas de luz sobre a Terra. Luz suficiente para que eu pudesse perceber que não estava mais sozinha naquele lugar.

Uma onda de alívio dissipou a raiva.

– Dom – gritei quando vi uma sombra.

Ele não respondeu. A raiva retornou, e gritei novamente.

Nenhuma resposta, nenhum movimento. E depois – uma nuvem se moveu e o luar brilhou mais intensamente? – me dei conta de que não era a silhueta de Dom.

Uma mulher estava de pé no caminho lá embaixo. Completamente imóvel na escuridão, olhando para as montanhas de costas para mim. Eu não fazia a menor ideia do que estava fazendo e de quem era. Ou do motivo que a fizera sair no meio da noite e se deter justamente ali.

A primeira coisa que me passou pela cabeça foi chamá-la e exigir uma explicação, mas abri a boca e, da mesma forma com que acontece nos sonhos, não saiu nada. Fiquei parada, com a sensação de que o inconsciente me puxava para a beira do abismo.

Fosse quem fosse, não devia ser uma intrusa. Muito audaciosa para ser uma simples silhueta, aquela pequena e frágil mulher profundamente serena simplesmente estava ali. Talvez alguma ondulação do tempo tivesse agitado o tecido de sua saia e os cabelos de maneira a esconder o rosto, um rosto que eu ainda não tinha conseguido distinguir.

Insegura, dei um passo atrás. O mundo se fez mudo. A temperatura despencou. Os ruídos noturnos desvaneceram, deixando um silêncio absoluto no ar.

Resoluta, voltei para o quarto e peguei uma lanterna. Seria muito estúpida se não fizesse nada, não seria? Acendi a lanterna enquanto procurava o celular. E voltei para a varanda. Joguei o foco de luz na direção da mulher.

Ela não estava mais lá. Não havia mais ninguém.

O corpo soube antes que a mente soubesse. Um pensamento me passou pela cabeça nos minutos que se seguiram, enquanto me comprimia de costas nas pedras da parede, o coração descompassado. Um pensamento escorregadio que trazia com desconforto a redescoberta da memória: de algum modo, em nível primitivo, eu sabia quem era ela. Já tinha sentido a presença dela, e agora a via, embora fugaz. Era uma das mulheres, um dos espíritos da casa.

Fechei os olhos, e a tensão se espalhou pela pele toda. Lá estava ela novamente, gravada em minha memória. O aspecto bastante comum da visão é que a tornava assustadora. Como se não houvesse nada no mundo capaz de transmutar a forma, como se aquilo fosse o conhecimento visceral que todos aprendem a reprimir: os terrores da infância são bem reais.

Somente quando me sentei na cama, o corpo todo tremendo, na tentativa de combater as ondas de pânico e a raiva por Dom é que o aroma se dissipou aos poucos.

19

Foi terrível a primavera que se seguiu ao inverno em que Marthe partiu para Paris a fim de fazer fortuna.

Já era março, e o gelo ainda fazia uma espuma nos botões da cerejeira, da ameixeira e da pereira, destruindo quase todos os frutos antes de se formarem. Naquele ano, pouquíssimos galhos deram frutos. Choveu tanto e com tanta força, que a água rolou da nascente por semanas a fio até levar a plantação de alfafa morro abaixo. A umidade no curral fez os animais adoecerem. Muitas ovelhinhas morreram. Nossas esperanças de lucro no mercado minguaram até não restar mais nada. Durante o verão, empreendemos uma corrida desesperada para compensar os prejuízos. Plantamos e colhemos hortaliças à medida que o solo permitia e nos apressamos em preparar e armazenar o máximo que podíamos nos potes para suportar outro inverno rigoroso. Não houve ameixa ou pimentão mole, pequeno ou estragado que não tivessem os podres extirpados antes de serem acrescidos à pilha para o envasamento. Nossos polegares sangravam enquanto o sumo escorria e os pequenos frutos eram cortados com facas afiadas. Depois, começou a estação de caça. Com as armas, nos abastecemos de tordos e melros e, de quando em quando, uma perdiz.

    As primeiras nuvens baixas do outono pareciam tufos de fumaça nas montanhas. As nozes preservadas para nos alimentarmos despencaram dos galhos e escureceram rapidamente, corroídas por dentro pelas brocas. Recolhíamos do chão o que era possível e logo subíamos uma escada para colher as que restavam nas árvores e corríamos para estocá-las no celeiro antes que caísse mais chuva. Trabalhávamos com muito afinco ao som da mudança dos ventos, as mãos ficavam amareladas quando puxávamos as nozes dos galhos.

    Depois que a chuva pesada acabou, o emaranhado selvagem de uvas verdes e glicínias caiu lá fora como um chuveiro. O cheiro de figo mesclado a madeira queimada e terra molhada foi um símbolo de desespero por muitos anos.

Pierre partiu em meio a tudo isso.

    Apesar das discussões travadas em altos brados e das violentas batidas de portas, Pierre estava determinado. Justificou a deserção, alegando que era uma rara oportunidade de ganhar o mundo para voltar com dinheiro e trabalhar na propriedade assim que pudesse, mas ninguém era tolo para acreditar nisso.

    Depois, o velho Marcel faleceu, deixando para trás dois cães mestiços que uivaram por dez dias e dez noites.

    Papai ficou intratável. Qualquer sugestão que mamãe apresentava era descartada como imprestável. Nunca o tínhamos visto daquela maneira, assim como nunca tínhamos ouvido aquelas brigas ferozes de nossos pais quando fingíamos estar dormindo.

Então, uma noite, Gaston Poidevin, o pai de Arielle, comunicou lá em casa que também partiria de Les Genévriers com a família. Explicou que já vinha procurando uma oportunidade nas novas indústrias e que, com pesar, decidira se estabelecer com a família em Cavaillon, no planalto do caminho para Marselha. Papai reagiu com a palavra "traição", rejeitando os argumentos racionais do velho amigo.

– Já se deu conta de que de um só golpe está tornando nossa vida bem mais difícil aqui?

Não me lembro da resposta. Não havia nada que Poidevin pudesse dizer. Se meu pai não tinha sido capaz de persuadir o próprio filho a ficar, que êxito teria com outra pessoa?

Mamãe era tão próxima de Marie Poidevin quanto eu era de Arielle, e nós choramos muito pela perda de nossas amigas, sem que papai soubesse, no entanto. Chorosas, Arielle e eu fizemos promessa de amizade eterna, não importando onde fôssemos parar no futuro.

Nas semanas seguintes, papai tentou aparentar bom humor. Reconheceu que estávamos com a corda no pescoço, mas nunca seríamos derrotados, a derrota não tinha lugar em nossa família. Tínhamos uma terra e daríamos a volta por cima com trabalho duro. Acolhemos as palavras com alegria e nos abraçamos. As brigas com mamãe cessaram, pelo menos para os nossos ouvidos.

Mas, à medida que os meses avançavam para o inverno, ficou claro que o orgulho eufórico da família era artificial. Exaurido e envergonhado, papai se entregou ao licor de nozes.

O Natal foi um silêncio só. Era a primeira vez que nem Marthe nem Pierre estavam presentes. Era a última vez que desfrutávamos as treze sobremesas tradicionais com a família Poidevin; junto com Arielle, arrumei os *santons* de barro, os pequenos santos, no presépio do saguão de entrada. Acrescentei um novo elemento – uma garota lavanda – à velha coleção de figuras: o pastor, o moleiro, o carpinteiro, o tocador de tamborim, o dançarino, o padeiro, a mulher com um feixe de gravetos.

Algumas noites depois, papai mostrou instabilidade ao limpar o rifle de caça por um bom tempo. E, na hora de dar o trabalho por encerrado, decidiu remexer em uma das prateleiras do porão da casa.

Ele voltou com o revólver prussiano que Pierre tinha roubado. Ninguém sabia que papai guardara a arma. Mas o fato é que a tinha guardado em algum lugar. Mamãe explicou que ele queria aproveitar o óleo que ainda estava no pano para poli-la. Falamos para todo mundo que foi um terrível acidente. Talvez até tenha sido. Talvez não. Tínhamos diferentes razões para suspeitar de que ele queria fazer o que fez quando tirou aquela arma perigosa – uma arma que por muitos anos não via a luz do dia – do esconderijo alguns dias depois daquele Natal frio e minguado que passamos sem a presença de Marthe e Pierre.

Eu estava fora da casa quando ouvi o tiro. Observava o sol que se punha em tons gloriosos de vermelho e violeta no céu escamado de nuvens, e, em poucos minutos, as nuvens se tingiram de uma luz escarlate. Um segundo depois, a luz cintilou pelo choque sombrio da notícia. Em apenas uma fração de segundo, o pensamento se estilhaçou e a surpresa deu lugar ao pânico. De repente, a luminosidade se extinguiu e um brilho azulado, pesado e sombrio se estendeu por sobre o vale até a casa.

20

Passei a noite em claro e, na manhã seguinte, ainda estava abalada e à procura de explicações para os acontecimentos da noite anterior.

Era um dia azul e abrasador, em que tudo parecia dolorosamente agudo. Eu estava sentada no degrau da escada da cozinha com uma xícara de café forte na mão e me sentia sem chão, como que suspensa no líquido, quando ouvi o súbito barulho do carro subindo pelo caminho de entrada. Alguns minutos depois, Dom estava no pátio. Com uma cara péssima, como se também não tivesse dormido.

Reprimindo perguntas e acusações, querendo e não querendo que ele soubesse o quanto eu estava apavorada, desesperadamente

aliviada porque ele tinha voltado, embora furiosa por ele ter me deixado, eu o encarei sem dizer uma palavra.
Ele se deteve no sopé da escada.
– Sinto muito – disse. – Sinto muito mesmo.
– Em que raio de lugar você se meteu? – perguntei de chofre.
Ele veio em minha direção, mais velho e mais alquebrado como nunca até então, e seu ar vulnerável me deixou confusa. A camiseta manchada pendia frouxa para fora do jeans.
– Onde? Dirigindo... e depois bebi umas cervejas num bar de Apt.
– E?
– E nada. Um quarto de um hotel atrás da praça. Bêbado, mas não a ponto de correr o risco de ser parado pela polícia e perder a carteira de motorista. – Ele pôs as mãos nos meus ombros com delicadeza. Empurrei-as. De perto, cada ruga do rosto dele era vividamente marcada.
Mesmo sabendo que ele não quisera se arriscar a dirigir – percursos curtos e estradas desertas não detinham a maioria dos franceses –, não consegui entender por que não tinha chamado um táxi para voltar para casa.
– Não sei se acredito em você.
– É verdade. É estúpido, mas é verdade.
– O que foi que o aborreceu, Dom? A ponto de você sair daqui.
– Você vai achar ridículo...
– Conte para mim.
Ele desviou os olhos para o telhado.
– Foi... o que você estava escrevendo. Marthe, a garota cega.
– Sei disso, mas...
Ele balançou a cabeça em sinal de cansaço.
– Era o que ela estava fazendo. Rachel. Exatamente o que ela estava escrevendo. Entende agora?

Naquele mesmo dia, Fernand me deu uma fotografia dos catadores de lavanda de Valensole na década de 1930. Perguntei-lhe o que sabia sobre os velhos tempos naquele lugar, e tivemos uma longa conversa a respeito. Fiquei comovida por ele ter se dado a tanto trabalho, embora já não me considerasse capaz de escrever sobre o assunto.
Dois homens no grupo da fotografia assumiam posições dominantes: um no centro da fileira da frente, e outro apoiado num an-

cinho no flanco esquerdo. As mulheres iam de adolescentes a avós. Os vestidos de trabalho de algodão xadrez eram, na maioria, cruzados no peito e amarrados às costas. Elas também usavam aventais e lenços de algodão presos sobre os ombros. Mostravam feixes de lavanda nos braços como se fossem troféus. Com rostos bronzeados e olhos apertados contra o sol. Os cabelos curtos à moda da época eram puxados para trás e presos por presilhas. Fiquei espantada com a elegância das mulheres, até que me dei conta de que aquilo era uma aventura para quase todas elas, uma oportunidade para sair de casa e viver experiências novas, mesmo que a uma distância de apenas vinte quilômetros.

Fiquei observando a fotografia por um longo tempo, sabendo que devia abandonar todo o trabalho que já tinha feito, mas sem a menor vontade de fazê-lo.

Seria bom se eu tivesse dito que não queria saber de Rachel e do que ela estava realizando, mas de alguma maneira acho que fiz isso. Na hora, pensei que aquela manhã era o ponto de virada no meu relacionamento com Dom. Se ao menos isso tivesse acontecido. Se ao menos tivéssemos tido a coragem de falar. Como de costume, eu não disse uma palavra sequer sobre a figura que achei ter visto no caminho de entrada. Claro que ele teria dito que meus medos eram excessivos, e talvez com razão. Eu estava tomada por uma crise de pânico; essa era a pura verdade.

Alguns dias depois, os jornais estavam novamente recheados de histórias sobre a descoberta do corpo em decomposição de uma outra garota que desaparecera nos arredores de Castellet. A notícia varreu o resto do meu bom senso e me levou a uma paranoia, com imagens perturbadoras que cruzavam minha mente como raios. A noite que Dom esteve fora de casa. A mulher no caminho de entrada. A última foto da garota ainda viva. O último suspiro dela na região por onde Dom tinha caminhado. Os arranhões profundos que ele tinha no rosto e nos braços.

Até que dei um basta para mim mesma. Não podia me deixar vencer pelo desequilíbrio. Como eu podia ter pensado naquilo, mesmo que apenas por um momento?

21

Fiquei sabendo que Marthe estava de volta e que não tinha partido para sempre por intermédio de um sinal tão sutil, que quase não percebi.

Ainda era cedo, e eu me remexia na cama. Estava confortavelmente aquecida no meu ninho quando senti um perfume de lavanda. Um perfume bem distinto e agradável. Levei algum tempo até me perguntar sobre a procedência daquilo. Será que vinha das gavetas das camisolas, onde eu pusera um sachê de lavanda? A gaveta estava fechada, e o perfume era muito forte. Presumi que o produto de limpeza que usara no chão podia conter lavanda, mas por que então não sentira aquilo antes de me deitar? Alguns frascos de perfume estavam em cima da cornija, a uns dois metros de distância da cama, mas eu nunca sentira nada daquela distância, e, de qualquer maneira, não eram de lavanda pura.

O que dava para perceber é que o perfume vinha do alto da encosta e entrava pela janela aberta. Era um perfume delicioso, rico em memórias e flores da infância. Deleitei-me por alguns instantes até considerar que a suposição era impossível. Era intenso demais, imediato demais para vir de fora da casa. Não entendia nada.

Mais tarde, entrei no quarto outra vez e só consegui sentir um cheiro de limpeza. Concluí que devia ter algum vestígio de perfume no pescoço e nos punhos que fora ativado pelo calor da cama. Mas não me convenci.

De algum modo, bem dentro de mim, eu sabia o que era aquilo.

Sim, eu pedira pelo retorno de Marthe, mas não daquela forma.
Confesso, não gostei.
Eu sabia que ela estava na casa mesmo antes de aparecer na minha frente. Uma casa pode reter os perfumes do passado? Será que são poderosos feitiços? Será que a mente pode enganar o corpo e

levá-lo a acreditar que sente o perfume de alguma coisa que só existe na memória? Ou então, já que estamos falando de assombração: quem é assombrado, o morador ou a casa?

Quaisquer que sejam as respostas que os cientistas e filósofos possam dar, sei muito bem que perfume era aquele. Era a presença de Marthe. Dia a dia, peça a peça, todos os componentes se juntaram – primeiro, um inebriante rastro de frutas, baunilha e cacau, depois de cereja, amêndoa, pilriteiro e lenha queimada – até que o perfume dela quase não me deixava respirar.

22

Então, quase um ano depois de ter visto Les Genévriers pela primeira vez, a primavera lá estava novamente.

Sob o brilho diamantino do sol, extensões marrons e espinhosas junto à poeira dos pés de tomilho e lavanda do último ano eram agora sobrescritas pelas flores do campo. Jacintos azuis se insinuavam pelo gramado. Narcisos, prímulas e violetas empurravam as folhas marrons e frescas do carvalho para longe, e, nas ameixeiras e cerejeiras, desabrochavam botões brancos.

Durante semanas a fio, tudo esteve bom. Aliás, muito melhor que bom. Era como se a estação da renovação e do renascimento tivesse revigorado o humor de Dom, o que me fazia reagir com um alívio quase maníaco. Estávamos juntinhos outra vez, conversando e rindo. Mandei embora todo e qualquer pensamento desagradável, atribuindo os deslizes psicológicos à tendência de me preocupar desnecessariamente. Eu e Dom tínhamos nascido um para o outro; éramos personalidades complementares em perfeito equilíbrio que redescobríamos o doce prazer de estar juntos. Passávamos os dias fora de casa enquanto o corpo invernal se acendia. Dom podava a hera que estrangulava as árvores, e eu preparava os canteiros para plantar. Juntos, fizemos uma tentativa de erguer um muro baixo com os cascalhos encontrados no bosque.

O desejo se acendia no meio da tarde. Jogávamos um jogo sensual em que nos esforçávamos para segurar o desejo até a hora de desaparecer formalmente atrás das cortinas fechadas do quarto. Isso quando eu não o surpreendia à sombra do jardim.

Ambos nos sentimos refreados (por isso, nos tornamos mais criativos) quando os pedreiros voltaram para "amanteigar" as pedras das paredes externas da casa principal: eles descrevem o trabalho de encher e aplanar a argamassa usada para cobrir as fendas com o termo *beurrer*. Eu adorava aquilo. O construtor da piscina apareceu para recolher amostras do solo e fazer uma medição detalhada. E de novo o tangível senso de emergência veio à tona. O barulho do trabalho era música para os meus ouvidos. Já não me assustava com ruídos súbitos. Ao descartar as suspeitas maliciosas que geravam mal-entendidos, os espinhos gelados dos meses de inverno e o excesso de literatura melodramática, comecei a recuperar meu senso do eu.

Os tiros no bosque acabaram, e o senhor Durand semeou alfafa para as ovelhas nos campos situados abaixo da nossa terra, tal como fizera no ano anterior. Senti nostalgia do som dos guizos das ovelhas e do verão perfeito que tínhamos vivido, mesmo que não tivesse passado de uma ilusão.

Lembrei-me da barreira de galhos erguida no meio do *chemin*. Isso nos preocupou até que percebemos que era apenas uma etapa do processo de prover um confinamento temporário para as ovelhas. (Devo ter isso sempre em mente, disse para mim mesma. Geralmente as explicações eram simples.)

O senhor Durand se prontificou a me falar das ovelhas e dos velhos métodos de pastoreio: como os pastores percorriam as rotas de pastagem à noite, e como conversavam, dançavam, comiam e descansavam durante o dia.

– À noite, eles portavam lamparinas. Era uma barulheira de cascos batendo nas estradas de concreto, de rebanho correndo, de cachorros latindo e de guizos balançando. Era uma vida dura, muito dura. É compreensível que ninguém faça isso hoje em dia.

– Ninguém?

– Hoje em dia, os pastores são transportados de caminhonetes, e as ovelhas, de caminhões. Não há como fazer à moda antiga. Tem muito tráfego. Os pastores se locomovem de uma pastagem para outra de motocicleta nas estradas vicinais. Os suprimentos são jogados de helicópteros. Mas a melhor parte continua presente: o som da água pura que verte das nascentes. O capim no alto dos platôs é tão macio, que pode muito bem ser usado como gramado nas casas chiques.

Mas, apesar do influxo de outras pessoas com outras atividades diárias, os incidentes estranhos continuaram: rastros de vida que não consegui ler, fontes de energia que não consegui rastrear, sinais que não consegui decifrar. O movimento ao redor era perpétuo, mesmo quando, depois de um dia de trabalho, os homens recolhiam as coisas e iam embora: música farfalhante nas árvores; luz cintilante nas paredes; aromas que subiam as escadas em partículas de pó e se juntavam nos cantos.

Uma noite, cheguei ao andar de cima e descobri o rádio tocando uma música suave, e nem eu nem Dom o tínhamos ligado. Uma vez, o zootrópio pareceu rodar por conta própria, e, quando me aproximei para verificar, estava totalmente imóvel. Encontrei uma fotografia dentro de um mosaico de cacos de vidro no chão do corredor. Houve uma noite em que fomos acordados pelo barulho estridente de pedras jogadas contra a janela. E também houve outros cortes de luz.

Certa tarde, observava ociosamente ao longo dos terraços mais baixos e dos muros de pedra, quando fixei os olhos na viga de madeira ligada ao primeiro arco de pedra. Passados alguns segundos, me veio à cabeça que aquilo era um lintel e que antes devia ter uma porta debaixo dele. A porta estava lá delineada, embora desbotada. Um outro cômodo, possivelmente bloqueado com pedras.

Anotei mentalmente que perguntaria ao arquiteto sobre a possibilidade de abrir aquele espaço e investigar se seria possível utilizá-lo como um estúdio.

23

Muitos anos depois do ocorrido, Marthe insinuou que culpava a família por sua cegueira total. Honestamente, fiquei chocada com isso.

A verdade é que houve um grande bate-boca depois que Pierre a empurrou pela janela e a fez sofrer uma queda tão feia, que saí correndo com ele para escapar da cena do crime. Mas será que isso realmente piorara o estado dela? Agora, depois de todos estes anos, ela diz que isso foi decisivo. Houve uma história diferente da versão aceita. Claro, uma história que não consta do livro biográfico de Marthe.

Quando ela parou de responder às cartas, retirei o livro do lugar de honra que ocupava na estante e o transferi para a minha mesinha de cabeceira. Li palavra por palavra à procura de pistas. O livro está no meu colo agora.

Uma noite, procurei tanto, que fiquei com os olhos ardendo. A luz do abajur embaçou como se a lâmpada brilhasse dentro de uma concha, deixando o quarto nacarado como o amanhecer de um sol coberto pela bruma.

Por que Marthe nunca nos disse nada?

Na verdade, eu nunca acreditaria se não tivesse ouvido cara a cara de uma conhecida em quem ela confiava. Mas era um fato. Os sentimentos de Marthe estavam mudados. E a culpa era de todos: Pierre era muito rude e sempre perdia o controle; mamãe era descuidada e não lhe dava atenção suficiente; eu ficava de bico calado na hora de dizer a verdade, pois tinha medo de atrair a represália de Pierre, e papai simplesmente se omitia quando as coisas complicavam, já que só se preocupava com a comida no próprio prato.

Segundo a versão de papai para o ocorrido, a janela de onde Marthe tinha caído e batido com a cabeça não era alta – se fosse da janela do quarto do terceiro andar teria sido uma queda realmente feia (caso não tivesse morrido com o impacto nos cascalhos lá embaixo), mas tinha sido da janela do térreo, onde ela estava sentada no parapeito. Crianças eram criadas para ajudar, não para trazer mais problemas. Papai era um homem do campo da cabeça aos pés; ele não era sentimental. Características que ela aceitou com o passar do tempo.

E agora me flagro aos gritos para o espírito inquisitivo e calado de minha irmã.
– É isso que você quer? Mas não fui eu! Não tive nada a ver! Você sabe como era o Pierre!
Mas será que ela sabia? Será que alguém da família realmente sabia? Às vezes me parecia que eu era a única que via isso.

24

O *terrassier* chegou para escavar a piscina. Ele e seu grupo confabularam com o empreiteiro e outros homens. Logo removiam terra, pedras, raízes e cascalhos. Garras de metal arrancavam as paredes da velha piscina.

Com esse novo impulso, percorri o jardim com Dom, marcando os lugares onde a piscina estaria mais realçada com os novos muros e a paisagem. Depois, enquanto ele tocava piano, me sentei a um canto aconchegante do pátio com livros e o notebook para que as ideias fluíssem ao sabor da música.

Eu era cautelosa e não mencionava meus escritos, e ele, por sua vez, não perguntava. No final da tarde, eu lia e ele se dedicava a um novo interesse. Adquirira um telescópio. Observava o céu noite após noite, convencido de que olhava as estrelas, quando o mais provável é que estivesse olhando as luzes alaranjadas das ruas da cidade. Às vezes me juntava a ele, não com muita regularidade, porque estava feliz com os meus livros.

Logo estaríamos outra vez abrigados pela abóbada de estrelas do céu de verão, a Via Láctea verteria um arco de prata por cima de

nossas cabeças. Seria um verão longo, quente, perfeito, com a nova piscina, as paredes danificadas da casa e o jardim onde nos sentaríamos para compartilhar a boa sorte com os amigos.
A vida raramente se desenrola como se espera.

De tarde, passei a me dedicar a alvarás de obras, documentos de construção e contratos à medida que o barulho e a atividade se intensificavam. Não só porque o francês de Dom não era tão bom quanto o meu, mas também porque já tinha reparado que ele não dava atenção aos detalhes administrativos. Se ficasse por conta própria, ele aceitaria qualquer argumento do arquiteto e dos construtores e não se daria ao trabalho de ler os contratos. Isso parecia não combinar com o seu tino para os negócios, mas tirei o assunto da cabeça para me concentrar no trabalho que tinha à frente. Afinal, alguém teria de fazê-lo.

Determinada a fazer valer cada centavo e cumprir cada cláusula, eu checava, cruzava os dados e cheguei até a fazer um arquivo para a papelada.

Na manhã seguinte, entregaram uma montanha de cascalhos que seriam utilizados para drenar e estabilizar o solo. Os homens se consultaram com um ar sério em meio àquele monte de lama e cascalho. As máquinas foram acionadas, e as pedras retiniram na pá da escavadeira.

Dom estava na sala de música. Eu estava cavando a terra no pomar de um dos terraços.

Quando o barulho e a falação em volta da piscina cessaram, interrompi a luta na tentativa de extirpar as raízes da ameixeira, os gomos parecendo arames e perfurando as minhas luvas. Relaxei os ombros debaixo do sol, levantei e usufruí o silêncio relativo. Finalmente, uma pausa naquela barulheira.

A manhã estava linda.

Quando o silêncio se estendeu em uma calma mais longa, saí em direção aos operários da escavação, pensando em oferecer café e tentando me lembrar dos sucos de fruta que tinha na geladeira.

Os homens mantinham os olhos fixos no buraco e discutiam com um ar respeitoso.

– O que é isso? – perguntei.
Ossos, eles disseram.

Os ossos tinham aparecido quando ergueram o piso de concreto da velha piscina. Não era de espantar que houvesse ossos de animais naquela velha propriedade rural estabelecida ali havia séculos, comentei. Talvez tivessem enterrado o cachorro fiel da casa naquele lugar, sugeri. Ou então eram os ossos do cavalo predileto de um antigo agricultor. Não, segundo eles eram ossos humanos.

Logo o tempo estremeceu com uma parada súbita, e desviei a atenção para os pequenos detalhes: o caco de cerâmica verde que despontava no piso erguido recentemente; a lama seca na bota de um homem; as unhas sujas de um operário; saliências de entulhos; pedaços de tijolo partido; lâminas de grama.

As notas do piano soaram mais altas; Dom também tentava registrar o silêncio em volta com seus acordes.

PARTE IV

1

Ossos antigos, eu repeti.

Isso mesmo, disse o senhor Chapelle, o *terrassier*. Ossos humanos. Antigos, mas talvez nem todos sejam antigos, outros se aventuraram a sugerir com a sabedoria do homem do campo, seu instinto natural para o solo, para as variações de temperatura e para o provável tempo de decomposição.

Discutiam o que devia ser feito como se eu não estivesse presente. A descoberta acabaria ali ou fariam mais investigações?

– Acho que é melhor deixar tudo exatamente como está – eu disse.

– A polícia deve ser informada – disse o senhor Chapelle.

– Claro.

– É só uma formalidade, madame. Talvez não seja nada.

Chamei Dom e corremos de volta ao local, onde alguns homens falavam ao celular e o restante travava um caloroso debate. Já circulava a teoria de que teriam encontrado um elo para as estudantes desaparecidas. Isso me pareceu uma suposição maluca, oriunda do frenesi dos jornais, mas os meus instintos também voaram nessa direção antes que eu tivesse tempo de pensar com lógica.

– Claro que não deve ser... – comecei a falar.

– Ainda não sabemos do que se trata – disse Dom, tentando afirmar a autoridade de proprietário. Mais tarde, ele me confidenciou que tinha suspeitado de um ardil dos operários para largar o trabalho e reivindicar taxas diárias de pagamento pelo atraso obviamente imprevisto.

Um homem mais velho, atarracado e de pernas arqueadas ignorou os gritos e avisos dos colegas e pulou de volta ao buraco. Pegou uma pá e começou a cavar perto das cristas cuja exposição

desencadeara todo o drama. Não demorou e a curiosidade superou as nossas reservas.
– Algo mais?
– O que está vendo aí?
Interromperam a escavação.
– É a última coisa de que precisamos – praguejou Dom.
– Eu sei.
Observamos a cena de pé e distantes dos homens enquanto aguardávamos a polícia e alguma outra história que pudesse vir à tona. Eu estava um pouco abalada, e acho que Dom também. A troca de palavras que tivemos parece absurdamente egoísta agora, mas foi o que dissemos. Claro, ambos estávamos chocados, mas também aborrecidos, nosso idílio fora corrompido de um modo macabro. Morte e sofrimento – recheio das histórias de terror – estavam em nosso paraíso. A iminente invasão de nossa privacidade nos aborrecia; nosso pedacinho de terra, e talvez nosso estilo de vida, estava prestes a se tornar propriedade pública. Expressávamos isso honestamente, nada mais, nada menos.
Lá no buraco, um crânio sorria em cima de um monte de terra.

Uma hora depois, a polícia chegou e cercou o espaço da obra com estacas de ferro e fitas de plástico.
– Sou o tenente Marc Severan, da polícia judicial.
O oficial encarregado era alto e corpulento; tinha uns quarenta e poucos anos, rosto ligeiramente marcado e um jeito desconcertante de olhar para além dos nossos ombros.
– Por uma questão de cortesia, comunico a vocês que faremos buscas extensivas à casa e ao terreno, além de uma investigação detalhada do lugar onde isso foi encontrado.
Uma equipe de homens e mulheres com aventais brancos da perícia se dirigiu à piscina enquanto o tenente Severan nos passava a informação.
– Claro que teremos que lhes fazer algumas perguntas – ele acrescentou.
– Não sabemos nada além do que qualquer outro aqui! – disse Dom.

O investigador não retrucou de imediato, as palavras e o tom indignado de Dom morreram no ar e tornaram a situação ainda mais ridícula, quando Severan fez uma cara de quem suspeitava de que nem sempre a verdade é dita.

– *Monsieur*, isso é precisamente o que vamos descobrir – disse.

Ficamos no pátio com o senhor Chapelle e seus homens, ladeados por dois policiais, e, enquanto os policiais uniformizados e os detetives da polícia judicial invadiam o local, os curiosos, alertados pelos carros e as sirenes desnecessárias da polícia, chegavam do vilarejo e de lugares mais distantes. O diálogo era empolado. Dom olhava fixamente para o ponto crítico. Eu tentava ler. Fomos chamados um a um para prestar depoimento ao tenente Severan na cozinha.

Eu sabia que não tinha nada a temer por falar, por colocar em palavras o pouco que sabíamos e, mesmo assim, estava com medo. Temia que, de alguma maneira, pudéssemos, eu e Dom, ser mal compreendidos.

Dom foi chamado depois do senhor Chapelle. Fiquei preocupada quando o vi subindo a escada; ele era razoavelmente hábil, mas inábil ao se expressar em outra língua, e suas palavras poderiam dar margem a interpretações equivocadas e a dificuldades futuras. Claro, sugeri a Severan que me interrogasse junto com Dom para que pudesse servir de intérprete.

– Verei a todos, um de cada vez – ele retrucou com firmeza.

Cerca de vinte minutos depois, Dom voltou pálido, mas composto. Balançou a cabeça em sinal positivo, mas não teve chance de me dizer nada. Era a minha vez de depor.

2

Quando papai dizia, "sei onde está o tesouro", nunca dizia isso de um jeito que indicasse que iria contar. Como éramos crianças, acho que atribuíamos à categoria dos mistérios ocasionais dos adultos, como, por exemplo, o fato de que os homens ficavam sentados muito tempo à mesa do bar na esquina da praça do mercado e de que a porta do quarto dos nossos pais ficava trancada nas tardes de domingo.

Depois que cresci, me dei conta de que não havia tesouro nenhum. O tesouro ao qual ele se referia era a magia do lugar, a extraordinária atmosfera de serenidade e o suspiro do vento nas frondosas árvores que brotavam ao longo de um veio d'água subterrâneo. O tesouro também podia ser o próprio veio d'água que inundava a fonte no inverno, irrigando o riacho que corria entre a casa principal e a fileira de cabanas, garantindo-nos água sempre.

De qualquer forma, o tesouro nos fez tomar consciência de que não podíamos desistir. Éramos abençoados; seria então inconcebível se não conseguíssemos viver naquele lugar em que tantos outros tinham vivido uma vida abundante no decorrer dos séculos.

Assim, a luta continuou tanto para mim como para mamãe, com a ajuda da família dos arrendatários restantes. Continuamos à moda antiga, caçando e forrageando para suplementar o plantio e fazendo trocas com outras famílias da comunidade: molhos de hortaliças silvestres para saladas – em geral dente-de-leão, azedinha e aspargos silvestres durante a safra –, e também cogumelos e trufas extraídos de um lugar especial para onde o cachorro do velho Marcel nos levava e que só nós duas conhecíamos.

Depois, apareceu um fantasma que não era de uma pessoa e sim de um objeto. Até então, não sei se por preconceito ou se por ignorância, não tinha me ocorrido que os fantasmas também podiam ser inanimados. Também houve outra diferença. Pela primeira vez, um fantasma se deixava se ver no escuro.

Desde criança, sempre lutei para lidar com o escuro, mas não sei por que não me preocupava com aparições noturnas. Quando ouvi o portão rugir com o vento, ferro batendo em ferro, saí despreocupada e sem medo de nada, só do escuro, para fechar o portão e depois voltar e me deitar.

Acabei dando uma parada no caminho que leva ao portão do outro lado do pátio. Como de costume, os marcos divisórios eram pontilhados de luz: a solitária residência de Castellet ao longo do vale era um cordão de diamantes, e as constelações piscavam na altíssima abóbada do céu. Respirei por um momento o perfume dos pinheiros ligeiramente úmidos. Tudo era quietude.

Foi quando o vi. No solo, na fenda do caminho, uma chama cintilava por entre a escassa cerca viva de cipreste. Fiquei com o coração aos saltos. O que era aquilo? Pela lógica, não podia ser real, mas era. Cheguei mais perto e pisquei os olhos, surpresa. Lá estava a lanterna a vela.

O nosso sinal. No ano mais feliz de minha vida, aquela lanterna no caminho era o sinal de que meu noivo André estava à minha espera. André. Fazia muitos anos que não pensava nele, e agora a lanterna, o nosso sinal, a uns vinte metros de distância do portão, uma extensão tão grande quanto a vida.

Caminhei lentamente em direção à luz, convencida de que cometera um engano, ou de que era apenas uma lembrança – com uma nitidez que parecia tão real quanto as imagens dos campos de lavanda de Valensole que me esforçava para reter na mente para Marthe.

Estava frio, e eu tremia. Fazia tempo que tinha escurecido. As noites já chegavam mais cedo, e esfriava logo que o sol caía nos picos das montanhas a oeste.

A vela ardia dentro da lanterna. Fiquei boquiaberta. Era a mesma lanterna que André usava, com sua familiar moldura de ferro e os bonitos arabescos. A mesma lanterna e no mesmo lugar. Não a via desde a última vez que ele a tinha usado como o nosso sinal. Estiquei a mão para tocá-la. Já estava quase tocando na alça com os dedos, quase tocando, quando...

A lanterna saiu flutuando pela escuridão.

Fiquei observando enquanto ela se elevava no ar e se detinha suspensa a flutuar por um instante na vastidão escura da noite. Depois, se afastou de mim como uma nódoa de âmbar.

É estranho como a mente é capaz de lidar com o terror e o medo depois que os aceita. Que fique bem claro que, a essa altura, não me passava pela cabeça que a aparição de fantasmas era algo incomum. É bem provável que quase não tenha me assustado com a aparição, até porque não tinha sido atingida fisicamente pelas sombras do meu irmão e da minha irmã, e, além do mais, uma simples lanterna não poderia acarretar risco nenhum.

Aquele pequeno fantasma metálico pousou silenciosamente numa fenda do caminho, uns dez metros à frente.

Fechei os olhos e contei até dez. E depois os reabri. A lanterna ainda brilhava à frente. Uma súbita lufada de vento sacudiu as árvores na escuridão e o ar se encheu de sons de água corrente. A chama da vela não bruxuleou.

3

O interrogatório mais pareceu uma dança de boas maneiras.
– Primeiro preciso perguntar à senhora, a casa é de veraneio ou vocês moram aqui o ano todo?
Severan devia ter feito a mesma pergunta a Dom. Procurei me centrar nos fatos e não me ater a hipóteses em torno de eventuais planos futuros.
– Adquirimos a casa mais ou menos um ano atrás – respondi. – Nós a vimos pela primeira vez em maio do ano passado e assinamos a escritura de venda no início de julho. A partir daí, moramos somente aqui, exceto uns poucos dias que passamos de férias na Suíça.
Ele anotou, e fizemos alguns comentários a respeito das atrações da região de um modo que poderia ser chamado de social. Por que tínhamos comprado aquela casa? Respondi que Dom já conhecia a região. Recebíamos muitas visitas? Na verdade, não. Algum convidado havia pernoitado na casa? Nenhum. Não tínhamos hóspedes franceses nem de nenhuma outra nacionalidade? Nem no verão, quando muitos turistas chegam a Luberon? Não.
– Estranho, não é?
– Na verdade, não – eu disse. Mas me esforcei para manter a voz firme. Será que eu acreditava mesmo no que tinha dito?
– Um casal como vocês, que compra uma propriedade maravilhosa e cara como esta, e não convida ninguém da família para mostrar a casa e relaxar ao sol?
Por quê? Por que exatamente não convidávamos nem mesmo os novos amigos? Não sabia ao certo se poderia encontrar uma resposta para isso.
– A senhora hesitou – disse Severan.
– Por muitas razões – me justifiquei, lutando para me manter calma pelo menos exteriormente. – Como o senhor pode ver, temos muitas obras a fazer na casa. Ainda não fizemos as reformas que

queremos. O andar de cima está praticamente inabitável, e só há um banheiro pequeno para a casa inteira. A casa ainda não está pronta para receber visitas.
Devia ter sido o bastante. Era uma boa resposta.
– A senhora disse muitas razões.
Eu me senti acuada, já não tão preparada como pensara.
– Nada pode ser tão direto e claro como o seguinte. Nós... queríamos ficar juntos o máximo de tempo possível, e de preferência sozinhos, só nós dois. Nossas famílias têm uma vida agitada. Nós dois também temos uma vida agitada...
Severan abriu um sorriso frio e educado.
– A senhora trabalha?
– No momento, não.
– Uma pausa na carreira?
– Uma mudança de direção.
– E seu marido?
– A mesma coisa.
Ele perguntou o que fazíamos antes de desfrutar a maravilhosa oportunidade de uma pausa no trabalho, e o observei enquanto ele transcrevia cuidadosamente a minha versão com uma caneta. Ele queria se certificar com toda a exatidão de como tínhamos organizado as finanças para uma vida nova. Explicou que não eram muitos os habitantes da região que podiam se dar ao luxo de não trabalhar. Não fiz comentário nenhum.
Severan se remexeu na cadeira.
– A senhora viu alguém agindo de forma suspeita no passeio público que dá acesso à propriedade de vocês?
– Não, que eu me lembre, não.
– Nenhuma atividade incomum? Algo que tenha aborrecido vocês?
– Não.
– Algo estranho no meio da noite? Um veículo, talvez?
– Aqui é tudo muito tranquilo. Os únicos veículos que passam são os tratores dos agricultores e, mesmo assim, só raramente.
– Não há cerca ao redor do jardim.
– Mas haverá. Primeiro, temos que instalar a piscina nova. Os caminhões dos construtores precisam de acesso. Colocaremos a cerca no jardim depois que a piscina estiver instalada.
Ele tamborilou a caneta no bloco de anotações.

Pensei comigo se devia lembrá-lo de que os ossos encontrados debaixo da velha piscina deviam estar ali havia décadas. Se ele tivesse me perguntado se alguém teria entrado no jardim, a resposta seria afirmativa, mas ninguém poderia ter enterrado os ossos debaixo do concreto.

– Nenhum sinal de terra remexida... claro, que não fosse da obra na piscina?

– Não. Nada.

– E... nenhuma alteração de noite ou de dia, que possa esclarecer alguma coisa desse... assunto?

– Não... nada que me lembre.

Mais tarde, uma imagem cintilou em minha mente: a velha lanterna com o toco de vela ardente. A poça de luz no caminho. Mas, àquela altura, ele já tinha me dispensado e eu estava saindo. Devia ter voltado para relatar o fato. Mas não voltei.

Também não mencionei a silhueta no caminho e os rastros etéreos de perfume. Como faria isso, se um lado meu não acreditava que realmente tinha visto uma mulher de carne e osso? Um lado meu estava convencido de que tudo não passara de um sonho no qual eu sentia o perfume, me levantava no meio da noite e via aquela forma imóvel e silenciosa.

Só depois isso se tornou importante, junto com o verme furtivo da dúvida. Severan tinha feito perguntas sobre Dom e o chamara de meu marido; não o corrigi, mas isso não me pareceu relevante. Em seguida, nosso isolamento veio à baila. Só nas horas que se seguiram à entrevista é que percebi que tinha me permitido encarar a verdade e que talvez não tivesse dado boas respostas para perguntas muito simples, tanto de Severan como minhas.

4

Eu estava à espera da visita que mais me deixaria assustada. Era só uma questão de tempo. Bolsões de fragrâncias, a lanterna, convidados que apareciam sem ser convidados, uma corrente de fantasmas que cruzava a divisa no rastro de Pierre...

Quem eram eles? Depois de um instante, tive tempo para pensar o mais racionalmente possível e me convenci de que não passavam de meras confusões da minha consciência.

Dessa forma, fiquei à espera dela, apavorada.

Prestava atenção em todos os ruídos que me garantiam a normalidade, ainda que temporariamente. O farfalhar de folhas soltas pela alameda imitava passos leves a raspar os cascalhos do piso de concreto.

Os *loirs* corriam velozes por entre as telhas de terracota do telhado e se balançavam nos fios elétricos como se fossem cordas bambas de circo. Nunca conseguimos nos livrar deles, quer dizer, até a chegada de André para trabalhar aqui. Essas criaturinhas engraçadas, parecidas com alguns roedores – esquilos cinzentos com olhos e orelhas bem maiores –, estão se tornando muito audazes; deram de passear ao longo das vigas do telhado da varandinha do lado de fora da cozinha.

As ventanias quebraram algumas telhas. Novas rachaduras pressagiavam o desmoronamento de outras partes desintegradas do teto. Fiquei atenta aos estalos das rachaduras na argamassa seguidos pela queda da alvenaria. E depois tomei coragem para subir e me vi em meio às emboscadas, reflexos apavorantes que escureciam nas janelas com as venezianas fechadas, vislumbres de sombras, seres esquisitos em ângulos esquisitos.

As portas batem com o vento; os trincos sempre deslizam, mas não posso trancá-las porque os ferrolhos não se encaixam nos buracos, que saíram do alinhamento com o deslocamento da casa, e as chaves não giram mais.

Também me sinto em deslocamento.

5

Chamaram um perito em solos. Fotografaram os ossos no local e depois os desenterraram gradualmente. Retiraram cada grão de terra dos restos mortais e os enfileiraram. Os ossos e o próprio solo seriam analisados.

Era um dia claro de primavera, e as novas folhagens estavam translúcidas. Com um dia assim, e a terra livre do inverno, aquela atividade parecia uma profanação: a evidência macabra no fosso e a rendição da normalidade para profissionais desapaixonados e vagamente hostis. Estávamos como que anestesiados.

Os rumores se espalhavam rapidamente do outro lado da fita plástica passada pela polícia ao redor da propriedade. Obviamente, já se faziam conexões com as garotas desaparecidas. Lá estavam os restos mortais da primeira que tinha desaparecido, uma moça de dezenove anos de Goult que, dois anos antes, não voltara para casa depois de uma festa. Claro, nada confirmado. Mas todo mundo sabia que só podia ser isso. As manchetes especulavam em altos brados na primeira página do *La Provence*. O destino das garotas estava de tal modo estabelecido na opinião pública, que, quando o porta-voz da polícia tentou minimizar o fato com declarações brandas, ninguém pareceu disposto a deixar de lado a óbvia teoria de todas aquelas evidências.

– Onde exatamente acharam os ossos? Que idade têm os ossos? O que acontece agora? – nos perguntavam os habitantes da região.

Todos nós queríamos saber.

Passado algum tempo, nos metemos dentro de casa na tentativa de ignorar o vaivém dos peritos que escavavam, raspavam e chegavam a meticulosas conclusões. Um arqueólogo nos foi apresentado, mas o tenente Severan se manteve implacável. Com sua presença forte, que se tornou um traço marcante nos dias que se seguiram, ele fixava os olhos no jardim e nas montanhas e não respondia às perguntas que fazíamos.

– Recuperamos alguns itens do local, que estão sendo examinados – era tudo o que nos permitia saber.

Na manhã do terceiro dia, me sentei na escada e esperei até que ele aparecesse no pátio.

Perguntei assim que se aproximou.

– Posso colocar algumas peças na máquina de lavar? – Apontei para o cesto cheio de roupa ao meu lado. A pergunta era um desafio. Éramos suspeitos ou não?

Ele esperou alguns segundos, provavelmente para que eu acrescentasse alguma coisa, e depois começou a vasculhar o cesto com

lençóis, fronhas e camisetas. Foi um ato desagradavelmente invasivo e de confronto.
— Claro — ele disse, sorrindo com um tom rude, enquanto retirava a mão do cesto. Parecia que o termo "claro" tinha outras conotações. Reagi com cautela.
— O senhor poderia me dizer o que já foi encontrado?
— Além dos restos mortais... fragmentos de tecidos e pedaços de pano.
— Roupas?
— Parece que sim.
— Mas não deve ser o que estão dizendo por aí, não acha? A estudante... nos jornais...
— Tudo será examinado minuciosamente antes de qualquer conclusão.

Ele ainda mantinha o jeito superficialmente polido de quem observava e avaliava, mas com firmeza.

Pensei em apontar o óbvio, ou seja, que os ossos tinham sido encontrados debaixo do chão do fundo da piscina. Já deviam estar ali havia muitos anos.

— Por que a senhora não disse que uma outra pessoa costuma vir aqui? — perguntou Severan.
— Porque não há essa outra pessoa.
— Quem era então a mulher que esteve aqui hoje de manhã?
— Que mulher?
— Ela se debruçou na fita de isolamento e olhou para o ponto onde os ossos foram encontrados. Foi por volta das oito horas desta manhã.
— Não faço a menor ideia. Deve ter sido alguma curiosa que veio da cidade.

Severan fez um aceno com a mão, descartando a ideia.
— Está tudo bloqueado. Coloquei homens nas duas extremidades do caminho para manter o público afastado. Ela não pode ter nem entrado nem saído por ali. Portanto, só pode estar aqui.

Balancei a cabeça. Não me agradava que estranhos chegassem para espiar, mas tinha que aceitar que eles podiam fazer isso.
— O senhor não perguntou para ela?
— Eu a vi quando estava estacionando o carro em frente da *bergerie*, o curral das ovelhas. Quando saí do carro, ela já tinha sumido.

Uma súbita e breve imagem cruzou como uma sombra o olho da minha mente.

– Como era ela?

– Magra, não muito alta, cabelos escuros, vestido azul-esverdeado... – Ele apalpou os bolsos, talvez em busca do maço de cigarros, mas sem tirar os olhos de mim.

– Talvez a tenha visto antes. Não sei quem é – eu disse com um tremor involuntário.

Ele me observou cuidadosamente, sem dizer uma palavra.

– Gostaria que tivesse perguntado o nome dela – acrescentei.

Ele se preparava para me pressionar quando meu celular tocou. Se estivesse sozinha, eu teria ignorado a chegada de um texto. Mas isso não era possível com Severan de olho em cima de mim. Eu me afastei um pouco e abri a mensagem.

Era de Sabine. *Ligue-me com urgência*.

Eu não queria fazer isso. Não depois que ela me sugeriu pesquisar Marthe Lincel. E agora eu tinha certeza de que tinha sugerido intencionalmente. Ela me usara para irritar Dom, e, para mim, isso era um golpe lamentável. Mas talvez eu não tivesse avaliado bem a profundidade da amizade de Sabine por Rachel, e o gesto seria apenas uma demonstração de lealdade para com a amiga. Não a via desde o dia que passamos juntas em Manosque; cogitara me encontrar com ela na cidade – talvez no correio ou no café – para ter a oportunidade de lhe dizer o que pensava a seu respeito, mas nossos caminhos não mais se cruzaram.

Fechei o celular.

Severan olhou para o alto, para a nova folhagem verde-limão da catalpa que se voltava para o céu.

– É realmente um lugar esplêndido – disse com um tom quase amistoso.

– É, sim.

– Meus tios tinham um lugar...

Uma outra interrupção eletrônica. De novo, um afastamento fingido.

Sabine era insistente.

Encontre-se comigo no Café Aptois, dizia a mensagem de texto.

– Ah, tecnologia – disse Severan efusivamente. – Quem enviou já sabe que a primeira mensagem foi lida. E agora a senhora não pode ignorá-la. De quem é?

6

O corpo jaz silente na cripta de terra. Nenhum mármore, nenhuma pedra no cemitério público para esse corpo, nenhuma lápide com palavras de tributo, nenhuma data que testemunhe uma vida plena e bem vivida.

Para mim, ela estava no vento que conduz a água fria dos rios até as árvores e nos aromas quentes do verão. E também estava no furioso mistral que elimina todos os aromas, nos ventos que arrancam as telhas do telhado com mãos maléficas e rasgam as delicadas pétalas e retorcem os galhos no topo dos carvalhos e dos plátanos. Alguns afirmam que literalmente veem o mistral, enxergam-no como uma força maligna que atormenta e destrói o trabalho e o espírito dos homens.

Nos dias realmente ruins, escuto o uivo do mistral e o reconheço como castigo.

Agi muito mal. Mas de que serviria agora uma confissão?

Não haverá perdão. Os fantasmas já me disseram.

Pouco a pouco, assumi grande parte das responsabilidades diárias da propriedade, uma vez que as últimas famílias de arrendatários entregaram as chaves com certa relutância e se mudaram para o vale a fim de trabalhar na fábrica de frutas cristalizadas, com novo maquinário e salários mais altos.

Cada partida significava menos ajuda, e menos dinheiro.

Não há dinheiro para pagar pelos reparos. A bem da verdade, nunca houve, mas um dia esse lugar teve uma força masculina. Alguns homens bolavam maneiras de resolver o problema e formavam uma equipe, com papai dirigindo as operações. Gaston, o pai de Arielle, e Albert Marchesi sempre estavam dispostos a ajudar, Gaston, alto e choramingas; Albert, eficiente e vigoroso. Quando o problema era muito sério, arregimentava-se ajuda entre os moradores do vilarejo e fazia-se o pagamento em espécie, ou com fermentado de nozes e carne de carneiro.

Eu estava com vinte e sete anos. Mamãe estava mais fraca do que era habitual em mulheres de cinquenta e poucos anos, mas isso depois de ter sido triturada pelo sofrimento e pelo trabalho sombrio de sobrevivência. Claro que tentamos arrumar outros arrendatários, mas ninguém se interessou. Averiguamos nos arredores e deixamos anúncios nas lojas mais longínquas de Apt, mas não tivemos sorte. A maré fluía de outro modo. Os jovens se mudavam para as cidades a fim de trabalhar nas novas fábricas em troca de salários fixos. Os vilarejos se esvaziavam. Até mesmo quem se sentia feliz com o antigo estilo de vida no campo migrava em busca de trabalho. A vida nas montanhas sempre foi dura, mas estava se tornando mais sombria do que nunca.

Era difícil viver sem família e sem filhos. Estava claro que Pierre não tinha intenção de retornar. Nós o tínhamos visto pela última vez no funeral de papai, e era a primeira vez que nos reuníamos depois de mais de um ano. Ele disse que estava ganhando um bom dinheiro no trabalho com maquinaria agrícola, embora tenha sido um pouco vago, pensei, sobre que fábrica seria exatamente.

"Olhar para as cebolas" é uma expressão provençal que significa ficar de olho nos vizinhos para ver os padrões que eles têm. Trabalhamos tanto para ter as melhores cebolas, mas não podíamos fazer tudo sem ajuda.

Quando André apareceu no caminho de Les Genévriers, foi a resposta às nossas preces. Ele nos disse que trabalhava como pedreiro.

– E também como carpinteiro. Posso dar conta de qualquer tipo de trabalho, inclusive consertar o telhado. Não me importo de ficar em cima de telhados; tenho uma boa cabeça para altura.

A parte mais difícil foi disfarçar o nosso desespero para que ele não cobrasse o dobro.

– Já que está aqui, você pode dar uma olhada no telhado do celeiro – disse mamãe com uma dignidade pouco firme.

Enquanto o conduzia até o outro lado do pátio, percebi que era jovem e que devia regular com a minha idade. O buraco no telhado do celeiro era tão grande, que dava para um homem passar. As telhas estavam completamente soltas e fora do lugar, um trabalho realizado por aquelas pestes parecidas com esquilos que nem eu nem mamãe conseguíamos controlar.

– *Loir* – disse André.
– Isso mesmo – disse mamãe. – Parecem umas gracinhas, mas os incessantes joguinhos de esconder nozes e fazer ninhos no alto dos telhados entre as vigas e as telhas...
– É uma infestação – ele a interrompeu. – Destroem tudo quando têm uma brecha. Conheço alguns truques contra eles, mas primeiro o telhado precisa ser impermeabilizado. Se mostrarem onde posso pegar uma escada, subirei até lá para dar uma olhada.

Nunca víramos roupas mais empoeiradas que as dele, então não fazia sentido divagar se ele trocava de roupa para trabalhar. Ele tirou a jaqueta e pronto.

Subiu a escada, e notei que a sola do sapato estava furada e remendada com cascas de árvore. Mais tarde, André nos disse que costumava tirar os sapatos e pendurá-los nos ombros para não gastar as solas.

– Posso fazer o trabalho em um só dia – ele disse, depois do que pareceu uma inspeção minuciosa. Cobrou um preço que pareceu razoável, e concordamos, e, ao raiar do dia seguinte, fez o primeiro trabalho para nós.

7

– Rachel deixou isso comigo – disse Sabine.
Ela colocou um pen drive na mesa.
– Meu inglês não é bom o bastante para ler. Não sei ao certo o que os arquivos contêm, mas preciso saber. Ela me deu isto antes de partir e disse que era importante. Agiu de um modo estranho, dizendo que era para mantê-lo a salvo e que voltaria para buscá-lo. Fiz então o que ela pediu. Mas ela nunca voltou para pegá-lo e também nunca me pediu para enviá-lo.
– Agiu de um modo estranho como?
– Parecia... evasiva, talvez irada. Estava agitada... com uma aparência horrível, eu diria, como se não dormisse havia algumas noites.
– Você não perguntou nada? Não demonstrou preocupação?

– Ela disse que estava grávida e que infelizmente a gravidez não estava sendo boa.

– E você não achou isso estranho?

– Não pensei muito no assunto – disse Sabine, como se quisesse encerrar a conversa para cumprir os próprios compromissos. – Mas tentei estabelecer contato com ela por muito tempo e não consegui. E depois vi o marido dela com você na casa dos Durand.

O marido dela.

Peguei o pen drive e o girei no ar.

– Quer que eu veja o que ela estava pesquisando? Quer que traduza para você? – perguntei. O que eu sentia por ela ter usado Rachel para aborrecer a mim e a Dom ainda não estava claro dentro de mim, ainda não tinha avaliado quanto do jogo dela me enfurecia.

– Acho que isso precisa ser feito.

– Mas agora... com tudo isso que está acontecendo? Não leve a mal, mas realmente acho... – eu estava boquiaberta com sua insensibilidade.

– Não – disse Sabine. – Talvez isso tenha a ver com o que foi achado em sua casa e com a presença da polícia. Você não está querendo entender o que estou tentando lhe dizer.

Uma pausa.

– Dominic sabe – ela continuou. – Estou fazendo de tudo para ajudá-la.

Foi desse jeito que ela falou, a curiosa ênfase deixava claro que havia mais coisas por trás do que estava explícito. Aquilo era como atravessar um limite, um entendimento tácito de que ambas sabíamos que algo estava errado.

Inseri o pen drive no laptop e baixei os arquivos.

A maioria datava de outubro de 2008. Isso confirmava o que Sabine dissera, ou seja, que Rachel lhe entregara o pen drive no final daquele mês. Passei os olhos na lista de arquivos, e um título me chamou a atenção: LUMIÈRES – GAROTA DESAPARECIDA.

Com as mãos trêmulas, cliquei para abrir o arquivo.

Oito horas da manhã. A poeira e os cascalhos da praça do vilarejo de Lumières uivam e parecem expostos agora que o ônibus partiu.

Na estrada ao norte de Marselha, as placas altas de aviso se sucedem cada vez mais autoritárias: AVERTISSEMENT: VENT VIOLENT. AVISO: VENTO VIOLENTO. "Soyez prudent", avisa a mulher da padaria onde comprei o café da manhã. Lá fora, as árvores vergam e as folhas se dispersam pelo ar e descem pela ladeira da rua. O vento está aumentando.
Tenho o maior interesse em ser cuidadosa, não só quando me exponho ao mistral como também quando faço perguntas que devem ser feitas em alguns lugares.
Até porque aqui é o lugar onde a garota desapareceu depois que saiu de casa pela última vez.
Um cartaz na vitrine da padaria estampa o seu rosto. E tem um outro fixado no pé de plátano do ponto de ônibus, embora não deva ficar muito tempo na árvore antes que uma lufada poderosa o solte. Já está danificado.
Faz mais de um mês que a garota está desaparecida.

Lumières não é um vilarejo propriamente dito. É uma espécie de antecâmara de Goult, uma cidade maior situada mais acima na montanha.
A garota se chama Marine Gavet. É uma estudante de dezenove anos de idade. Aqui é a terra da família, onde ela foi criada pelo pai engenheiro e a mãe que trabalha meio período como secretária.
O cartaz mostra uma garota linda e sorridente, mas também mostra um ar sensível e um olhar sério. Seu rosto se tornou popular em toda a região do norte da Provence, por causa dos cartazes espalhados em cafés, lojas, postes de luz, árvores e pontos de ônibus.
A garota saiu para ver o namorado, mas, um dia antes de desaparecer, declarou que o namoro tinha terminado. Terminado mal.
Tão mal, que o namorado, Christophe LeBrun, se tornou o primeiro suspeito, apesar dos protestos de inocência e da fúria com que tratou a polícia, que estaria desperdiçando tempo quando podia estar à procura dela.
Marine Gavet foi vista pela última vez no ponto de ônibus da praça, ao pegar um ônibus para Apt, que fica a uns dezesseis quilômetros ao leste e ao longo da N100, a principal rodovia entre Avignon e Focalquier. Christophe a viu pela última vez às 11:30 da noite anterior, quando ela saiu de uma festa em Bonnieux. Algumas

pessoas que estavam na festa viram e ouviram a briga entre os dois e afirmam em seus depoimentos que ele continuou bebendo na festa por mais duas horas.

Ela iniciaria o segundo ano na faculdade dez dias atrás. Era uma garota popular e trabalhadora. Não era do tipo que fugiria sem avisar à família e aos amigos.

Claro, ainda se tem a forte esperança de que ela seja encontrada viva, como outras o foram nas mesmas circunstâncias. Que outro desfecho melhor para casos como esse? Quando não passamos por isso, somos tentados a pensar que é melhor ignorar e seguir em frente, na esperança de que ela esteja viva e vivendo uma vida nova e feliz. Mas, segundo a família, a cada dia eles saem à procura de certeza e desfecho para o caso.

Em Lacoste, não muito distante de Lumières, na estrada para Avignon, encontra-se o castelo que um dia pertenceu ao Marquês de Sade. Já era famoso quando o marquês o reivindicou; foi cenário de estupros, torturas e assassinatos de trezentos membros da seita de hereges de Vaudois. Alguns anos depois, com o marquês na prisão, tornou-se cenário das obras que o celebrizaram, Justine e Cento e vinte dias de Sodoma. Hoje, pertence ao veterano estilista Pierre Cardin, além de ser o ponto central de um festival de música de verão.

Isso não significa que essa gloriosa região rural deixou de ter um lado sombrio. Claro que ainda o tem, e não menos que outros lugares belos.

Acabou o alto verão em Avignon, e com isso se foram os bandos de músicos do festival, os carrosséis dourados, as bandeirolas, a música e o prazer no ar quente da noite. Logo os pés de plátano que alinham as ruas apontarão dedos nodosos de bruxas para o céu escuro da cidade.

Os sem-teto do norte da África já se amontoam em umbrais sombrios, trêmulos como o lixo remexido pelo vento, imagens achatadas pela luz de sódio das vitrines da Galeries Lafayette. Outros arautos do inverno são os manequins das lojas com rostos brancos e inexpressivos com seus casacos de acabamento de pele falsa.

Marine tinha uma semana para retornar à faculdade, com uma passagem reservada para Lyon, antes de ir para Avignon. Esse devia ser o itinerário dela.

Contudo, de acordo com uma testemunha que se apresentou para depor, Marine foi vista pela última vez entrando no ônibus que seguia para leste e não para oeste.

De acordo com o informe oficial da polícia, a última pessoa a vê-la foi a senhora Christiane Rascas, esposa do dono da padaria que acaba de me vender um croissant e de me avisar sobre o vento. "Soyez vraiment prudente", ela repetiu quando lhe disse que pretendia caminhar até Goult. "Seja realmente cuidadosa."
Não sei ao certo se ela se referiu apenas ao vento.

8

Depois de viajar de Sault até Coustellet, ele desceu o vale, atravessou todos os vilarejos da montanha e chegou à nossa propriedade. Caminhou e pegou carona de carroças pelas áreas das cercanias e chegou a fazer a entrega de uma bicicleta de segunda mão de Roussillon até Saint-Saturnin a pedido do comprador, uma entrega proveitosa para todos porque ele também tinha um trabalho à espera na outra ponta. Agora, se tivesse que encontrar um termo que o definisse como confiável e disponível para o transporte de entregas, o que combinaria bem seria trabalhador itinerante, como ele próprio disse pensativamente.

Era um garoto bonito – quer dizer, um rapaz. Um ar inocente e idealista o tornava mais jovem do que realmente era. Foi isso que nos atraiu. Cabelos castanho-escuros; olhos cintilantes como azeitonas pretas no azeite, que nos olhavam atentamente enquanto falávamos; braços musculosos como galhos de árvore, que eram testemunhos vivos de sua capacidade de trabalho e maneiras gentis. Não podíamos ter sonhado com nada mais perfeito.

Depois que consertou o telhado, mesmo com toda a dificuldade para encontrar telhas iguais no depósito do sótão, ele fez questão de segurar a escada enquanto eu subia e checava o trabalho.

– Muitos fariam um trabalho malfeito na certeza de que duas mulheres nunca perceberiam – ele disse.

Foi um trabalho muito bem-acabado, eu disse para mamãe com alívio.

– As telhas que ele recolocou estão firmes, cutuquei com um galho duro e nem se percebe onde havia o buraco!

Ele também se sentou conosco à mesa da cozinha, onde nos servimos de um ensopado de grão-de-bico e queijo, e comeu com prazer o que lhe oferecemos. Tive a impressão de que não comeu muito, talvez pelo que tinha pilhado nas cercas vivas e no pomar durante alguns dias. Quando voltou para o jantar, empilhou uma boa quantidade de lenha no depósito. Naquela noite, dormiu na velha cabana dos Poidevin. Fizemos uma cama para ele no quarto onde eu trocava confidências com Arielle.

Nas semanas seguintes, desenvolvemos uma rotina. Depois que terminava um trabalho, André sempre perguntava qual seria o próximo.

– Não podemos pagar muito, mas podemos lhe oferecer comida e vinho e um lugar para dormir – dizia mamãe.

– Aceito as condições – ele retrucava.

Embora não tenha sido dito, sabíamos que se sentia bastante agradecido.

André tinha nobreza. À medida que o conhecia, ele se afigurava como um dos personagens universais do folclore provençal: o pastor, o agricultor com ajudantes contratados, o padre, o prefeito, o amolador de facas, o moleiro, o trovador, o padeiro. Era uma figura extraída da longa história de luta pela sobrevivência, tanto nas propriedades rurais isoladas como nas colinas estéreis, platôs e vilarejos empoleirados sobre as rochas.

9

Marine Gavet tinha sido a primeira garota desaparecida. Por que Rachel escrevera sobre ela? Eu teria que descer até Apt para investigar no café com internet, mas sabia que as outras garotas ainda não tinham desaparecido na época em que Rachel escreveu.

Olhei para a tela do laptop com os olhos vazios. Era o segundo artigo de Rachel sobre uma pessoa ausente, desaparecida. O primeiro tinha sido a entrevista em que o artista Francis Tully justificava sua ausência na retrospectiva em homenagem a sua obra e os artifícios visuais que empregava em suas criações. Será que eu tentava encontrar conexões inexistentes?

Os outros arquivos contidos no pen drive tinham o mesmo título: LINCEL. Olhei rapidamente, apenas para checar, e todos giravam em torno de Marthe Lincel, seu trabalho como perfumista e a cegueira.

Marine Gavet. Francis Tully. Marthe Lincel. Nenhuma conexão, a não ser quando eu pensava em Rachel, que parecia ela mesma ter evaporado no éter. Desaparecimento no abstrato. Tipos distintos de desaparecimento. Tipos distintos de silêncio.

A própria Rachel. Isso era um tema, uma coincidência... ou uma prefiguração da própria situação?

Eu não fazia a menor ideia.

Pensei em contar tudo para Dom e mostrar-lhe a pesquisa que ela fizera, mas como faria isso? Seria admitir que bisbilhotara Rachel e conversara com Sabine a respeito dela. Por mais que a atmosfera estivesse aparentemente calma naqueles dias, eu sabia que ele poderia se tornar distante e irado. O compasso de espera até o término das investigações da polícia era simplesmente insuportável. Ambos sentíamos isso. Mas Dom parecia determinado a fazer com que sofrêssemos em separado.

O que me incomodava era a distância entre nós. Por mais que tentasse me convencer de que estava fazendo uma tempestade em copo d'água, o fato é que eu não conseguia apagar a sensação de que ele não tinha sido completamente honesto comigo.

Quando entrei na sala de música com duas xícaras de café nas mãos, ele me olhou de um jeito esquisito antes de dizer.

– Foi você que fez aquilo de manhã cedo?
– Fez o quê?
– Cantar.
– Não.
Uma pausa.
– Que tipo de música?

– Só... nada. Esquece.
Sugeri que talvez fossem as árvores. Talvez.
Mas, a essa altura, ele me cortou e com um aceno me mandou sair. Fui lá fora, apurando os ouvidos, mas não ouvi nada.

Naquela tarde, Severan anunciou que a perícia dos ossos confirmava que pertenciam a uma mulher de aproximadamente cinquenta anos de idade.
– E a senhora já pode me dizer quem era a mulher que estava bisbilhotando a área? – perguntou.
Eu ainda não podia.
Não sabia se ele acreditaria em mim.

10

Uma noite, eu estava costurando, e um sopro suave de flauta se insinuou por dentro de mim. Notas assombradas e melancólicas flutuavam no ar dos terraços mais baixos, um acompanhamento musical para o deus da floresta do mundo antigo. André era o músico.

Começou naquela noite; as notas se insinuavam nos meus sentidos e não me deixavam tirá-lo a cabeça. Passei a reparar ainda mais no seu rosto bonito e nos braços musculosos. Embora inocente, eu ardia com o calor da carne quando nossos dedos se roçavam ou quando lhe dava um copo d'água ou uma tigela de sopa quente de chicória, ou quando lhe passava um prato.

Algum tempo depois, me dei conta de que sempre sabia onde ele estava, quer estivesse no bosque lá em cima ou carregando pedras no carrinho de mão para um muro ou preenchendo com argamassa as rachaduras que eram as inimigas conhecidas no final de cada estação seca.

Com a ausência de Pierre, não demorou e mamãe já tratava André como um filho adotivo. Ela o presenteava com sorrisos amorosos e lavava suas camisas e calças, e ainda remendava as roupas com todo o cuidado para combinar os tecidos, a ponto de pedir para os vizinhos retalhos melhores que os nossos.

Ele tomava banho na alameda, e isso me incomodava porque o imaginava sem as roupas.

O brilho enfadonho das lamparinas de querosene sobre a mesa de jantar armada fora de casa me permitia observar furtivamente as sombras que contornavam sua pele macia, o modo como bebia o vinho e segurava o garfo, os movimentos da boca. A textura e os sabores da comida nos pratos, o brilho da vela dentro da jarra que atraía os insetos, a trepadeira que farfalhava acima, a água que depois de despejada no copo de vidro assumia um tom âmbar com a luz incidente, tudo isso parecia maior, pleno e mais digno de atenção que antes.

Uma noite, ele me flagrou enquanto o olhava e sorriu para mim.

Na noite seguinte, me pegou pela mão quando mamãe levava a louça da mesa, e reparei que estava com a camisa rasgada, talvez um rasgo feito por espinhos. Minha timidez era tanta, que nem consegui olhar nos olhos dele.

A mão de André era grande e quente e engoliu a minha. Não acreditei no que senti, aquela pressão na palma da mão e nos dedos, custei a acreditar que estava realmente acontecendo.

– Sua camisa está rasgada.

As palavras escapuliram da minha boca sem que me apercebesse. E ficaram estupidamente dependuradas entre a minha mão e o toque quente da mão dele.

Mas ele sorriu de um modo franco e suave.

– Pode remendá-la para mim?

Mais tarde, não muito depois que mamãe se recolhera para dormir, procurei agulha e linha. De volta à mesa, puxei a lamparina para enxergar melhor a costura e André tirou a camisa, dizendo:

– Estamos longe da vista de todos.

Ele traçou com os dedos o contorno do meu rosto e me tomou nos braços. Ficamos imóveis por alguns segundos, trocando um hálito quente. Eu sabia o que ele queria e estava assustada. Mas eu também queria.

E me transformei a partir do instante em que ele tocou os lábios nos meus, a partir do instante em que senti o doce calor dele. Pela primeira vez na vida, amei a escuridão. Enquanto nos beijávamos, abracei o negror e me perdi no perfume e no sabor e na sensação dele.

11

Soou um ruído estranho do outro lado da porta da cozinha, um ruído estalado, incomum. A princípio, o descartei como um dos muitos ruídos que os roedores faziam no telhado, mas era um ruído insistente. Depois de algum tempo, me levantei e saí. Aos meus pés, surgiu um lindo gatinho preto que brincava com uma noz.

– De onde você veio?

O gatinho parou de brincar, olhou ao redor, tombou para o lado e empurrou a noz com as patas traseiras.

Uma hora depois, o gatinho continuava no mesmo lugar. Resolvi colocar um pires de leite, mas ele não bebeu.

A agitação na piscina do outro lado do pátio ainda era a mesma. Apesar do anúncio, a atividade frenética não cessava, e os carros chegavam com regularidade. Alguns traziam jornalistas que tomavam o rumo da casa principal para fazer perguntas sem o menor pudor. Dom se incumbia de dizer em um péssimo francês que não podíamos ajudá-los e que seria melhor que fizessem as perguntas à polícia.

Só queríamos que aquilo terminasse. Queríamos que os operários tapassem os buracos abertos e tornassem o lugar seguro para acabar de construir a piscina. Queríamos cuidar da horta e do jardim e acender as velas e ouvir música em paz e sozinhos.

As pessoas sumiram.

Isso era o que me absorvia enquanto esperávamos. Dom se recolhia cada vez mais em seus pensamentos e em sua música. Talvez estivéssemos despreparados para o mundo real por causa dos devaneios. As pessoas deixaram de trabalhar, ou melhor, por alguma razão deixaram de fazer o que estavam fazendo antes. Por que eu não tinha feito o mesmo com minha vida? Todo dia, casamentos fracassados são deixados para trás. Será que Rachel simplesmente conhecera um outro alguém e o orgulho ferido de Dom não admitia isso? Como eu desejava que a coisa fosse assim tão simples.

O artigo de Rachel sobre Marine Gavet que estava no pen drive parecia inacabado. Eu voltava incessantemente a essa ideia. Será que tinha sido publicado em algum jornal, e, nesse caso, quando? Eu precisava saber.

De repente, me passou pela cabeça que a biblioteca de Apt devia ter acesso à internet. Já ia procurar Severan para comunicar que iria de carro até a cidade quando ouvi passos pesados na escada de acesso à cozinha. Ele se plantou na soleira da porta, ocupando quase todo o espaço e com a cabeça quase tocando o lintel.

– Cadê o senhor Ross?
– Dom... está na sala de música, eu acho.
– Já procurei lá.
– Vou encontrá-lo para o senhor.
– Fique aqui. Não vá a lugar nenhum.

Era uma ordem. Ele saiu, gritando com um dos seus oficiais.

Sentei-me com o estômago revirado. Eu devia ter saído mais cedo. Não foi a primeira vez que amaldiçoei o nosso isolamento.

Dom exibia uma expressão taciturna quando entrou na cozinha, seguido por Severan, e se limitou a me olhar de esguelha.

Severan esperou com toda a calma que nos colocássemos de pé e em frente a ele.

– Acabamos de encontrar os restos mortais de um segundo corpo. Estavam a poucos metros de distância do primeiro. Posso garantir que é o corpo de uma outra mulher.

12

Era uma lanterna antiga, com uma moldura de ferro forjado que sustentava quatro painéis de vidro e dois adoráveis arabescos, um no topo e outro que escorava o fecho para abrir e acender a vela lá dentro. Um tipo de lanterna usado uns cem anos antes, talvez por um guarda noturno que a balançava na ponta de uma vara durante a ronda.

André ainda morava na velha cabana dos Poidevin, e ele disse que a tinha encontrado na adega de lá. Qualquer que fosse o lugar onde a encontrara, o fato é que a lanterna se tornou o nosso sinal: eu quero você. Estou à sua espera. Você não está sozinha na escuridão. Claro que era desnecessário um código secreto. Mamãe devia saber o que acontecia, e talvez até nos encorajasse ativamente. Mas era um gesto romântico que nos fascinava. André a tirava de um abrigo de pedra atrás de um canteiro de lilases no pátio e a colocava acesa no meio do caminho. Eu entrava no jogo e deslizava pela alameda escura quando a barra estava limpa.

Ao combater os ventos e as chuvas de inverno e a decadência crônica que nos rodeava, André logo se tornou o esteio da casa. Sem ele, teríamos sucumbido muito antes. De quinze em quinze dias, viajava no final da semana até a terra natal para visitar pais, irmãos, irmã e sobrinhos. Segundo ele, era uma família grande. Eu me sentia vazia depois que ele saía pedalando a velha bicicleta de Pierre no amanhecer do sábado, como se faltasse uma parte minha.

Na chegada do verão, ele deixou um pouco de lado as visitas quinzenais. Nas noites de sábado, íamos de charrete até a cidade e jantávamos em restaurantes baratos. Aos domingos, passeávamos pelo bosque e o platô e depois fazíamos um piquenique regado a vinho, embalados pelo silêncio em volta; por fim, procurávamos um lugarzinho escondido, onde dormíamos abraçados.

O momento mais feliz da minha vida foi quando ele me pediu para ser sua esposa. Aceitei, certa de que teríamos uma vida maravilhosa. Não ganhei um anel, e sim um símbolo bem mais original do nosso amor. Com todo o esmero, ele começou a criar esse presente de pedra com as pedras dos muros que tinham caído e se espalhado pela propriedade.

Já falei que André era como um personagem tirado das lendas tradicionais da Provence. Talvez se parecesse mais com um personagem dos livros de Jean Giono, um dos homens quase míticos que dão um apelo universal às suas histórias. Histórias que possuem mensagens simples: tenha fé e os deuses da natureza irão prevalecer, tenha fé no trabalho duro na terra, celebre a determinação do camponês e do artesão e a dureza será resgatada e transformada em beleza e símbolo dessa resistência.

Foi André quem construiu os dois arcos românicos do jardim. Ele os chamava, com um ar pomposo e sério, de monumentos ao nosso amor. Rematada tolice, mas os presentes mais lindos que eu já tinha ganhado. Ainda acendíamos a lanterna, porém com uma sutil mudança de sentido. Agora, a mensagem era eu te amo.

Enquanto ele trabalhava e os arcos tomavam forma, eu sonhava com um casamento simples e gloriosamente feliz na pequena igreja do vilarejo, a igreja ornamentada com ramos de alecrim em flor e eu andando em passos lentos até o altar, onde ele me aguardava. Bolinhos fritos e panquecas feitas com farinha de trigo branca para um dia especial. Mesa comprida preparada para o banquete sob o dossel da parreira e figueira do pátio. Amigos e vizinhos a chegarem do vilarejo em charretes enfeitadas de fitas.

O outro presente do meu noivo não obteve o mesmo sucesso. Uma noite ele chegou com um objeto enorme e desengonçado dentro de um saco.

– Que raio de coisa é esta? – perguntei, ao perceber um movimento independente dentro do embrulho a ser descarregado.

Os músculos de seu braço estavam retesados.

– Abra.

Abri o saco que guardava o objeto. Dois olhos pretos que mais pareciam contas me olharam de dentro de uma gaiola. Instintivamente, pulei para trás.

– Um papagaio?

– Um periquito.

A ave era um presente de uma senhora de uma vila vizinha que ele conhecera no caminho de volta da cidade quando a viu tropeçar na pedra solta que era usada como degrau de uma porta. Obviamente, ele consertou a entrada da casa e não aceitou pagamento nenhum da mulher, a não ser um cesto de damascos. Ela insistiu, e ele também aceitou a gaiola com o pássaro.

A gaiola, um cilindro grande e espaçoso de ferro forjado, encontrou um lugar no canto da sala de estar. Em meio a um emaranhado de penas verdes, amarelas e vermelhas, irrompia um bico adunco e cruel. A ave desfechava torrentes expressivas de indignação com uma diabólica língua cinza-azulada que nem eu nem mamãe suportávamos ver.

A ave era realmente cruel, e não restava dúvida de por que a velha senhora não suportava mais aqueles grasnidos. Então a colocamos no pátio, ao lado do depósito de lenha, e assim declarou-se uma trégua um tanto desconfortável para ambas as partes.
Mas o episódio em si nos fez rir.
– Aposto que, se Pierre estivesse aqui, venderia o periquito no mercado – disse mamãe com um tom lúgubre. – Poderíamos conseguir alguns trocados com ele.
Não era uma má idéia, e André disse que faria isso. Ele retornou com o periquito ao entardecer.

13

O segundo corpo era de uma mulher mais jovem. Dessa vez, os restos foram exumados não da área da piscina propriamente dita e sim de um canteiro de pedras ornamentais suspenso à cabeceira dela. Uma equipe de policiais tinha arrancado umas moitas de mato e encontrado o corpo ali.
Era inacreditável. Como é que os policiais haviam descoberto algo que aparentemente passaram a negar depois da primeira descoberta? O que os tinha feito continuar com as buscas? Estariam à procura de outras evidências ligadas ao primeiro corpo quando encontraram o segundo ou sempre acreditaram que encontrariam outro corpo? Supliquei para que Severan dissesse o que estava acontecendo. Ele estava com um humor cruel e excitado, talvez temperado com uma pitada de vingança.
Ele então prendeu Dom.
– Encontramos restos mortais de alguns corpos nesta propriedade – disse bruscamente quando protestamos com veemência. – O que esperavam que fizéssemos?
Dom foi levado para prestar depoimento na delegacia de Cavaillon. Severan não me disse mais nada.

Onde está a linha entre os livros e a vida? Entre o fato e a ficção? Entre ver e ser visto? Foi só quando os eventos se desenrolaram que reconheci que realmente apreciava os limites entre a realidade e a arte, mais pelos livros que pela experiência. Antes, eu lia para entender, para pensar: sim, tal pessoa tem um dilema, as opções disponíveis são tais e tais e – para o melhor ou para o pior – a solução escolhida por essa pessoa é essa ou aquela. Sempre clamava pela honestidade fundamental da ficção. E agora era capaz de saber onde a honestidade estava com mais precisão. Talvez não estivesse nem no desnudamento da alma nem na crista do drama, mas sim nos pequenos detalhes e nas observações.

Dom com os cotovelos apoiados nas teclas de um piano mudo. A onda gelada da discórdia. O amplo e escuro espaço das suas ausências. Seu rosto visivelmente fechado.

Os ventos fortes sacudiram o jardim naquela manhã que se seguiu a uma noite sem sono. Flores e arbustos ondularam e fintaram achatados sob as rajadas.

A luz do sol filtrada pelo movimento da folhagem das árvores do pátio dava às paredes brancas da cozinha um ar transitório e diáfano, como uma peça esvoaçante de algodão. Um vívido aroma natalino de laranjas recém-descascadas impregnava o ar. Não consegui atinar de onde vinha porque só havia maçãs no cesto de frutas.

Desorientada, entrei na sala de música, ainda de camisola, à procura de alguma resolução, não de Dom. Não encontrei nada, a não ser livros de partituras para piano – Schumann, Rachmaninoff e Chopin, seus compositores favoritos – e páginas soltas de partituras que ele rascunhava. Pensei que, se soubesse um pouco mais de música, talvez pudesse entender melhor as escolhas e as composições que ele fazia, mas não era o tipo de linguagem que eu entendia por instinto.

De repente, me pareceu que só conhecia de Dom o que já sabia no primeiro dia em que nos conhecemos, e que o eventual conhecimento obtido durante o relacionamento só serviria para torná-lo ainda mais misterioso.

Crivada pelo sentido da realidade, depois de tomar um banho, me vesti e fui a pé até o vilarejo para comprar leite e pão.

Subi pelo caminho do bosque e peguei a estrada para o vilarejo. Mais à frente, avistei Sabine, falando apressada ao celular com o

carro estacionado no acostamento da estrada próximo ao entroncamento da última curva.
Ela acenou, abaixou o vidro da janela e depois saiu do carro. Não tive como escapar. Ela estava ávida pelos últimos detalhes. Nem preciso dizer que já estava a par da última descoberta da polícia e das últimas teorias bombásticas. Ela sabia melhor que nós o que era mais provável de acontecer em seguida.

Então, um pensamento me passou pela cabeça: será que Sabine dera algumas dicas a respeito de Dom para a polícia? Será que ela suspeitava de alguma coisa? Como parecia saber mais de nós do que imaginávamos, será que desfrutaria do poder que tal conhecimento lhe dava?

Sentamo-nos para tomar um café na parte externa da cafeteria da cidade, o céu estava com um toque de brilho a mais, e o barulho lá dentro, com um toque estridente.

Sabine considerou o que acabara de ouvir de mim.

– Por que não falou isso antes? – disse.

Girei as pulseiras no punho com nervosismo. Eu me senti mais estúpida quando acabei de narrar os incidentes que me deixavam assustada – a luz que cintilava nas paredes, o som de pedras atiradas à janela, o aroma fantasmagórico e evanescente, os cortes de luz. Talvez não passassem de fatos aleatórios sem conexões entre si. Era um alívio poder desabafar com alguém, mas eu tinha de ser cuidadosa. Nada de muitas informações, apenas o suficiente para forçá-la a me dizer mais do que eu lhe dizia.

Felizmente, ao que parecia, ela não sabia da prisão de Dom. E, mais do que nunca, tive que desviá-la do assunto.

Fixei os olhos na fonte da praça: o verde enegrecia de musgo e mofo, uma água fria e escura como a do Estige vertia da boca de uma gárgula que, de tão achatada pelo tempo, mais parecia uma cabeça de tartaruga.

– Achei que não era nada, só... incidentes bobos, que minhas reações... eram exageradas.

– Mas você está visivelmente preocupada.

– É.

– Um monte de coisas estranhas e todas acontecendo em cadeia.

Era uma questão de relações, talvez, entre as incontáveis apreensões inconscientes baseadas na própria experiência humana. Em outras palavras: uma soma de impressões. Truques de luz, sim. Mas também do olho interior.

– Achei que podia estar fazendo uma tempestade em copo d'água – admiti.

– Alguns dos fatos podem ter sido simples acidentes, coincidências... a quebra do quadro, por exemplo. Isso acontece. Depois de tantos anos, a cola da fita de apoio seca e se rompe.

– Eu sei.

– E cortes de energia acontecem. E são muito frequentes por aqui.

– É claro.

– Mas as pedras na janela... sem dúvida são ações deliberadas – concluiu Sabine. – O que você precisa se perguntar é quem estaria agindo assim de propósito.

– Crianças... crianças entediadas à procura de diversão.

– É possível. O que Dom acha disso?

Muito cuidado agora.

– Ele não diz nada.

– Mas você contou para ele.

– Não toco mais no assunto.

– Há uma outra explicação, se é que quer saber – ela disse com tranquilidade.

Assumiu um ar sério perturbador. Abaixei os olhos e os deixei vagar para além da mesa até a rua de pedras que levava até o alto do morro.

– Você acredita em fantasmas?

– Não!

Achei que ela estava brincando e ri, mas sua expressão sugeria outra coisa.

– Não... não muito – repeti. – Por que pergunta isso?

– Eu não devia ter perguntado. Esquece.

14

Havia um rapaz no vilarejo que era meu amigo desde pequeno. Estudamos juntos na mesma escola. Henri vivia dizendo que me amava, mas nunca senti o mesmo por ele. Ele tinha a mandíbula proeminente, e o lábio inferior balançava como um pêndulo. Uma pena, mas isso piorou quando ele cresceu. Trabalhava na propriedade rural da família do outro lado da montanha; eles tinham um rebanho de cabras e fabricavam queijos fortes e gostosos, e o cheiro do queijo grudava tanto, que deixava um rastro quando Henri passava. Ele também era músico de uma banda que animava as festas das pequenas vilas do lado ocidental do vale. Executava uma torrente de notas no acordeão, e era o astro do show, com excelentes interpretações das canções populares e dos ritmos complexos e arrebatadores das danças tradicionais.

Henri não tirou os olhos de mim e de André quando fomos dançar na vila. Eu me senti ao mesmo tempo incomodada e lisonjeada. Mas, no final de uma rodada de músicas, quando a banda saiu para descansar e tomar uns goles de vinho, ele deu um pulo e me agarrou pelo braço.

– Peço muitas, muitas desculpas – disse. – Mas tenho de fazer isso.

Sem me dar tempo de perguntar o quê, ele partiu pra cima de André. O sangue jorrou do nariz de André, formando rosetas na camisa branca.

– O que significa isso? O que está acontecendo?

Logo as pessoas se amontoaram para desfrutar o espetáculo.

– Pergunte a ele. Ele mesmo explica.

– Não sei do que se trata.

O tom na voz de André não soou verdadeiro.

– André? – perguntei. – O que ele quis dizer?

– Não faço a menor ideia.

– Roussillon. Pergunte se, na semana passada, ele se divertiu na festa em Roussillon. Ande, pergunte.

– Ora, me poupe, vamos, Béne, vamos embora.

– Não, André, espere. – Eu sabia que o meu velho amigo não agiria comigo daquela maneira se não houvesse um bom motivo. – No último fim de semana, você não estava com sua família? Não estava em Roussillon.

– Não. Claro que não estava. – Ele esfregou o dorso da mão na face ensanguentada.

– Claro que estava. Você estava com uma linda mulher e duas criancinhas que o chamavam de papai.

– O quê?

– Fui tocar com a banda de lá. Substituí o músico do acordeão que estava doente. Eu o reconheci e o observei a noite toda lá de cima do palco. Você não desgrudava de sua família. Ficou de beijos com ela a poucos passos de mim. Eu estava bebendo quando ouvi você prometendo a ela que o trabalho estava no fim e que voltaria no mês seguinte para comemorar o aniversário de cinco anos de casamento.

Incrédula, me voltei para o meu noivo.

– Isso é verdade?

De repente, ele assumiu um ar envergonhado, e percebi que era verdade, mas mesmo assim insisti:

– Vou perguntar novamente. Isso é verdade?

– Nunca pretendi magoar você.

– Então, é verdade! – Senti os ossos derreterem, como se eu estivesse prestes a desfalecer. As pessoas pararam de falar para apreciar melhor o drama. – Então, por quê? Por que me pediu em casamento? Por que me enrolou se já tinha mulher e filhos na sua terra?

Ele balançou a cabeça e suspirou.

– Porque... porque... gosto muito de você, Bénédicte. Não pude evitar esse amor, e... não, não vá embora, me escute! É uma longa história. Fui forçado a me casar com ela. As famílias fizeram questão, mas eu não queria. Por que acha que eu passava tanto tempo longe? Porque queria escapar. Porque conheci você e achei que poderíamos encontrar uma solução para nós dois!

Foi um discurso bonito. Cheguei até a acreditar em algumas passagens, provavelmente porque queria muito acreditar.

André fez menção de me tocar.

Eu me esquivei rapidamente, sabendo que havia uma plateia.

– O que está fazendo? Vá embora! Por favor, vá embora agora! Não dificulte ainda mais as coisas!

A essa altura, alguns homens começaram a escarnecer de André, mandando-o embora da cidade. Henri me enlaçou pelos ombros, num gesto de proteção. André não teve escolha. Deu meia-volta e se foi.

Fiquei com um buraco dentro de mim, com a sensação de que todos os órgãos tinham sumido do meu interior e que sobrara apenas uma casca. O mundo caíra em cima da minha cabeça sem nenhum aviso.

André partiu naquela noite. Não faço a menor ideia de para onde foi; ele simplesmente sumiu na escuridão.

Fiquei desconsolada por semanas a fio, sem dormir e sem comer. Eu me arrastava por uma imitação úmida da vida, em que cada ação requeria um grande esforço. Fiquei praticamente muda; não falava nem com mamãe. Percorria os caminhos por onde a gente passeava e chorava até secar a última gota de mim.

Então, um dia, era tarde da noite e fazia algumas horas que eu estava deitada na cama sem conseguir dormir e de repente a vi – a luz no caminho, naquele nosso lugar secreto. Estremeci, achei que estava imaginando coisas. Mas logo me aproximei e sussurraram o meu nome.

Dei um salto.

– Quem está aí?

Parecia a voz dele. Mas não podia ser ele.

Fui chamada novamente. E logo ele irrompeu das sombras que cercavam a *bergerie*.

André estava de volta.

Eu teria pulado nos braços dele. Queria isso mais que tudo na vida, mas me contive.

– O que você quer? – perguntei, com um fiapo de voz.

– Uma chance de me explicar.

– Não minta outra vez para mim, por favor.

– Não vou mentir. Não menti quando disse que a amava e queria me casar com você, e que você era a garota mais adorável que já tive nos braços.

– E que nunca tinha pensado em me magoar – retruquei com sarcasmo.

Ele protestou, é claro. Mas nada que dissesse poderia alterar a situação. Ele era casado. Nossa relação era impossível. E o mandei embora pela segunda vez.

Na manhã seguinte, encontrei a gaiola aberta e sem o periquito. Lembro que me senti feliz com isso; era um gesto de misericórdia. André sabia muito bem que nunca gostei daquele pássaro e que me lembraria do meu sofrimento se o tivesse por perto.

Foi dessa maneira que um dia tive um noivo. Ou que um dia tive um amante, para ser mais exata, já que, por razões óbvias, André nunca foi realmente um noivo. No espaço de poucos minutos cruéis, sob as luzes da praça do vilarejo, com todos assistindo, ele deixou de ser o meu André para ser o marido de outra e o pai de duas criancinhas.

Foi um fim abrupto para os meus sonhos, e precisei de muito tempo para me convencer de que tudo tinha terminado. Fiquei prisioneira de diversas facetas da história. Talvez ele tenha me amado... talvez não tenha sido fingimento, a ternura com que me tomava nos braços não era falsa. Talvez tenha sido mesmo uma situação incontornável. Uma história de amor verdadeiro que começou sem que esperássemos. Ele não era um mau sujeito. E depois achei que era apenas um aventureiro com uma boa lábia para explicações.

Depois disso, foi difícil acreditar nas pessoas.

O engraçado é que mantivemos a gaiola depois que aquele pássaro cruel voou para longe. Se bem me lembro, pensamos que poderíamos vendê-la para algum comerciante das barracas de objetos usados do mercado que se interessasse. Era um objeto bonito e muito resistente. Alguém poderia fazer bom uso dela. Mas essa foi outra oportunidade que perdemos. Pelo que sei, a gaiola ainda está enferrujada e vazia perto do depósito de lenha.

Tudo e todos se foram, menos eu. Se tivesse coragem e desse um passo para fora da minha própria gaiola, talvez... Mas veja só, nunca tive motivo nenhum para sair daqui.

E agora eles estão voltando. No fim das contas, talvez aquilo não seja uma luz no caminho. Talvez seja o espírito do periquito querendo se materializar. Isso agora me preocupa.

15

Respirei fundo e perguntei para Sabine:
– Suponho que você ainda não tentou localizar Rachel depois da nossa última conversa, não é? Eu me sinto um pouco desconfortável com a ideia de traduzir as anotações dela; é como pegar uma coisa dela sem pedir permissão.

A inferência não podia ter sido mais evidente.

Claro, apenas por isso concordei em me sentar e tomar um café com ela, quando tudo que realmente queria era estar sozinha com minha dor e meu aturdimento. E, embora cautelosa e desconfiada em relação aos motivos de Sabine, ela era a única chave à mão para que eu entendesse. O elo era Rachel. Informação é poder, e tudo de que eu precisava era de um pouco mais de informação.

Sabine fixou os olhos na xícara antes de responder.

– Não. Ainda não há sinal de Rachel.

Ela porém não deixaria de mencionar Rachel, como sempre.

– Rachel era uma pessoa curiosa.

Isso queria dizer que era um pouco esquisita ou inquisitiva? Foi inevitável não cogitar a diferença.

– Um dia, Rachel me contou uma história, sobre ela – continuou. – Ainda lembro porque me pareceu uma história muito interessante.

– E que história foi essa?

Ela se acomodou melhor.

– O fato ocorreu porque Rachel gostava de conversar com estranhos. Estava fazendo uma viagem de trem e entabulou uma conversa com um casal sentado no banco oposto. Eram duas pessoas encantadoras, um pouco mais velhas do que ela.

"Eles se deram extremamente bem, e, na hora em que ela teve de trocar de trem, soube que o casal faria a mesma parada. Era hora do almoço, e ela dispunha de algumas horas antes de fazer a conexão, e então aceitou com prazer o convite deles para fazer uma refeição no café de uma praça da cidadezinha.

"O trem parou na estação. A cidadezinha, porém, tinha cara de cidade grande. Caminharam da estação até uma bonita praça sombreada por plátanos que projetavam manchas luminosas nas lojas e nas casas. Era *aquele lugar*, o tipo do lugar com que todo mundo sonha encontrar. O cheiro de pão recém-saído do forno da *boulangerie* impregnava o ar. Era um lugar agitado e amistoso, mas sem aglomeração de gente. Sentaram-se no lado de fora do café, e, enquanto saboreavam um bom vinho e um delicioso repasto, desfrutavam de uma ótima conversa, um verdadeiro encontro de mentes.

"O casal caminhou com Rachel até a estação, e lá ficaram até o momento em que ela entrou no trem."

Sabine fez uma pausa. Já começava a me perguntar aonde ela queria chegar.

– Alguns dias depois, Rachel folheava um jornal e viu a foto do jovem casal. Ela estava certa de que era o mesmo casal, e os nomes coincidiam. Segundo a notícia, os dois tinham morrido num acidente de um avião particular no mesmo dia em que ela os conhecera, mas o estranho é que o acidente tinha ocorrido durante um voo entre dois aeroportos a centenas de quilômetros de distância do lugar em que eles tinham almoçado.

– Dependendo da hora, isso era bem plausível. Ou então ela simplesmente se enganou... talvez não fosse o mesmo casal – comentei.

Sabine concordou com a cabeça.

– É claro. Mas agora é que vem o principal. Durante muitos anos, Rachel guardou a imagem de um almoço perfeito naquela praça perfeita, pensando em voltar um dia para ver se o lugar era tão adorável quanto lembrava. Mas ela não conseguia se lembrar do nome da cidade, e isso a impedia de recorrer a mapas. Acabou tendo uma chance de tomar o mesmo trem no sul e optou pela mesma conexão que tinha feito antes. Acontece que os trens não faziam mais aquela conexão. Seguiam direto para os seus destinos. Ela então decidiu fazer o percurso de carro.

"Chegou à região onde o trem devia ter parado, mas nenhuma cidadezinha ao longo da ferrovia era a tal cidade. Fez o mesmo trajeto, percorrendo todos os lugares cuja distância até a estação podia ser feita a pé, mas nenhum se abria para uma praça perfeita."

– Ela nunca mais encontrou a cidadezinha?

Sabine sacudiu a cabeça,
— Nunca mais.
— Isso aconteceu... pouco antes de você a conhecer?
— Não, muitos anos antes. Mas não é uma história impressionante?
Eu não sabia ao certo o que pensar. A história me evocava alguma coisa. Talvez uma das lendas apócrifas da *France profonde*, como a dos estrangeiros que encontram um restaurante perfeito e degustam um patê perfeito que logo desaparece sob a guarda de um chefe de cozinha que incrementa outros ingredientes à receita celestial para oferecê-lo aos próximos fregueses.
A história de Rachel era real? Acho que não. Tem muitas pinceladas de romance. É difícil acreditar que uma jornalista experiente como ela esquecesse o nome de uma cidade que a havia impressionado tanto.
E o tempo da história era uma incógnita também. Sem nenhum detalhe arrepiante para indicar que o casal do almoço tinha dez anos mais que o casal do jornal, e o principal é que fazia dez anos que os trens tinham encerrado as conexões. A história simplesmente girava em torno do poder da imaginação, e de como ela pode afetar a memória.
— É uma boa história — eu disse.
Um barulho na cozinha do café a fez mudar de assunto.
— Dom fala alguma coisa de Rachel?
Foi assim mesmo que ela perguntou. Já sabendo. Esperando me pegar.
— Nada. Ele não fala dela — respondi automaticamente.
— Às vezes ele ficava furioso com ela.
— E você chegou a ver isso?
— Ela é que me disse.
Uma pausa.
Sabine cravou os olhos em mim e perguntou:
— Mesmo fingindo que não sabe de nada, ele nunca admitiu que ela estivesse aqui na Provence? E que talvez estivesse morta?
Era algo terrível demais para pensar, e muito mais para dizer em voz alta.
— O que está querendo dizer, Sabine? — perguntei pausadamente.

16

Sem André, foi difícil manter o ritmo do trabalho. A negligência com a terra, com as edificações e comigo mesma perdurou tanto, que chegou uma hora que dificilmente se acharia que era o mesmo lugar onde havia morado tanta gente – quatro e às vezes até cinco famílias com filhos, além de todos os animais juntos.

Animais bebendo água fresca sob a fonte, na cuba de pedra que dava ao cenário um ar de decadência, foi por muito tempo um símbolo da bênção peculiar da propriedade, e agora a cuba está cheia de folhas mortas que caem dos plátanos.

Eu devia – e podia – ter me casado. Um marido bom e forte teria assumido o controle da propriedade, mas, por estranho que pareça, nunca mais encontrei um homem que pudesse amar como amei André. Obviamente, Henri (o do acordeão e do desafortunado lábio inferior) me pediu em casamento, e cheguei a pensar seriamente em aceitar, mas no fim mudei de ideia. Gostava muito dele para enganá-lo dessa maneira. Minha afeição por ele sempre foi um compromisso. Além do mais, não estou certa se poderia levar adiante com ele uma relação... no aspecto físico, não depois de me dar conta de que isso só seria possível com André. Então, foi como foi.

Um dia, Marthe disse que eu tinha descartado a sorte, mas ela estava errada.

Marthe queria que eu fosse a Paris, e fui... de visita. Na verdade, ela queria que eu ficasse e aos poucos tomasse o meu rumo na metrópole, graças às muitas apresentações que faria de mim nas empresas e lojas de perfumes, mas sempre me senti deslocada na cidade grande e ansiava por retornar à montanha com o vale espraiado à frente.

E eu tinha que voltar para Les Genévriers de qualquer maneira. Não estava me sentindo bem e precisava estar na minha terra.

Já ouvi dizer que uma infância feliz é uma maldição, pois o que vem depois é decepcionante. Tudo o que digo é que essa gente que diz isso deve querer demais; não consegue aceitar que a vida é uma sequência de batalhas e que, quando as superamos e nos fortalecemos com as reservas acumuladas durante os anos bons, encontramos a felicidade.

Voltei à propriedade e aliviei o mal-estar com um banho de imersão com essência de lavanda. Concentrei toda a fé nas propriedades curativas da lavanda e nas prescrições nebulosas e esquecidas das freiras que a cultivavam para remédio e enviavam as flores para serem aspergidas no piso de pedra dos palácios e monastérios, com o objetivo de mascarar o mau cheiro e combater as doenças, uma erva que, segundo as boas bruxas, impedia a entrada dos maus espíritos na casa.

Ainda de molho, rememorei os aromas do passado. O zimbro azulado e o tomilho a ressecar no verão pela encosta abaixo. O heliotrópio invernal, também conhecido como tussilagem cheirosa a brotar nas cercas vivas e na beira das estradas e dos rios e até nas terras inférteis. Essa planta não é nem rara nem preciosa. Muitos a consideram uma erva daninha e invasora, mas sempre me fazia lembrar a minha infância com Marthe e me estimulava quando eu tentava bloquear a dor e a certeza de que tinha feito algo errado.

Então, não muito depois de ter voltado de Paris, fui ao encontro de madame Musset em Manosque.

Marthe a descrevera de um modo apaixonado e me pedira para levar uma seleção de amostras de perfumes para a antiga mentora. Pensei em enviá-las dentro de um pacote, mas depois achei melhor levá-las pessoalmente de ônibus e trem. A essa altura já me dava conta de algo.

Eu precisava de ajuda, e madame Musset era a única pessoa conhecida que podia me ajudar.

17

Dom já estava em casa quando voltei.
    Sentado à mesa da cozinha, tinha a cabeça enterrada nas mãos. Eu estava tomada por uma comoção raivosa e o olhei de frente, disfarçando o pavor pelo que poderia acontecer depois.

– Sinto muito.

Ele parecia derrotado. Instintivamente, virei de costas para tudo que o fizesse se desculpar. Não queria mais ouvir mentiras. Era óbvio que ele me escondia alguma coisa importante, mas, por outro lado, não me decidia se seria bom ou ruim conhecer tal segredo.

– Então eles o soltaram.

Dom quase não conseguiu erguer os olhos para me olhar.

– Afinal, vai ou não vai me dizer o que houve?

A pergunta o fez empalidecer. Nunca tinha visto a cor drenar fisicamente daquele jeito do rosto de alguém.

– O que houve?

– Na delegacia em Cavaillon?

– Eu não...

– Deixe-me adivinhar. Você não quer falar disso.

Ele cerrou os olhos.

– Dom, por que o levaram? O que eles alegaram?

Um meneio de cabeça e um resmungo, ambos ininteligíveis.

Eu não soube mais o que dizer. Fiquei com a cabeça latejando de frustração e raiva. Minha vontade era pular em cima dele e esmurrá-lo até confessar a verdade, mas claro que não fiz isso.

– O que há de errado com você? – eu disse aos gritos, por fim.

Largado à mesa, ele pareceu encolher.

– Por que não me conta nada? Seja o que for, eu poderia ajudá-lo, mas sempre me coloca de lado! Não sou estúpida. Não sou insensível, e preciso saber! Senão... senão o que poderei pensar? Dom, por favor...

As palavras pareciam uma campainha aguda e alta a ecoar no silêncio.

De repente, ele reagiu. Abaixou a cabeça e ergueu os ombros. Seu peito emitiu um guincho horrível. Continuei de pé, irritada, considerando as possibilidades e esperando ouvir alguma coisa... qualquer coisa. Depois de algum tempo, percebi que ele estava em prantos.

Nem assim encontrei disposição para confortá-lo. Continuei de pé enquanto ele erguia os ombros e emitia ruídos que me deixavam perturbada, frágil e confusa.

A conversa bombástica com Sabine ainda repercutia. Como ela podia achar que Rachel ainda estava na Provence, talvez até em nossa propriedade? Isso não fazia o menor sentido. Mas a prisão de Dom também não fazia sentido para mim.

– Eles me liberaram porque não havia acusação – disse Dom.

A voz soou tão baixinha que tive que me aproximar para ouvir. Do outro lado da janela, as montanhas estavam cobertas de névoa de tonalidades cada vez mais escuras; a luz difusa produzia o efeito de um panorama em silhueta vitoriana dentro de uma caixa. Logo cairia uma tempestade.

– Então... por que você foi o primeiro a ser preso? Só porque é o dono da propriedade? Foi apenas por isso?

– Acredito que sim.

– O que queriam saber além do que você já tinha dito aqui para Severan?

– Eles me fizeram as mesmas perguntas.

– Perguntaram sobre Castellet?

Ele me olhou como se não tivesse ouvido direito.

– O quê?

– Não mencionaram... Castellet?

– E o que isso teria a ver?

Tomei as rédeas.

– E você disse mais alguma coisa... sobre os ossos? – perguntei com uma ponta de alívio.

– Como poderia? Claro que não.

– É que...

– Por que me pergunta isso?

– Por quê? – gritei. – Porque você nunca me conta nada! Como posso saber se você é ou não culpado?

– Culpado...? – Ele empalideceu ainda mais. Exaustão e tensão transpareciam em cada ruga.

– Culpado, Dom. – Embora sabendo que o provocava, eu não tinha intenção de parar, não depois de tanta evasividade e incerteza. – Culpado de alguma coisa, disso tenho certeza. Você é cheio de segredos. Guarda tanta coisa trancada dentro de si, muito mais do que admite, e fica furioso quando pergunto...

Ele praticamente só me ouvia. Aterrorizada só de pensar nas respostas que poderia receber, minha raiva assomava. Eu fazia tanta força para conter as lágrimas que meus olhos ardiam.

– Mesmo que diga que não é verdade, posso ver que você não é feliz! E, olhando em retrospecto para ver se o problema sou eu, se fiz algo errado, continuo girando em círculos, emperrada no mesmo ponto. Querendo saber sobre... Rachel.

Lá fora, a luminosidade adquiriu um tom mortalmente ocre. Dom estava com as mãos trêmulas. Sua postura, a expressão, a voz, tudo estava morto.

– O que Rachel tem a ver com você? O que isso tem a ver com ela?

Engoli em seco.

– Se eu lhe fizer algumas perguntas, você responde?

Ele cravou os olhos em algum lugar acima de mim e assentiu com a cabeça, imperceptivelmente.

– Você e Rachel tiveram um filho?
– Não.
– Ainda a ama?

A pergunta foi como uma bofetada em seu rosto.

– Você já perguntou isso antes.
– Porque... – continuei, tremendo. – Porque estou tentando entendê-lo e... você torna isso muito difícil. Porque começo a me perguntar se o conheço realmente e o que estou fazendo aqui.

Enfim, estava dito.

– Está dizendo que vai me abandonar? Por favor, não...
– Não... não estou dizendo isso.

Ele pareceu não me ouvir.

– Porque, você sabe, acho que não seria bom... Não agora, a polícia...
– Eu não quero...
– Eu preciso de você, Eve. Você não faz ideia do quanto preciso de você. Prometa que vai ficar comigo, mesmo depois que tudo isso acabar. Depois que...
– Então me responda. Você a abandonou ou...

O silêncio pareceu se estender para sempre.

– Ela morreu – ele disse por fim.

Eu sabia. Tudo ao redor era uma sensação de infertilidade, de esgotamento. Levei algum tempo para conseguir falar.

– Por que não me disse isso antes?

18

Mamãe morreu dormindo. Ainda era muito nova para partir, mas no fim parecia muito mais velha do que de fato era. O médico não encontrou uma causa, nem ataque cardíaco, nem derrame. Um dia ela estava lá e no outro dia não estava mais. Só posso dizer que foram tempos terríveis.

Quanto a Pierre, só veio para o funeral de mamãe depois que eu e Marthe colocamos uma nota no jornal. Eu não fazia ideia de onde ele estava. Não tinha meios de encontrá-lo e não tinha a menor vontade de fazer isso. Como muitos outros rapazes da vila, ele tinha ido para a cidade grande certo de que sabia tudo sobre a vida moderna.

Enquanto isso, às vezes me sentia traída, e, na maior parte das vezes, sozinha.

A pobreza é devastadora. A simples ameaça da pobreza já derruba o espírito humano. Ao longo dos séculos, sempre se soube o que é ser pobre: é não ter escolha e escavar o solo do jeito como se pode e colher o que cresce no mato. Mas, naquela hora, havia uma escolha. As rodas da indústria giravam sem cessar, tirando as pessoas do velho estilo de vida, do velho confinamento nas montanhas. Muitos não se deram conta de que trocavam um tipo de pobreza por outro.

No passado, não havia pobreza de intenção, de amor, de fé, de companheirismo e de apoio familiar nem nas vilas nem nas propriedades rurais. Por mais pesado que fosse o trabalho e por mais incerta que fosse a recompensa, havia riqueza de sentimentos a toda volta. Independência, prestimosidade e entendimento mútuo.

Discordei quando Marthe sugeriu a venda da propriedade. Não a venderia sob nenhuma circunstância, bravata que, em parte, era uma recusa em admitir o fracasso e, mais que tudo, uma demonstração de teimosia. Não admiti isso para ela.

De qualquer modo, minha posição era irrelevante. O fato é que, com Pierre distante, nós duas estávamos de mãos atadas. Não podíamos vender a propriedade sem o consentimento dele; aos olhos da lei, os três irmãos teriam que estar de acordo.

E quem em seu juízo perfeito compraria uma propriedade rural falida? Se nós, que vivíamos lá havia gerações, não éramos capazes administrá-la, quem mais se aventuraria? Isso sem falar que o *paysan* – o homem do campo – é fiel depositário da terra e tem que trabalhar nela; era o que papai sempre dizia. Então, continuei a luta.

Passaram-se os anos, e a virada do mundo trouxe consigo a esperança de soluções, de várias qualidades. Essa região sempre atraiu turistas no verão, e, com o sucesso da migração para os grandes centros industrializados, os trabalhadores retornavam na expectativa de se renovar em duas ou três semanas sob o sol do sul. Por volta dos anos 1960, cada vez se tinha mais dinheiro para gastar em viagens. O que se queria era sol e lindas paisagens por umas semanas. Algumas famílias que tiveram o tirocínio de alugar quartos a preços razoáveis se deram bem. Trocamos várias cartas, e, no fim, com o dinheiro de Marthe, fizemos pinturas e reparos nas cabanas para receber hóspedes.

Graças ao prestígio de Marthe em Paris, chegava um número crescente de felizes clientes dela, encantados com a possibilidade de se hospedar no lugar onde ela passara a infância. Chegavam e saíam fazendo propaganda dali. Depois de alguns anos, já tínhamos dinheiro para pagar um casal de empregados. Não demorou e passamos a receber os hóspedes da Páscoa até meados de outubro, quando as chuvas e a proximidade do inverno desfaziam o feitiço do sol. Foram bons anos.

O casal, Jean e Nadine, permaneceu na propriedade por cinco verões. Eram trabalhadores que não se importavam com o trabalho pesado. Quanto mais a loja de perfumes de Marthe era aclamada, mais turistas se hospedavam em nossas cabanas. Eles queriam saber tudo sobre minha irmã, e eu me sentia feliz por poder contar as histórias da família, embora tomasse cuidado e omitisse as verdadeiras circunstâncias da morte de papai.

Com o tempo, apareceram os turistas ricos e estrangeiros – europeus do norte que raramente viam o sol e americanos que transitavam pelo nosso país e por outros em seus trajes largos e espalhafatosos.

Só depois da estada de uma família amistosa e ruidosa da Califórnia, em 1972, é que eu e Marthe, e por sugestão deles, decidimos investir um pouco do lucro na construção de uma piscina.

Não teríamos concretizado a ideia se não tivéssemos uma ótima mina de água. Mas, naqueles dias, tudo era possível. Uma obra que poderia ser feita pelos homens da região, simplesmente cavando e cimentando um buraco, a piscina seria uma atração a mais, aliada ao nome de Marthe Lincel, e certamente nos deixaria à frente das outras propriedades do ramo. Para ser honesta, a piscina não era lá grande coisa. Ficava verde no calor de agosto e sempre apresentava vazamentos. Mas isso foi depois. Estou colocando a carroça na frente dos bois.

19

Girei o zootrópio. As imagens se mesclaram dentro da roda e produziram a ilusão de movimento por entre as fendas. Um dançarino em miniatura ergueu uma perna com elegância e depois ergueu a outra. Tantas vezes repetidas quantas eu me dispusesse a girar o mecanismo. A história nunca alterava. Só era possível alterá-la na mente, uma compreensão baseada num conhecimento recém-adquirido.

Rachel estava morta.

– Como? – perguntei. – Quando?

Dom enterrou a cabeça nas mãos.

– Por favor, não faça isso...

– Mas eu preciso saber! Pelo amor de Deus, por que não entende isso?

Fez-se um silêncio que eu nunca quebraria.

– Foi há uns dois anos. Ela estava com câncer. Ficou doente e morreu. Eu devia ter contado antes, mas errei, está bem? Sinto muito. Era difícil falar disso, você entende? – ele finalmente ergueu os olhos, mas não sustentou meu olhar.

– Mas...

– Não, realmente não quero falar sobre como me sinto agora. Isso não ajudaria em nada. Acredite, sei o que digo, não ajudaria em nada. Por favor.

O que ele queria dizer era, por favor, me deixe em paz, não me faça mais pensar nisso, não quero mais falar disso, nada mudou. O que eu poderia dizer? Seria banal se dissesse que entendia que ele estava sofrendo e que talvez ele não tivesse se permitido guardar o luto de maneira adequada, então me mantive calada. E depois, por incrível que pareça, nada mudou entre nós, pelo menos na superfície. De qualquer forma, durante algumas semanas, mantive o meu lado da charada, as emoções em torvelinho trancadas na inércia. Isso porque o que tinha acontecido e ainda acontecia me fazia calar e precisar dele, como nunca até então. Foram momentos terríveis. Ainda não me sentia totalmente segura, mas todos os sinais estavam lá.

Mantínhamos a compostura, Dom com o piano e eu com os livros, mas, no fundo, sentíamos que o que estava por trás de nossos esforços para entender a situação era o desespero. Nada me convencia de que aquela música orquestrava e transformava as emoções, e muito menos vindo de onde vinha. Era vasta, profunda e assustadora demais para uma pessoa como eu, que precisa expressar as emoções em palavras.

Ambos estávamos com medo de diferentes maneiras.

De noite, ele me apertava nos braços e sussurrava:

– Prometo do fundo do coração que vamos superar tudo isso. Sei que agora tudo parece errado e tenebroso, mas prometo que no fim tudo vai dar certo. Nada abala o que sinto por você. Meu amor por você é bem mais forte agora do que antes, se é que isso é possível.

Eu queria desesperadamente acreditar nele, confiar nele – como nunca até então. Eu queria ter certeza de que não perdera o juízo quando me apaixonei por ele.

As lembranças fazem o contrapeso do esquecimento. Passam-se os anos e um belo dia você olha para uma foto de um lugar ainda vívido na memória e descobre que não se parece em nada com as imagens que retém no cérebro. Somente alguns detalhes se encaixam com exatidão, o resto é uma estranha recordação do que foi esquecido. Fotografias e lembranças se complementam, ou inevitavelmente as fotografias terminam por se sobrepor e assumem, em última análise, o lugar da memória verdadeira?

A visão propicia uma compreensão tão poderosa e imediata, que as imagens parecem mais persuasivas, uma prova do que se viu no passado. Acreditamos na evidência dos olhos. Ouvir, pensar, tocar e cheirar nos fazem suspeitar de que estamos na pista errada e que podemos estar enganados.

E às vezes as interconexões que fazemos entre as imagens geram uma narrativa perigosamente subjetiva. Se eu tivesse a sorte de encontrar uma fotografia de Rachel dentro de uma gaveta, eu a veria como ela realmente era ou como uma imagem idealizada?

Eu veria, à minha maneira, a beleza que o levou a amá-la. Seria como apreender a forma com que ele tentara amar uma substituta que claramente acabou falhando. Tais imagens nunca fariam de mim uma mulher igual a Rachel; eu nunca passaria de uma pálida imitação. Apesar de todas as tentativas de ser uma parceira melhor, o fato é que eu era apenas uma parceira, não uma esposa.

De todo modo, ainda que Sabine tivesse dito o contrário, Rachel não tinha tido um filho dele.

Ao reler os artigos de Rachel, me senti novamente atingida por sua criatividade. E também pelo seu estilo de escrever. Era óbvio que ela adorava desfiar as histórias. Talvez até não se tratasse de histórias propriamente ditas, até porque não tinham desenlace, mas isso pouco importava. Era um mundo em miniatura, um mundo que abordava a natureza humana. Às vezes acho que isso é tudo que realmente importa nos livros, o que raramente se encontra em artigos de jornal. Eu a admirava. Podia entender por que Dom quis se casar com ela.

Ela parecia se importar muito com as consequências, com as pessoas conhecidas. E as pessoas pareciam sensíveis aos sentimentos que ela passava, senão como poderiam se abrir para ela como o faziam?

Essa podia ser a chave para apaziguar minha mente. Era preciso reconhecer que ali estava uma mulher com personalidade e determinação. Era uma mulher singular e estava morta. Dom já tinha resolvido isso, e agora era a minha vez de resolver também.

Li o final da entrevista com Francis Tully até o trecho que se refere a Magie, sua jovem modelo. Na entrevista, ele diz que a chamava de Magie. Isso queria dizer que não era o nome verdadeiro, o nome conhecido pelas outras pessoas. Acho que todos nós somos singulares, dependendo das pessoas com quem estamos.

20

Só depois que acabaram as chuvas e começou o trabalho na piscina debaixo do céu frio e azul da primavera é que apareceram os primeiros sinais que perturbaram a nossa maré de sorte. Já disse antes que os objetos apareciam e desapareciam naquele lugar grande e antigo. Mas, quando objetos de mais valor começam a criar pernas, isso torna tudo diferente.

Primeiro, a escova de cabelo de prata que herdei de Mémé Clémentine. Procurei a escova em todos os cantos da casa, mesmo sabendo que nunca a deixaria em outro lugar que não a penteadeira. Isso me aborreceu muito porque, além de ser um objeto de grande valor para mim, também era um símbolo das minhas lembranças de Mémé Clémentine. Era insuportável pensar que tinha sido roubada, mas o que mais eu podia pensar?

Depois, foi a vez de um pequeno quadro de um dos cômodos do térreo que geralmente ficava fechado. Quando o relógio dourado do saguão de entrada desapareceu, pensei comigo que os prováveis suspeitos eram o empreiteiro da piscina e os operários, e ao mesmo tempo me perguntei como eles podiam pensar que uma desonra como essa escaparia impune aos vizinhos. Cenas desagradáveis passaram pela minha cabeça. Cenas que me fizeram recordar os antigos truques de Pierre.

E justamente por isso não devia ter entrado em choque quando logo depois descobri que tinha retornado, todo seguro de si e sem nenhuma explicação ou desculpa pela ausência prolongada.

Eu acabava de chegar da loja de móveis usados, onde procurara mesinhas de cabeceira envelhecidas com uma pátina igual à dos outros móveis, quando me deparei com um carro desconhecido consolidado pela ferrugem e fita de correio. Pierre estava no pátio e olhava perturbado para as árvores em volta como se tivessem crescido muito desde a última vez que as vira.

– Dizem que os lugares parecem pequenos quando voltamos depois de um longo tempo – disse. – Mas já tinha me esquecido de como esta casa é grande. E que raio de coisa é essa que você está fazendo no jardim?

Seu rosto estava mudado. Os olhos que antes brilhavam travessos estavam opacos, a pele em torno dos olhos, inchada e caída. Já não tinha mais um corpo atlético, mas algum homem adulto preserva o corpo da juventude? Embora estivesse com uns cinquenta anos, nem por isso a transformação ocorrida desde a última vez que o vira era menos radical. O mais doloroso de se ver era o escárnio definitivamente aderido às rugas e à carne do rosto. Ele não fez nenhuma outra observação em relação às minhas mudanças pessoais além de um rápido olhar de apreciação.

Percorreu o lugar sem dizer uma palavra, e isso me colocou de imediato na defensiva. Eu não fazia a menor ideia do que ele pretendia.

Fiz a cama no seu velho quarto, e ele engoliu quase toda a ceia que preparei. A conversa vacilou, e a atmosfera se tornou pesada e beligerante quando ele disse que estava atrás de dinheiro.

– Precisamos vender este lugar – acrescentou.

Eu lhe disse que um dia Marthe também sugerira a venda, mas que depois resolvemos fazer obras no lugar.

– Foi uma decisão sábia – enfatizei. – Fizemos um pequeno e bom negócio aqui.

– Vamos ver o que ela pensa agora. Chame-a aqui.

Foi difícil fazer a refeição com ele porque eu estava mal-humorada e um tanto ofendida, mas a argúcia infantil de sufocar as emoções na presença dele ainda funcionava, pelo menos aparentemente. Ele se retirou para o quarto cedo, depois de beber uma garrafa de um bom vinho da adega.

Na manhã seguinte, fui ao correio e enviei um telegrama para Marthe, sabendo que não haveria paz enquanto não o fizesse. "Pierre voltou. Assunto sério. Por favor, venha logo."

Apesar da urgência implícita na mensagem, Marthe só poderia viajar na semana seguinte. Tinha compromissos em Paris e teria que ir a Manosque para resolver umas coisas que só poderia explicar depois. Tivemos que nos contentar com isso.

Os dias com Pierre não fizeram avanços. Ele zanzava pela propriedade com a ideia fixa no que queria e de cara feia. Fez algumas críticas à comida, reclamou do colchão de palha da cama onde estava dormindo, se entupiu de vinho e se recusou terminantemente a me revelar a situação em que estava. Enfim, não foram dias felizes. Fiquei aliviada quando ele pegou a bagagem e se mandou para a cidade, dizendo que iria esperar Marthe lá, porque lá se tinha vida e boa companhia. Pediu que eu deixasse uma mensagem no bar Lou Pastis da esquina da praça quando ela chegasse.
Os candelabros de prata e o espelho de mamãe desapareceram na mesma ocasião. Não me importei com os objetos propriamente ditos, mas estaria mentindo se dissesse que não sofri por ver que o roubo mostrava o que Pierre sentia pela família.

Finalmente, Marthe chegou numa quinta-feira, acompanhada de uma mocinha, ambas escoltadas por um rapaz educado e bem-vestido. A menina tinha cerca de dezesseis anos e era muito tímida. Marthe apresentou-a como Annette, uma nova aprendiz, e nos disse com orgulho que fora altamente recomendada pela escola de Manosque. Claro, o tom caloroso de minha irmã era para deixar Annette confiante, e de fato ela sorriu e pareceu mais relaxada.
– Entrem, entrem! – tentei imitar o tom de minha irmã.
Annette alisou o topo da valise antes de encontrar a alça.
– Quer segurar o meu braço? – ofereci.
– Não, obrigada.
Contrariando minhas expectativas, aparentemente Annette não teve dificuldade para encontrar o primeiro degrau da escada de acesso à cozinha.
– Ela não é completamente cega. Tem visão parcial – disse Marthe, como se tivesse lido a minha mente.
Servi um bolo e coloquei o café no fogo. Estava com as mãos trêmulas. Aquela pequena exibição de harmonia doméstica não iria nos proteger.
Mostrei o banheiro para que Annette lavasse as mãos após a viagem, e, quando voltei para servir o café, Pierre cruzou os braços e anunciou:
– A propriedade deve ser vendida o mais rápido possível. Já contratei um corretor.

Nem sequer se interessou em saber de Marthe.
– Por quê? – ela perguntou com toda a calma, ainda que com um toque de rispidez na voz.
– Preciso do dinheiro.
Os ombros de Marthe se retesaram visivelmente.
– A herança é tão minha quanto de vocês – ele prosseguiu. – Eu quero a minha parte.
Ele tinha razão, é claro que tinha.
– Você terá a sua parte – eu disse, encorajada pela presença de minha irmã. – Não temos a intenção de negar a sua parte, só que... bem, tudo isso é muito repentino. Enquanto você esteve fora todos estes anos, nós tentamos encontrar um jeito de manter tudo no rumo, agora com sucesso, como você mesmo pode ver... e de repente você surge do nada com as suas exigências. Vamos nos sentar e discutir isso com calma e de maneira racional. Mais tarde.
Pierre tirou uma faca afiada da gaveta e começou a limpar as unhas imundas.
– Nós temos que resolver isso – disse.
– Sim, muito obrigada, Bénédicte, vou tomar um café – disse Marthe incisivamente. – E o bolo está com um cheirinho delicioso... limão com uma pitada de gengibre?
O rapaz de Manosque partiu logo depois, e, felizmente para todos nós, o jantar transcorreu na paz. Annette estava exaurida pela viagem e respeitosamente pediu para se recolher cedo no quarto que eu lhe arrumara às pressas.
A briga no térreo podia começar.

Marthe se mostrou mais determinada que eu. Os anos de negócios em Paris a tinham capacitado a fincar os pés no chão e expor as opiniões com ênfase mas com isenção impressionante. Fiquei eufórica por dentro quando ela disse com firmeza e toda a calma:
– Suas exigências são completamente irracionais.
A atitude dele também era, mas ela nem precisou dizer.
– Sem o nosso consentimento você não vende, portanto perdeu tempo ao contratar um corretor. Você quer o dinheiro que seria obtido com a venda. Faz muito tempo que abandonou a família e este lugar, portanto podemos concluir que não tem um grande vínculo com a propriedade. A questão é dinheiro. O dinheiro não precisa vir

da venda da propriedade. Se você precisa de dinheiro, podemos ir ao cartório e chegar a um acordo formal, e podemos comprar a sua parte, mesmo que não seja toda.
– Por que precisa tanto de dinheiro agora? – eu quis saber. Pierre me olhou com total desprezo.
– Sim, seria bom saber o motivo de tudo isso – disse Marthe. – Em que tipo de encrenca você se meteu?
– Tenho certeza de que adorariam saber, mas não é da conta de vocês.
– Mas isto é da nossa conta! – gritei, me referindo à propriedade.
– E agora isto aqui é um bom negócio. Estamos indo muito bem! Por que não podemos continuar?
– Enquanto um parente de sangue morre de fome...
Ele não parecia que estava morrendo de fome, e me apressei em dizer:
– Seja lá como for, é você quem não dá a mínima para a família! Alguns anos atrás, as coisas estavam muito duras aqui e pensamos em vender a propriedade, mas não foi possível. E sabe por quê? – Prudentemente ocultei minhas objeções em tempo; não podia perder o foco. – Vou lhe dizer por que não foi possível: porque você não pôde ser encontrado. Você não deixou nenhum endereço.
Pierre fez um gesto com a mão, para mostrar a irrelevância das minhas palavras.
– Eu quero o que me é devido, e para isso a partilha terá que ser feita agora. Por que deixaria que ficassem com a propriedade, só para vê-las duas vezes mais ricas daqui a dez anos? Isso não seria justo.
– Mas é assim que as coisas funcionam, Pierre – disse Marthe. Ela pareceu cansada quando descreveu os princípios do direito de propriedade com um tom firme, mas gentil. – Se quiser a sua parte agora, você a terá de acordo com o preço de mercado. Se quiser continuar conosco, talvez com um adiantamento da parte a que você tem direito, isso será calculado como uma porcentagem do preço de mercado, mas você continuará sendo dono da propriedade exatamente como nós.
O que Marthe não via é que não estava falando com uma pessoa racional. Pierre se encurvou dentro do casacão empoeirado, palitou os dentes com a ponta da faca e repeliu toda a argumentação dela com um gesto trêmulo.

– Vocês não querem que eu tenha o que é meu. Mas estou aqui para dizer que vocês farão o que eu mandar. Suas vacas!
– Mas o negócio está dando certo. É um ótimo negócio – argumentei.
– Bah! Para vocês isto aqui não passa de um brinquedo. Vocês não cultivam a terra. Como pode ser um negócio?
– Um bom negócio – reiterou Marthe. – E que pode render muito nos próximos anos.
– Então isso é um não?
Sim dissemos.
– Então, é isso.
– Não exatamente – eu disse. – Cadê a escova de Mémé Clémentine, e os castiçais da sala de jantar, e o velho espelho da mamãe e o relógio?

Pierre bufou de irritação e cravou a faca em cima da mesa com tanta força que o cabo ficou balançando.

21

A princípio, o tenente Severan usou o tom indiferente que sempre usava quando dava notícias ruins.
– Estamos chamando um especialista, um perito em resíduos de sangue.
– Sangue?
– Onde vocês encontraram sangue?
Ele nos ignorou.
– É um perito estupendo. Capaz de desvendar o ocorrido a partir das manchas de sangue deixadas no chão e nas paredes da mesma forma com que conseguimos ler um mapa.
O tempo todo ele estudava as nossas reações.
Alguma coisa estava para acontecer.
– Gostaríamos de isolar a casa e investigá-la com o uso da tecnologia mais avançada do momento.
– Encontraram algo mais? – perguntou Dom.
Mesmo que tivessem encontrado, ele não nos falaria.

– Vocês podem ir. Para qualquer lugar. Mas, seja lá onde estiverem, devem comparecer à delegacia diariamente.
– Ao dizer que podemos ir, o senhor está dizendo que somos obrigados a sair da nossa propriedade para uma investigação policial – afirmei.
– Exatamente.
– E isso porque vocês encontraram sangue aqui na casa?
– Sim.
– Onde?
Severan não respondeu, é claro.

Independentemente do quão desagradável o outro possa ser, a dor que somos capazes de causar a nós mesmos é muito maior. Quando Dom perguntou, com um tom arrasado, se havia um lugar em especial aonde eu gostaria de ir, respondi:
– Cassis.
Talvez porque quisesse avaliar a reação dele.
– Por que lá? – ele perguntou.
Eu já esperava que dissesse isso, mas não esperava que fosse daquela maneira, como se resignado, até derrotado.
– Por algumas razões – eu disse.
Ele não quis saber quais eram elas.
– Se você quer.
– Eu sempre quis ir a Cassis – disse, me justificando, embora ele não tivesse pedido justificativa nenhuma.

22

Eu daria tudo para mudar o que aconteceu depois. Pierre soltou um grito terrível e gutural. E depois saiu correndo do recinto gritando incoerentemente.
Ouvimos horrorizadas enquanto a fúria o impelia pela casa, arrancando quadros das paredes, quebrando louças e copos. Nem eu nem ela dissemos uma palavra sequer. Ficamos assustadas demais

para reagir. Os sons da destruição que promovia se tornaram cada vez mais altos e enlouquecidos. Oh, como desejei que ainda vivessem nas cabanas outras famílias a quem pudéssemos chamar para nos ajudar e que tivessem entre os seus membros tipos parrudos como Gaston Poidevin e Serge Barberoux.
– Annette – sussurrou Marthe.
– Eu vou... Não se preocupe... Eu vou...
Sem saber o que fazer, subi a escada até o quarto da garota e sussurrei alguma coisa esperando reconfortá-la e depois rapidamente tranquei a porta pelo lado de fora e guardei a chave no bolso.
Pierre reapareceu à soleira da porta da cozinha com outra garrafa de vinho da adega.
– E então? – ele disse. – Ainda se acham as sabichonas?
Não respondemos.
– Tudo isto é meu também! Vocês ouviram? Meu também! – Ele puxou uma gaveta e jogou facas, garfos e outros utensílios no chão enquanto procurava um saca-rolha com uma das mãos e segurava a garrafa com a outra. Como não encontrou o que procurava, soltou outro grito e bateu o gargalo da garrafa contra o tampo da mesa. O vinho tinto escorreu obscenamente, espalhando-se pelo chão, enquanto ele despejava o que sobrara em um grande copo de água e bebia avidamente.
Então ele deu meia-volta e saiu da cozinha. Ouvimos seus passos pesados na escada, e, se bem me lembro, nos sentimos aliviadas por algum tempo, pensando que ele se retirara para dormir.

Marthe estava pálida e com a voz trêmula.
– Há quanto tempo ele está assim?
Eu me dei conta de que deveria ter explicado melhor a situação para ela. Presumi que deveria ser discreta na frente de Annette e que Marthe perceberia o estado de Pierre de cara, pelo cheiro de álcool e a sujeira que exalava, e que não seria preciso que ela visse os olhos vermelhos assentados em bolsões flácidos e nem o desleixo das roupas e seus cabelos compridos e despenteados. Talvez fosse uma outra vergonha que eu quisesse esconder dela.
Foi preciso me lembrar que Marthe nunca teria que fazer ajustes pelos muitos anos em que estivera fora, nunca teria que ver a atual realidade desoladora da casa de sua infância; na mente de minha

irmã, tudo seria exatamente como sempre fora. Também me lembrei dos tempos em que nossos pais faziam vista grossa para a natureza sombria de Pierre, e para sua crueldade e arrogância, e do inconsequente menosprezo que Pierre nutria por todos nós. Será que Marthe realmente não fazia ideia e estava chocada só pelo que ouvia? Ao tentar protegê-la, que estrago causei?

As pancadas explodiram como se quisessem pôr a porta fechada abaixo. A única porta que não podia ser aberta era a do segundo andar, que eu mesma tinha trancado.

Corremos escada acima, com Marthe se segurando na minha saia.

– Pare já com isso, Pierre. Deixe a garota em paz. Isso não tem nada a ver com ela. – A voz de Marthe soou alta e clara, mas até ela já se entregava ao nervosismo.

Foi quando tentei desesperadamente fazer com que ele parasse de esmurrar a porta. Soaram soluços dentro do quarto.

Teria sido melhor se eu tivesse corrido até o vilarejo em busca de socorro, mas não houve tempo. Teria sido melhor se o tivesse atingido pelas costas com a garrafa quebrada, com força suficiente para machucá-lo e detê-lo. Não houve tempo.

A porta cedeu.

Com um grito gutural, ele entrou no quarto. Annette estava encolhida no canto da cama, como um feto, petrificada pela barulheira e a comoção. O que estaria pensando da situação para a qual fora levada?

Ela gritou quando foi agarrada por ele.

– Vocês querem ajudar uma estranha mais que a mim!

– Isso não é verdade, Pierre.

Instintivamente, Annette mordeu o braço que a enlaçava pela cintura.

– Esta garota tem dentes afiados – gritou Pierre. – Isso pode ser perigoso.

Ele puxou-a para fora da cama e a arrastou brutalmente a nossa frente, apesar dos socos e arranhões que ambas tentávamos dar nos seus braços. Era como se ele estivesse possuído.

Nós o seguimos escada abaixo, e depois pelo pátio e o jardim. A garota já não gritava tanto, e, pelo que parecia, ele lhe tapara a boca com a mão.

– Pare com isso! Pare com isso, agora! – gritou Marthe agarrada ao meu braço atrás de mim. – O que está fazendo?
Pouco a pouco, nos embrenhávamos no jardim. Não havia lua a iluminar o caminho. Quando eu e Marthe caímos, não tínhamos noção de onde estávamos exatamente. Ao nos colocarmos de pé de novo, me dei conta de que já não podia seguir em frente.
– Pierre! – gritei.
– Annette! – chamou Marthe.
Quando bati na pedra com a perna, percebi que estávamos no muro baixo próximo ao buracão que os operários tinham cavado para a piscina.
– Espere aqui – eu disse para Marthe. – Fique sentada no muro. Vou atrás deles.
Meus olhos estavam se acostumando mais com a escuridão. Certa de que os veria adiante, segui em frente, sem querer pensar no que Pierre pretendia fazer com a pobre garota.
Em dado momento, tropecei. Fui agarrada pelas costas; tive os braços puxados para trás. O vento que soprava nas árvores, ou então o sangue na minha cabeça, martelando como ondas furiosas, que me derrubaram. Caí e bati com a cabeça na pedra.
Fiquei deitada semi-inconsciente e impotente enquanto os gritos de Annette cortavam a noite. Já não restava dúvida do que o nosso irmão brutal estava fazendo, e eu jazia sem forças para ajudá-la.

23

– Estamos partindo – eu disse para Sabine.
Ela de novo perambulava pelo lugar, em uma de suas caminhadas providenciais depois que Severan desbloqueara o caminho.
– Ela fareja sangue – resmungou Dom, desviando-se na direção da casa para evitá-la.
– E vocês podem partir? – perguntou Sabine.
– O tenente Severan não nos proibiu. Isso realmente não tem nada a ver conosco, só fomos os tolos que caímos como patinhos nessa situação.

– E para onde vão?
Primeiro pensei em não contar nada, mas depois resolvi contar.
– Para o sul – respondi com um aceno vago.

Às vezes me pergunto até que ponto nossa vida está enraizada na imaginação, nas histórias que contamos para nós mesmos e para os outros de modo que as coisas que aconteceram ao longo do caminho façam sentido. Incapazes de aceitar a verdade nua e crua das circunstâncias, temos a mania de torná-las mais palatáveis para nós e para os outros. Sempre digo, por exemplo, que papai é americano e mamãe é metade francesa. Quanto isso encobre? O choque de culturas e personalidades que me fez sentir como sua personificação, como alguma coisa atirada de uma tempestade. Nunca menciono as noites em que eles gritavam e berravam na sala do térreo e eu ficava aterrorizada no meu quarto no andar de cima. Nunca menciono os insultos que trocavam. Nunca menciono as inúmeras garrafas de vinho e de conhaque vazias. Silencio a respeito dos livros nos quais me refugiava sob as cobertas, com as mãos tapando os ouvidos.

Todos nós temos histórias sobre nós, algumas repetidas com tanta frequência que nos convencemos honestamente que são verdadeiras. Histórias são revestimentos que nos protegem. Todos nós temos histórias, e não apenas os que sobreviveram a famílias terríveis, mas obviamente esses sempre têm um repertório mais amplo.

Que narrativas inventei para a vida que levava com Dom? Àquela altura, já me dava conta de que eram muitas. A princípio, nada importante, mas as histórias sempre são assim; como as mentiras, começam pequenas. Você escolhe a que lhe é mais conveniente.

Sabine ainda queria falar de Les Genévriers para saber o que realmente estava acontecendo, mas resisti. Será que me sentia tão insegura e arrasada com a vida nova a ponto de permitir que ela me dominasse? Será que ela me punia deliberadamente pela minha audácia de ter tomado o lugar de Rachel?

Claro que não. Eu não podia alegar que ela fazia isso. Tudo era produto da minha mente. Sabine só estava me usando para colher informações, da mesma maneira como eu também a usava.

Fosse qual fosse o motivo, não lhe disse o que sabia, não lhe disse que Rachel tinha morrido.

* * *

– Tome cuidado – disse Sabine ao nos despedirmos.
Tomarei, pensei comigo. Evitaria o que ela estava querendo dizer. E evitaria pensar muito nas referências aos dramas de Les Genévriers que erroneamente ela achava que eu conhecia, e também nas indiretas de que as complexidades da vida na Provence e o próprio homem com quem eu vivia me eram desconhecidos.
– Estou falando sério. Tome cuidado. – Ela hesitou e acrescentou: – Uma vez, Rachel me disse que o marido dela queria matá-la.

24

Atordoada, olhei ao redor na escuridão.
A madrugada avançava quando os ruídos em volta me revelaram que já era manhã, embora ainda estivesse escuro. Um galo latejou na cabeça debaixo dos meus dedos trêmulos, minha garganta estava seca, os olhos fechados por alguma coisa grudenta.

Passei os dedos nos olhos e esfreguei a crosta de sangue, piscando penosamente à medida que a visão retornava. Pela posição do sol acima do pomar, deviam ser umas nove horas da manhã. Com dificuldade, me levantei do gramado onde passara a noite e tomei o rumo de casa.

Pierre roncava debruçado na mesa da cozinha. Tinha a cabeça afundada numa almofada enlameada e as mãos pendentes. Aturdida e totalmente arrasada, olhei fixamente para ele. Ele se mexeu, como se percebendo a minha presença.

Sua palidez era chocante. Tinha as roupas rasgadas e sujas, como se dormisse na rua havia dias. Eu não conhecia aquele sujeito corrompido por algum tipo de coisa que também me era desconhecida.

Passei apressada por ele, sem saber o que poderia dizer que transmitisse a raiva e o desgosto que sentia. A casa era total silêncio. Enfiei o rosto debaixo da torneira e bebi a água com avidez.

– Marthe! – gritei. – Annette!

Sem resposta, gritei outra vez.

Os quartos de ambas estavam vazios. Desci ao térreo com a cabeça doendo como nunca antes, abrindo portas e entrando nos porões. Retornei ao pátio.

Lá estavam as duas, encolhidas e abraçadas no pequeno celeiro.

– Fiquem aí, vou procurar ajuda – sussurrei. Elas pareciam estar dormindo, mas Marthe fez que sim com a cabeça, como se tivesse me escutado.

Annette se mexeu quando me virei para sair.

– Temos que ir embora! – ela choramingou. – Não quero ficar aqui!

– Não se preocupe. Vou chamar alguém para ajudar.

Senti seu desespero, e de novo seus gritos da noite anterior soaram em minha cabeça.

Voltei correndo para casa para pegar o casaco e a bolsa. Mas, quando saí do meu quarto, Pierre acordou.

– Aonde pensa que vai?

– Hoje é dia de mercado. Precisamos de comida.

Ele fez uma careta.

– Acho que não.

– Annette não está bem. Precisamos chamar um médico.

– Não.

– Nós somos responsáveis por ela! Se ela estiver machucada...

– Eu disse não. Ela está bem.

– Por favor, Pierre! – implorei, embora sabendo que, com Pierre, nunca se devia implorar. Isso só piorou a situação, como sempre piorava.

– Nada de médico. Quer se meter em confusão?

– O que você quer dizer?

– Que a culpa de tudo isso é sua.

– Minha?

Ele se levantou e fechou a calça de forma grosseira. E depois pareceu mudar de ideia.

– Tudo bem. Pode sair para arranjar comida. Mas, se vier com alguma coisa que não seja comida e... – Ele pegou a faca que estava em cima da mesa e passou o polegar na lâmina.

Dei meia-volta com o coração na boca e saí. Peguei o caminho que subia pelo bosque, me obrigando a ser o mais rápida possível. Uma decisão desastrosa. A cabeça latejou. Fiquei atordoada, caí e tudo escureceu. Depois que recobrei os sentidos – não sei quanto tempo fiquei desmaiada –, me arrastei morro acima até o vilarejo.

Estava muito confusa quando cheguei ao vilarejo e bati à porta da madame Viret. Ela me fez entrar e me deu uma tisana. Implorei para que chamasse uma pessoa forte que me levasse de volta e enfrentasse Pierre, ou pensei ter feito isso. Mencionei os nomes de Marthe e de Pierre, mas madame Viret fez de tudo para me pôr na cama. Só saiu para chamar o médico quando me viu muito inquieta. Eu devia ter desafiado Pierre e levado o médico para cuidar de todos nós, mas meu cérebro não estava funcionando direito. Aproveitei que estava sozinha e fugi correndo morro abaixo aos trancos e barrancos, preocupada porque fazia tempo que Marthe estava sozinha. Já deviam ter se passado muitas horas desde que eu saíra de casa.

Subi a escada da cozinha aos tropeções.
Pierre fumava de pé, à soleira da porta aberta.
– Você demorou – disse. – Cadê a comida?
– Marthe e Annette...
– Foram embora.
– O que quer dizer com foram embora? Marthe não iria embora sem se despedir. Não seja estúpido.
Um dar de ombros.
– Pois parece que ela acabou de fazer isso.
– Não acredito. Ela perguntaria por mim.
– Eu disse a ela que você tinha saído. Que você tinha saído para bater perna na cidade.
– Mas isso é...! E ela se foi sem esperar por mim?
– Na verdade, foi embora depois que a fiz lembrar que a primeira a sugerir a venda alguns anos atrás tinha sido ela.
Como me arrependi de ter contado isso a ele.
– E lhe disse ainda que se ela tivesse olhos para ver – continuou Pierre –, saberia que você a estava embromando. Que, se ela pudesse ver como este lugar está caindo aos pedaços, saberia que o negócio vai de mal a pior e que você só está arrancando dinheiro dela.
– Mas isso é uma mentira... claro, as edificações estão velhas, mas os turistas consideram isso parte do encanto. O negócio está indo muito bem!

– Portanto, ela já está ciente dos fatos e concorda comigo. Um terço deste lugar para cada um assim que for vendido.
– Não! – De qualquer forma, deixei claro que podia preparar alguma coisa para comer, mas nossa irmã mal podia esperar para sair daqui. Acabei levando as duas de carro até a estação e coloquei-as no trem.
– Isso não é possível... Ela nunca teria saído daqui sem esperar por mim, sem conversar comigo!
Ele jogou a ponta do cigarro no chão e esmagou-a com o calcanhar.
– Talvez ela não goste tanto de você como você pensa. – Um comentário cruel, sem a menor consideração. – Você sempre exigiu muito dela. Ela disse com todas as letras que se sentia feliz por ter ouvido as coisas que ouviu de mim e que concordava comigo e que já era hora de vender a propriedade. Também disse que você foi um empecilho para nós por muito tempo e que já bastava.
– Não acredito em você.
Pierre era um desalmado. Como ele podia ser assim, se era feito da mesma carne que nós?
– Diga logo o que ela disse. E também onde ela está... quero ir lá para ouvir diretamente dela! Deixe que ela mesma me diga!
Mas ele se virou de costas.
– Diga!
Ele se afastou com os ombros curvados.
– Ela voltou para Paris. Quer que diga o que ela disse antes de partir? Tudo bem então, vou dizer. Ela nos odeia e nos culpa, culpa toda a família por tudo que aconteceu. E no fim... no fim ela foi embora. Mas agora acabou, é o fim. Da nossa família. Da propriedade. De tudo.
Ele fez uma pausa com a respiração pesada.
– Está satisfeita agora?
Afundei na cadeira.
Pierre arrumou a mala e uma hora depois também partiu. E quer saber? Ele estava certo. A culpa foi toda minha. Eu não devia ter saído de casa. Não devia ter deixado Marthe com ele nem por cinco minutos, não devia ter deixado que ela ficasse sozinha com ele por tantas horas. Por dura experiência, eu sabia que o confronto nunca funcionava com Pierre e que não devia ter deixado Marthe sozinha

e dado tempo a ele para persuadi-la. Eu não devia ter permitido que ele a pressionasse, talvez se valendo das costumeiras ameaças e intimidações. Não podia culpá-la por ter partido com tanta rapidez. Mas podia culpar a mim mesma por tê-la sujeitado às mentiras e ameaças dele.

PARTE V

1

Descobrimos o hotel de madame Jozan no litoral por acaso. Um desvio errado na *autoroute* de Marselha nos fez chegar a Cassis por um trajeto inesperado, onde à frente estava Cap Canaille, a grande falésia vermelha, e à direita, um xaroposo mar azul-escuro. Estávamos na estrada que passa pelo Hôtel Marie, uma edificação branca plantada nas pedras por cima do mar que sobreviveu aos tempos remotos. A distância, parecia uma muralha, anônima se não houvesse uma pequena placa afixada num poste. Não pretendíamos nos hospedar em nenhum dos grandes e suntuosos hotéis da cidade; sabíamos desde o início que não estávamos ali para os habituais prazeres dos veranistas.

O Hôtel Marie era perfeito. Cômodos brancos e espaçosos, os outros hóspedes tranquilos e discretos. A comunicação se fazia por silenciosos cumprimentos de cabeça, como se todos estivéssemos ali em segredo, e que ninguém queria partilhar. Logo o lugar nos pareceu um ótimo esconderijo. Conforme combinamos, ninguém soube que estávamos ali, exceto a polícia.

Chegamos quase no começo de julho, e a cidade estava cheia de turistas em férias com veleiros, famílias animadas e mocinhas de minissaias curtíssimas. No alto verão, esse porto pesqueiro, movimentado desde os tempos galo-romanos, é o epítome daquilo que se imagina de uma cidadezinha da Riviera Francesa: prédios em tons pastéis de areia ao longo da orla, janelas acima dos toldos, bares e restaurantes debaixo deles, barcos alinhados na marina, passeios pelas praias.

O castelo medieval, que, na verdade, é uma fortaleza e domina o lado ocidental, se estende pelo topo da falésia de Cap Canaille, que circunda a cidade como um gigantesco braço protetor. Todo dia, quando o sol se põe sobre o porto docemente ondulado, o castelo capta a chama do ocidente e arde em fogo dourado por mais de uma hora. Passamos a tomar um aperitivo ali, fascinados com o vermelho intenso das rochas abaixo de nossa sacada.

Com os ombros aquecidos pelo ar, jantávamos em restaurantes com vista para o mar, bebendo um vinho branco rascante produzido nas vertiginosas vinícolas situadas a um quilômetro e meio dali; enquanto eu sorvia o vinho em goles cautelosos, Dom o sorvia em goles fartos. Em outras circunstâncias, isso poderia ter sido um genuíno prazer. Mas, na ocasião, mal nos falávamos.

Sob o olhar de Dom, eu examinava atentamente os cardápios superelaborados e acabava não encontrando nada que me interessasse. Ele sempre me olhava intensamente, mas eu não conseguia decifrar exatamente a emoção que destilava: um misto de piedade e incompreensão, como se a muito custo tentasse se lembrar de quem eu era e o que estava fazendo ali tão perto.

À noite, cada um tomava o cuidado de não tocar no outro, embora partilhássemos a mesma cama como de costume. Incomodados pelo calor, ficávamos horas e horas acordados, deitados sem dizer uma palavra e mal respirando. O ar era estagnado entre as paredes e o chão. Um ventilador de teto girava inutilmente acima, enquanto os mosquitos nos atacavam. Deitávamo-nos sobre um único lençol de algodão, e só desfrutamos um relativo conforto depois que madame Jozan trocou a incômoda almofada em forma de rolo por outros travesseiros.

Então, tão logo adormecia, o primeiro sonho perturbador me levava de volta a Les Genévriers, ouvindo os gritos de Dom; à medida que os gritos se intensificavam, eu corria para os andares superiores, mas não o encontrava, até que percebia que ele tinha saído pela janela e escalado o telhado coberto de gelo. Ele escorregava e me pedia ajuda com desespero, dependurado na beira do telhado. Eu então acordava sobressaltada não só porque não podia deixá-lo despencar lá de cima, mas também porque não havia como tirá-lo de lá. Era uma queda de três andares até o chão de pedra do pátio. Assim, eu pulava fora, já que ele poderia me arrastar junto na queda, e isso significaria o fim de nós dois.

Eu ficava deitada ali, com o coração na boca. O que será que eu queria dizer para mim mesma? Rachel estava morta. Meus pensamentos giravam em agonia entre a lógica e a paranoia. A partir de tudo que imaginava em relação aos motivos que tinham feito Sabine plantar a suspeita dentro de mim, o meu temor era de que ela estivesse certa. Dom seria capaz de matar a própria esposa? Acordávamos entorpecidos e atordoados. Eu me sentia nauseada. Nada parecia real, afora meu medo de ter errado ao confiar nele, de ter me agarrado a ele irracionalmente, de viver uma aberração nascida da carência. Ficava com uma vontade louca de telefonar para alguém, para alguma amiga de Londres com quem pudesse conversar, mas me continha no último instante. O que ela poderia dizer senão que eu saísse daquela relação? Era uma história pesada demais para guardá-la sozinha; meu cérebro virava um misto lamacento de fato, suposição, constrangimento, humilhação e orgulho, o que me impedia de contá-la.

2

Pierre era esperto; sempre foi. A possibilidade de que tivesse feito alguma coisa não podia ser descartada. E se não tivesse feito nada? Será que eu é que tinha interpretado mal as palavras, as ações e toda a conduta de Marthe naquela noite? Como isso teria acontecido? Mas comecei a duvidar de mim mesma à medida que as semanas e os meses se passavam.

O galo na têmpora custou muito a sumir, e comecei a padecer de terríveis dores de cabeça. Francamente, não conseguia me lembrar bem dos acontecimentos durante a última visita de Marthe. Será que realmente tinham sido como os instintos diziam ou a mente entrara em cena e substituíra o que eu temia ver?

Marthe era brilhantemente racional, nunca elevava o tom de voz, e talvez tivesse sido eu a persuadi-la, e não nosso irmão. Mas, na cabeça, persistia a imagem de Marthe tentando pegar Annette no quarto do segundo andar e o urro doentio de Pierre em meio à escuridão.

A mente girava em torno de incertezas.

A verdade é que a partida de Marthe sem uma palavra sequer tinha sido muito estranha. Comecei a pensar que realmente a tinha aborrecido muito e que isso a fizera sair de casa naquela manhã sem deixar nenhuma explicação plausível, e esse pensamento me deixou arrasada. Escrevi para ela em Paris, para reiterar o que talvez ela tivesse ouvido de mim, quer dizer, que eu tinha saído à procura de alguém que nos ajudasse a tirar Pierre da casa, e mais uma vez confirmei que o nosso negócio estava indo bem, mas ela não respondeu.

3

Acordamos na primeira manhã em Cassis depois de uma noite maldormida, embora houvesse no ar um vestígio de frio. Dom estava tão disposto a caminhar quanto eu, e assim descemos pelo caminho de entrada do hotel e depois pela rua até o porto de Cassis.

Lá, comprei um livro sobre Calanques, as fundas e estreitas enseadas, como diminutos fiordes, que chupam o mar turquesa para os assombrados e ventosos penhascos de densa ardósia branca ao longo da costa entre Cassis e Marselha. Onde a terra se mantém firme no final de incisões íngremes e agudas, portos e praias se formam em íntima graduação. No decorrer de séculos, e talvez até de milênios, propiciaram abrigo aos marinheiros nas tempestades e ressacas do mar.

Quilômetros e quilômetros de trilhas cruzam as altas falésias. Algumas demandam quatro, seis ou sete horas de caminhada. É preciso dominar as alturas, já que o terreno acidentado é cheio de rochas soltas em alguns pontos.

– Foram descobertas recentemente outras cavernas submarinas, algumas com inscrições pré-históricas. Lá, há lugares excelentes para mergulhos. A água é muito clara. Tem a transparência dos riachos – desandei a falar nervosamente enquanto exibia uma página de fotografias do guia para turistas.

Por um momento, deixei-o pensar que eu estava louca para conhecer Calanques. Bem, isso era verdade; estava louca para conhecer o lugar, mas só depois que lera a entrevista de Rachel.

– Utilizaram as pedras de Cassis na base da Estátua da Liberdade, em algumas partes do Canal de Suez e à beira-mar em Alexandria. São de grande durabilidade e também foram utilizadas na construção dos faróis de Cassis e Marselha – li no livro.

Descemos uma rua de pedras e perambulamos pelo porto. As sombras dos plátanos pincelavam gigantescas penas azuis nas fachadas das casas à frente do mar.

– Será que Rachel seguiu o conselho de Francis Tully de conhecer Cassis? – perguntei diretamente.

Eu sabia o que estava fazendo; queria que ele reagisse. De um jeito ou de outro, queria estar segura.

Esperei uma reação drástica, mas não houve.

– Do que está falando? – ele perguntou com suavidade.

Olhei no fundo dos seus olhos em busca de uma pontinha de irritação ou de duplicidade, mas não havia nada que pudesse ser detectado. Ele fez uma pausa e me acariciou suavemente no rosto.

– Eve, você sabe que podemos tirar o melhor disso tudo. Não precisa haver fatalismo e escuridão nessa história. Ninguém faria essa escolha, mas o que aconteceu já aconteceu, e temos que conviver com isso. Vamos só... só tentar voltar para onde estávamos, para o que éramos...

Será que ele realmente acreditava que isso era possível? A verdade é que as palavras soaram como se estivesse tentando convencer muito mais a si mesmo que a mim. Mas uma discussão não seria boa nem para mim nem para ele, e então caminhamos de volta de mãos dadas, com os braços balançando e os passos estranhamente confiantes.

Era como se de repente Dom tivesse decidido apagar a lousa; recuperaríamos o que tínhamos perdido e deixaríamos para trás todas as brigas e discussões de Les Genévriers. A cada passo que dava, me deparava com incômodas emoções: medo do que poderia descobrir; terrível decepção pela fugacidade de nossa vida nova; raiva em relação a minha credulidade e a minha falta de confiança e bom-senso.

O que tinha como certo era que Dom era culpado, culpado de alguma coisa, e que eu tinha de descobrir que coisa era essa. Mas, por mais absurdo que pareça, ele estava certo. Por mais que tentássemos, porém, nunca seguiríamos em frente como antes.

4

Dois meses depois da malfadada visita de Marthe, sem que ela tivesse respondido a uma só carta minha, chegou um telegrama de Paris. "Por que Les G não foi vendida. Não retornarei. M." Isso aconteceu no início do verão de 1973, ano em que Picasso morreu em Mougins e que a França inteira vibrava com a reprodução das suas pinturas. Mas, para mim, todo esse brilho feneceu quando li o telegrama. Escrevi de novo, me desculpando pelo que pudesse ter feito e implorando por uma explicação dela. Mais uma vez, não recebi resposta.

Intrigada, viajei de trem até Paris e lá descobri que Marthe alugara o apartamento onde residira por dez anos e partira sem deixar o novo endereço. Na loja de perfumes da Place Vendôme, me disseram que ela partira em definitivo e que, naquele momento, se encontrava em longa viagem marítima. Também fiquei sabendo que ela encarregara nosso irmão Pierre de administrar financeiramente o negócio e que ele esvaziara o escritório dela cerca de um mês antes.

Desmaiei na loja. Recobrei os sentidos diante de uma mulher elegantemente vestida. Ela disse que era assistente administrativa e grande amiga de Marthe. Não consigo lembrar-lhe o nome. Mas não era Annette. Conversamos por algum tempo, e, a princípio, ela se mostrou gentil. Foi graças a ela que tive o segundo choque do dia.

Ela não pareceu estranhar que Marthe não tivesse me enviado notícias. Na verdade, culpou-me pela súbita partida de Marthe.

– Mas o que foi que eu fiz? – gritei.

– Você queria demais dela.

– Não... não, eu... – me encolhi, sentindo-me insignificante no canapé onde estava. Aquilo era verdade?

Podia ser. Às vezes queremos muito da família e daqueles que amamos. A partir daí assumi que isso era a razão de tudo, de ter ficado com mamãe, de ter colhido lavanda em Valensole, de nunca ter odiado Pierre quando era criança.

O pior é que aquela amiga de Marthe confirmou tudo que para mim não passava de mais uma das terríveis mentiras de Pierre. Ela disse que Marthe culpava toda a família pela cegueira, e que eu vivia lhe pedindo coisas para um lugar que ela sempre quis esquecer. De fato, eu tinha sido a única a falhar.
Saí da loja logo que recuperei as forças.
– Quando Marthe voltar, diga-lhe que sinto muito – eu disse. – O que mais posso dizer? Eu não fazia ideia. Estou mortificada. Por favor, por favor, peça-lhe que me telefone.

Marthe nunca mais se comunicou comigo.

Mas devo frisar uma coisa: eu nunca concordaria com a venda de Les Genévriers antes de ouvir notícias da própria Marthe, e mantive esse princípio. Nada me faria mudar de ideia. Oh, deixei que Pierre pensasse que tinha vencido e o corretor de imóveis apareceu na propriedade com instrumentos de medição para fazer uma avaliação, mas eu nunca assinaria nenhum documento que surgisse à mesa do cartório se aparecesse um comprador.

De qualquer forma, quando a propriedade começou a desmoronar, não movi uma palha para impedir isso, e ninguém quis comprá-la.

5

Nós queimamos a largada para Calanques. "Uma caminhada digna de fotos e isenta de dificuldades", dizia o livro sobre a caminhada em Morgiou e Sormiou. Uma caminhada que prometia vistas para o mar azul e a fortaleza de Bormiou, trilhas de contrabandistas e um vale escondido iluminado por flores silvestres.

Madame Jozan providenciou uma bolsa de lona com itens embalados em papel encerado fora de moda para um piquenique, e partimos às sete e meia da manhã, logo após o café da manhã. Com a temperatura amena, decidimos caminhar até a cidade pesqueira de Morgiou, em vez de ir de carro. De carro, talvez não tivéssemos chegado lá com tanto calor e tanta sede, e teríamos chegado cedo para pegar a trilha até as enseadas. O problema é que eu não tinha lido o guia direito, e partimos sem saber que a jornada de vinte minutos seria de carro e não a pé.

No alto verão, as trilhas de caminhada só estavam abertas de seis às onze da manhã, devido aos riscos de incêndio. Os arbustos e as árvores secas dos morros pegavam fogo à menor faísca de cigarro ou com pedaços de papel-alumínio, explicou o administrador. Ele também disse que poderíamos fazer parte do caminho, mas que deveríamos estar de volta por volta das onze horas. Já eram quase dez horas. Não havia exceções. Os incêndios sempre ameaçaram o sul, muitas vezes se espalhando meteoricamente pelo mato seco, uns causados por descuidos de fumantes e outros, por ação criminosa. As palavras do administrador não deixavam dúvidas quanto ao que ele pensava da capacidade mental desse tipo de gente.

Encontramos um banco e consultamos o mapa. De fato, não havia sentido em seguir adiante com tão pouco tempo disponível.

– Isso tem importância? – perguntou Dom.
– Não.

O sol estava muito forte. Estar sob o olhar quente do sol já era um fim em si mesmo. Tentei me entregar à sensação. Dom parecia sentir o mesmo, com os cotovelos apoiados atrás do banco e a testa encharcada de suor. Foi dada a largada no piquenique. Ele acariciou meu braço e sorriu, e de repente tudo que eu sentira em Yvoire no dia em que o conheci retornou.

As primeiras impressões são importantes, mesmo se desmontarem à medida que conhecemos mais. Construímos histórias a partir de pistas visuais, tirando conclusões das experiências que tivemos no passado. Às vezes reagimos a essas conclusões instintivas porque não conseguimos racionalizá-las. Mas o tempo todo pegamos milhares de pistas imediatas ou sutis e assim formamos um quadro completo de alguém ou de um lugar.

Aqueles primeiros poucos segundos podem modelar todo um futuro. De repente, o brilho dos olhos dele sob a luz do abajur à mesa do café me fez divagar. E se aquele olhar tivesse um significado totalmente diverso do que o que eu lhe dera?

Meu celular tocou.

Abri a mensagem de texto sob o olhar de Dom, torcendo para que não fosse Sabine.
Claro que era. "Você está bem?", dizia o texto.
– O que ela quis dizer com isso? – perguntou Dom, olhando por cima do meu ombro.
Dei de ombros, para deixar claro que eu também não sabia.
Mas voltei a me preocupar quando iniciamos a marcha lenta até Cassis. O recado de Sabine levara minha confiança pelo ralo. Nossa estada naquele lugar podia não ser tão simples como parecia; talvez a polícia estivesse achando que Dom poderia levá-los a algumas respostas.
Claro, houve um tempo em que eu teria caído fora, teria voltado sozinha para Londres, mas isso havia muito tempo. Nem a polícia, nem a relutância em abdicar de um sonho que se desintegrava nas minhas mãos e nem o orgulho me seguraram, mas sim a crescente convicção de que realmente estava grávida e que teria que contar a ele o mais rápido possível.

O almoço na marina de Cassis foi uma generosa travessa de lagostim acompanhada de uma jarra de vinho, metade de um copo para mim e o resto para ele. O álcool e um dia tórrido de sol desfizeram a agradável atmosfera de Dom e o devolveram à habitual irritação. Sugeri que retornássemos ao hotel para uma merecida sesta, mas ele recusou. Não demorou e ele começou a discutir em um tom cada vez mais alto, alegando que estávamos de férias e que devíamos aproveitá-las. E assim pegamos um barco até a enseada mais próxima.
Não consegui me integrar ao grupo de turistas gordos e carregados de peças de artesanato que se dirigia agitado em direção a Port-Miou, de volta para Calanques, cruzando afloramentos verrugosos da cor de ametista que emergiam do mar aberto. As falésias branco-acinzentadas exibiam no topo grandes pinheiros que pareciam guarda-sóis abertos. E, mais à frente, surgiram os primeiros vislumbres das famosas águas cor de esmeralda e azul-pavão do primeiro *calanque*.
Tonta, desidratada e enjoada pelo balanço do barco, eu não conseguia me divertir com o passeio. Talvez não fosse apenas um enjoo de movimento.
Adentramos na enseada. O aroma dos pinheiros se mesclava à maresia da costa. Soberbas azinheiras se impunham sobre a relva

marrom. Brancas piscinas naturais de cascalhos e seixos convidavam para um mergulho. Impecáveis veleiros brancos deslizavam como borboletas por cima de uma água brilhante.

– Cada enseada tem uma característica própria e elementar, povoada de vida microscópica, formas bizarras e uma atmosfera especial – entoou ao microfone uma voz monótona e impessoal, que me fez dar um pulo.

Outros barcos balançavam nos ancoradouros de um espaço comprido e estreito, e nosso barco fez uma curva fechada que piorou o meu enjoo. Era um passeio curto, e não paramos.

Empurrados pelo vento, entramos novamente em mar aberto. Fomos para o Calanque de Port-Pin. Placas embaralhadas de rochas brancas, pinheiros-de-alepo, águas verdes e cristalinas. Sobre as rochas, de acordo com o irritante comentário amplificado pelo microfone, pés de alecrim e tomilho, moitas de esteve espalhadas pelos montes de cascalhos e pés de cardo amarelo; águias, falcões e corujas raras. A gruta onde o mar se projetava sobre a rocha ecoava uma canção marinha. Com vento, o som podia ser ouvido a centenas de metros de distância, uma vez que as ondas eram sugadas para dentro e lançadas para fora por um duto de ar em algum lugar.

– O que ele está dizendo? – perguntou Dom. – O que significa *trou-souffleur*?

Fiquei empertigada.

– Um respiradouro.

– Onde?

– Para lá, suponho, para onde todo mundo está olhando.

– Você está bem?

– Não muito.

Ele me abraçou, e desejei desesperadamente me entregar ao abraço, em vez de me pôr em guarda.

Fechei os olhos e respirei fundo. Era melhor do que manter os olhos abertos e fixos na água. Mais à frente, uma enorme formação de rochas irrompia das águas, o Calanque d'En-Vau, a passagem mais alta e mais espetacular de todas as enseadas. Era totalmente nua e vulnerável. Exposta a todos os elementos.

O barco deu uma parada para que déssemos uma rápida olhada antes de retornarmos, e agradeci em silêncio por isso.

De volta à terra firme, eu disse para Dom que precisava ir à farmácia de Cassis para comprar aspirina. Ele esperou do lado de fora enquanto eu comprava o teste de gravidez que mais tarde confirmou o que eu já sabia. Mesmo assim, não falei nada para ele.

6

Cerca de um ano e meio mais tarde, um homem chegou à propriedade com más notícias. Carregava as roupas e os poucos pertences de Pierre dentro de uma caixa de papelão amarrada com barbante.

Pierre tinha morrido num acidente, numa indústria em Cavaillon. Um acidente em algum tipo de maquinário de uma fábrica de empacotamento de frutas. O homem me poupou dos detalhes, e acho que foi bom ele ter agido assim. Meus sentimentos oscilaram entre a estupidez da perda e o alívio pelo fato de meus pais terem sido poupados das notícias e circunstâncias da morte dele.

– E o funeral? – perguntei.
– Tudo por nossa conta.
– Quando é?
– Já foi. Só vim para avisá-la.
– Não compreendo! Por que não fui avisada antes?

O homem teve a decência de, pelo menos, parecer envergonhado.

– Não sabíamos onde a senhora estava. A senhora sabe que fomos os únicos que conseguimos encontrá-la. A fábrica pagou tudo porque era dever dela, mas o chefe não podia ficar cuidando disso para sempre.

Não sei o que falei nem o que senti.

O garoto que conheci um dia não era o homem que eu vira naquela última vez.

– Marthe, nossa irmã, já avisaram a ela?
– Não, deixarei isso por sua conta.

Então, escrevi uma carta, mas nunca recebi resposta.

* * *

Desde então, choro muito a perda deles. Mémé Clémentine. Papai e mamãe. O garoto Pierre que conheci um dia, e Marthe, talvez por quem mais tenha chorado.

Não exagero em dizer que precisei de anos para me sentir bem novamente. Não, isso não é verdade. Desde então, nunca mais me senti bem.

Mas não desisti. Escrevi repetidas cartas para Paris, até que retornaram dentro de um grosso pacote onde se lia: "Devolver ao Remetente."

Tive muitos anos para pensar a respeito da partida de Marthe de Les Genévriers, e no mal-entendido que houve entre nós. Quantas vezes eu me censurei? Foi um terrível erro eu não ter falado claramente sobre a instabilidade de Pierre antes da chegada dela. Eu devia ter pensado em escrever uma carta ou telefonar para ela, mas não pensei. Ela acabou vindo despreparada para a tempestade. E depois a deixei por muito tempo com Pierre e suas loucas mentiras.

Revisitei mentalmente a butique Musset de Paris, em busca de pistas que à época o meu descontrole não me permitira encontrar. Passou pela minha cabeça tarde demais que aquilo que a assistente dissera de Marthe – ela nos acusava por suas dificuldades, a cegueira em particular, o que jamais tinha feito – poderia ser uma repetição de alguma conversa com Pierre quando ele estivera lá para pegar os pertences dela. Enfim, as palavras da mulher poderiam ser inverdades.

Mas, de qualquer forma, isso não fazia diferença. Marthe me excluíra de sua vida.

Esse afastamento me causava uma dor física. Doía muito, e o fato de que tudo se acabara em uma única noite depois de todos aqueles anos em que tínhamos sido tão íntimas me deixava intrigada. Ela não me perdoava por minha estupidez, e eu também não me perdoava.

A imagem que eu fazia de mim mudou a partir daí, embora nunca tenha deixado de procurar Marthe. E a procurava na esperança de que um dia saberia do seu paradeiro, e também na lembrança do dia em que ela me pedira para olhar o mundo.

Sempre há uma parte dela em mim quando vejo as chamas vermelhas e amareladas dos pés de damasco em novembro, como tochas a arderem no pomar, ou as uvas cor de rubi que se tingem em contraste com as azeitonas verde-prateadas, ou as lavandas podadas em trêmulas fileiras de azul glacial no inverno. Guardo essas visões para ela.

7

Dom é que teve a ideia de uma caminhada até as ameaçadoras formações do Calanque d'En-Vau.

Dessa vez, nos preparamos de maneira adequada, levando bastante água, comida e protetor solar.

– Pílulas para enjoo? – ele brincou.

Forcei um pequeno sorriso.

O caminho até as íngremes falésias era maravilhoso. Oliveiras tremulavam prateadas aqui e ali. Cada nível de elevação era marcado de mato verde, e, no ponto em que a elevação se achatava para formar um platô exposto, as árvores geriátricas se vergavam sob os lendários ventos de inverno, como espanadores verdes eriçados contra o azul circundante.

A trilha era relativamente fácil de ser percorrida, mas era preciso prestar atenção nos pontos onde os cascalhos rolavam debaixo dos pés como bolas de gude, ou nas fatias de pedra polida que a passagem de outros caminhantes deixava à superfície. Caminhamos em silêncio durante a maior parte do tempo.

A certa altura, ele se aproximou de mim e me desconcertou com um delicado beijo. Hesitei, pensando em dizer alguma coisa, mas, não sabendo o quê; lamentando por não ter estado ali com ele em outras circunstâncias; querendo falar sobre o bebê e sabendo que isso não seria possível, pelo menos não até que conhecesse de uma vez por todas a verdadeira identidade de Dom.

Então, continuamos em silêncio. Mal conseguíamos respirar quando chegamos ao topo, mas lá, bem à frente, abriu-se uma paisagem de tamanha beleza, que nos tirou o resto de fôlego dos pulmões. Era como se bandos de montanhas irrompessem do mar azul, uma atrás da outra, como baleias a exibir dorsos de terra perante um horizonte enevoado.

O *calanque* se estendia pelo caminho de descida abaixo. Fiquei arrepiada. Alpinistas escalavam uma parede vertical como lagartos, buscando pontos de apoio na face assustadora da falésia. Lá embaixo, a água turquesa se agitava, respingando flocos prateados.

A adrenalina borbulhava nas minhas veias, provocando aquele frio na barriga que sentimos na beira de um lugar muito alto quando temos medo da possibilidade – apenas possibilidade – de não nos conter e nos lançar no vazio. Finquei os pés bem firmes, mas fiz o que não devia. Deixei escapulir a primeira de uma série de perguntas.

– Dom, você sempre soube sobre o que Rachel escrevia?

Ele girou o corpo.

– O quê?

– Você sabia que ela estava escrevendo sobre Marthe Lincel. Sabia sobre Francis Tully, e sobre a primeira garota desaparecida?

Ele pareceu atordoado, como se tivesse levado uma bofetada.

– Eve...

– Dom, eu quero saber. Quero saber de tudo. Agora.

– O quê? – ele repetiu, mas dessa vez desamparadamente resignado.

– Francis Tully, o artista. Rachel o entrevistou. A entrevista foi publicada no *Telegraph*.

Ele sacudiu a cabeça.

– Ela fez isso? Não lembro...

– Foi ele que sugeriu que ela visitasse Cassis.

Ele deu um tempo, perplexo com a avalanche de perguntas que ele obviamente não esperava.

– Ainda não estou entendendo aonde você quer chegar.

– É só curiosidade. Algum dia Rachel mencionou o nome de Francis Tully?

Dom soltou um longo suspiro.

– Suponho... provavelmente. Por que quer saber?

– Tenho tantas perguntas... mas vamos começar com esta. Não foi Tully que deu a ela o abacaxi e a mão de pedra? As peças que você me fez acreditar que tinha comprado junto com as outras de pedra do jardim.

– Então é isso? – Ele me olhou como se eu estivesse louca. – Que importância há no fato de um dia terem pertencido a Rachel?

– Ora, nenhuma. Isso é só o começo. Afinal, não tem importância, a não ser pelo fato de que você mentiu para mim, mesmo que apenas por omissão.

O sol brilhava tanto que escurecia o rosto dele.

– Tudo bem. Eu sabia que ela estava interessada no caso de uma garota desaparecida. Eu sabia disso. Ela sempre foi curiosa. Claro que agora isso parece suspeito. Mas não passa de uma terrível coincidência, só isso.

– Então me diga como Rachel morreu. Como ela realmente morreu.

Dom ajeitou os óculos escuros no alto do nariz. Uma gaivota cruzou o céu.

– O que aconteceu com Rachel, Dom? Você precisa entender que eu preciso saber. Não posso continuar às escuras. Com você me pedindo para não fazer perguntas. Sei que lhe é doloroso falar a respeito. Mas, desse jeito, não posso ajudá-lo! E quero muito ajudar. Talvez não seja importante para você, mas para mim isso se transformou em algo que... está acima de qualquer outra coisa. Está mesmo... – soltei uma risada que soou estranha. – Isso está me deixando um tanto louca... acho que vejo e escuto coisas que realmente não estão lá, na casa, no terreno. E depois, com o que tem acontecido em Les Genévriers...

Esperei uma reação intempestiva. Esperei qualquer coisa que não fosse isto: enquanto eu falava, ele tremia. Tive de me conter para não me aproximar e lhe dar um abraço. Ele estava tremendo a poucos passos de distância. Observei atentamente seu desconsolo.

Depois, ele virou o rosto para mim, um pétreo conjunto com seus lábios. Começou a se aproximar cada vez mais, bem devagar, tal como fizera na primeira vez em que nos beijamos no escuro. Só que dessa vez não senti nem excitação nem desejo. Senti apenas muito medo.

Ele chegava cada vez mais perto. Eu me afastei da beira do precipício.

Depois, ele me agarrou tão forte, que cheguei a sentir os hematomas se formando nos meus braços. Mas eu não podia parar. Sempre fui imprudente com ele, não fui?

– Diga-me a verdade, Dom. Não posso continuar às escuras por mais tempo. Diga, agora, exatamente o que aconteceu com Rachel e por que você se sente tão culpado!

Eu devo ter enlouquecido. Deus sabe que isso acontece às vezes. Eu tinha ido longe demais, vira sonhos se transformarem em cinzas, quando tudo o que eu queria era o amor dele, e torná-lo completo outra vez.

Ele cravou os dedos na minha carne e me empurrou para a relva. O mar parecia avançar em nossa direção.

– Isso não tem nada a ver com você, mas você é incapaz de deixar para lá, não é? Está determinada a saber, e tudo o que tenho feito é tentar protegê-la!

– Proteger de quê?

– De conhecer o tipo de pessoa que eu sou.

– O que quer dizer, Dom? Pelo amor de Deus...

Lá embaixo, o mar agitou a própria pele de lantejoulas.

– O que quer dizer? – repeti. – Que poderia me atirar pelo precipício? Que me jogaria precipício abaixo e depois diria que foi um acidente? Foi isso que você fez com ela?

– Pare! Pare com isso! – Ele me rodeou, e o mar e o céu também rodaram. E depois começou a me sacudir. Ou será que eu estava tremendo? – Pare com isso! Preste atenção, você está histérica! – ele disse, aos gritos. De repente, me dei conta de que era a primeira vez que ele gritava comigo de raiva.

– Então, diga... a polícia tem razão em investigá-lo? A verdade é que talvez ainda o estejam investigando.

Mas as ideias por trás das palavras que eu dizia já estavam ficando confusas. O que ele quis dizer com querer me proteger? Por que a polícia permitira que ele saísse da área? Por que ele não estava sob custódia...?

Parei para tomar fôlego e percebi que estava com o rosto molhado. Eu estava chorando.

– Você saiu sob fiança?

– Não. Já lhe contei. Não há acusações contra mim.

Eu me concentrei para abaixar a voz e recuperar a razão e a compostura.

– Mas tudo isso tem a ver com Rachel, não tem?

Às vezes um segredo apodrece a alma. Não dito, escoa para o inconsciente e penetra no corpo e no caráter até se apoderar de toda a razão e do raciocínio – até que nada mais reste senão o segredo que não pode ser dito e que deve ser muito bem guardado a todo custo. Essa é a devastação, o lixo interno.

Achei que poderia ver isso nas feições dele, o horror e a facilidade com que o mal pode ser encoberto, e a consciência da transitoriedade de tudo, tal como o solo desiste da história escondida na poeira.

Foi o fim de tudo. O fim do fingimento. Eu não fazia a menor ideia do que cada um de nós faria depois.

Muito perto de nós, o penhasco caía no puro azul do esquecimento.

8

Quando recebi o maço de cartas fechadas de Paris, me dirigi a Manosque para ver madame Musset. Estava desesperada por notícias; queria saber se ela sabia de Marthe.

Uma lágrima escorreu pelo rosto enrugado da velha senhora quando me disse que Marthe também rompera relações com ela. Claro, madame Musset me culpou. Tinha feito o que fez apenas por lealdade a Marthe. E agora veja aonde isso levou!

Protestei com veemência. A essa altura tinham se passado vinte anos! Por que isso faria alguma diferença naquela hora?

Falei para madame Musset que, se tivesse tido a chance de fazer diferente, certamente faria! Mas que não tinha tido outra opção na época. Fiz o melhor que pude, e isso era a única coisa que fazia sentido. Desde então, pago por isso. Mas, de qualquer forma, eu não acreditava que um fato ocorrido havia tanto tempo e praticamente esquecido tivesse a ver com o presente afastamento de Marthe. Como poderia, se já tinha passado tanto tempo sem que tivesse feito diferença antes?

Contudo, para a velha conselheira de Marthe que sentia por minha irmã o orgulho que toda mãe sente e que vinha remoendo os fatos por meses a fio, não havia outra explicação plausível.

* * *

Talvez tivesse sido melhor se não tivesse contado para Marthe o que madame Musset fizera por mim. As coisas podiam ter ficado entre mim e madame para sempre.

Mas, na ocasião, eu estava muito mal, e a necessidade de me confidenciar com Marthe foi mais forte. Todo dia era uma batalha. Parecia que eu nunca ia superar e, por isso, a própria Marthe quis saber. Perguntou por que eu estava tão fria e tão magra sob suas mãos, e isso ocorreu muitos meses depois do evento. E então contei com um jorro de morno alívio, e Marthe se mostrou gentil e compreensiva. Nunca senti que ela me reprovava, nem nesse momento nem em nenhum outro momento depois.

Por isso, achei difícil acreditar que a razão que fizera Marthe romper todo o contato com madame Musset fora aquele evento, até porque as duas sempre foram tão ligadas. Foi estranho que aquilo que nunca afetara a relação entre elas passasse a afetar exatamente no mesmo momento em que Marthe me tirava de sua vida. Mas de uma coisa eu estava certa: de um jeito ou de outro, a culpa era minha.

E agora, na velhice, justamente quando acho que todas as dívidas estão saldadas, os espíritos me provam que eu estava errada. E estão chegando outros que me são desconhecidos...

O que se espera é que eu me sinta segura na casa onde estive durante toda a vida. Apesar de todo o sofrimento, nunca me senti assustada aqui. E agora... Será que estou perdendo o juízo? Para me acalmar, preparei uma sopa à moda antiga, com caldo de ossos de galinha, feijões, verduras, legumes e ervas colhidos por mim. A sopa está boa. Amacia o pão da padaria que a menina traz dia sim dia não; na segunda noite, o pão já está duro e cascudo, e não consigo mastigá-lo sem antes molhá-lo na sopa.

Sabine é uma boa menina. Claro, enviada pela avó. Ela se parece muito com a avó, e, de alguma forma, isso traz o passado de volta.

Nessa época, minhas noites eram perturbadas. Eu já não estava sozinha e já não tinha certeza de mim mesma, dos meus espaços e do meu lugar no mundo. Os espíritos deslizam como a água e o ar, e as minhas defesas claudicam.

Pierre era uma presença persistente, embora surpreendentemente inofensivo, sempre calado e quase sempre parado. Agradeço aos céus por não ter pulado à minha frente ou pregado peças desagradáveis para me assustar. O olhar congestionado de Marthe não retornou, graças a Deus.

Mas outros estão chegando, desconhecidos. Claro, desconhecidos para mim. Talvez não sejam desconhecidos para a casa.

9

Dom me manteve nos braços de um modo rude. Meus pés não alcançavam o chão.

A situação se delineava do jeito como tanto se fala. Em momentos assim, há um elemento de assustadora clareza. Tudo o que eu era e tinha sido estava comprimido. Todo sentido se limitava à dolorosa compreensão do que estava acontecendo naquela hora, de saber o que Dom diria em seguida.

A língua francesa dispõe da frase apropriada para designar a palavra ou a expressão perfeita, uma frase de que carecemos na língua inglesa: *le mot juste*. Trabalho com os parâmetros das palavras de outras pessoas, reproduzindo fielmente o que tentam dizer, sem querer fraseá-las melhor. É um ato de equilíbrio, uma tentativa de compreender as intenções dos autores, viver em função de nuances, sombras de ironia e, ocasionalmente, me compadecendo pelos seus erros. Mas tudo isso era muito mais fácil do que compreender pessoas vivas e reais.

Lentamente, ele me soltou, ainda tremendo. Pareceu ler meus pensamentos e os simplificou. Disse baixinho, com a voz embargada:

– Você está certa. Sou culpado. Eu a matei.

Segurei o fôlego quase imóvel, enquanto ele sussurrava vezes e vezes seguidas com o rosto enterrado no meu pescoço:

– Eu sinto muito, eu sinto muito.

Naquelas rochas polidas pelo vento nas alturas, ele começou a me contar.

* * *

    Dom e Rachel ficaram casados por cinco anos depois de terem vivido juntos por três. Eles se conheceram em Londres, onde ambos trabalhavam, ele na sua empresa de geotécnica e ela como jornalista. Ambos tinham trinta e poucos anos.
    Rachel era exatamente como Sabine descrevera: atraente e vivaz, trabalhadora e determinada. Mas, à medida que viviam juntos, mais Dom se dava conta de que ela possuía outra faceta. Ela se deleitava em contar os seus muitos triunfos profissionais, e ele se sentia feliz por ela, mas ela se enraivecia e se transtornava com os reveses na boa sorte. Qualquer pessoa que se colocasse no caminho ou que a confrontasse estaria sujeita a um vingativo caráter homicida. Geralmente isso assumia um tom extremamente divertido, e as narrativas dos fatos que a levavam a se vingar faziam dela o centro das atenções em pubs ou em festas onde estava sempre cercada de admiradores. Ela tinha um vasto círculo de amigos que faziam vista grossa para seus erros apenas pelo prazer e charme que ela emanava.
    Mas, pouco a pouco, Dom descobriu que esse comportamento tinha um outro lado. Rachel mentia, com facilidade e frequência. Mentia a respeito de pequenos incidentes e de grandes questões, como a fidelidade no casamento. Foi difícil lidar com isso, cada vez mais difícil, já que a habitual infidelidade dela se tornou mais ousada. Tais episódios não eram casos propriamente ditos e sim pernoites com estranhos, dos quais o casamento sempre parecia se recuperar. Cada vez que isso acontecia, ela o convencia de que eram coisas insignificantes. Talvez isso até fosse usado pelos dois para injetar mais emoção no relacionamento. Quando estavam juntos, ela era excitante; parte dele adorava viver o drama da incerteza, de viver no limite.
    Mas eles brigavam muito. Os confrontos acarretavam dias de desprazer, nos quais ela se tornava de fato insuportável, acrescentando ainda mais mentiras. O que era verdade e o que era inventado no universo de Rachel? Ela era jornalista, uma caçadora de verdades, mas tecia histórias seguidas que tinham um único fio tênue de realidade na trama. E era assustadoramente persuasiva. As pessoas acreditavam nas histórias, e essa crença a estimulava.
    Com o tempo, Dom foi sozinho a uma consulta com um psicoterapeuta especializado em problemas conjugais, e ele lhe confirmou

que estava sofrendo de um severo estresse, sugerindo que ele podia obter algum benefício se fizesse uma pesquisa a respeito do transtorno de personalidade narcisista, embora não fosse possível fazer um diagnóstico sem ver a paciente. Mesmo assim, quando Dom seguiu o conselho com certa relutância e reconheceu em textos extraídos da internet padrões e traços familiares da esposa, se perguntou: será que Rachel é tão ruim assim? Será que o problema é mesmo falta de amor? Se ele demonstrasse o amor que ela tanto queria, se a aceitasse como ela era, sem adornos, será que poderia trazê-la de volta à normalidade?

Então, ele se perguntou mais uma vez: seria o aspecto psicológico o verdadeiro responsável pela série de infidelidades, pelas promessas não cumpridas e pelas brigas... ou tudo simplesmente fazia parte da verdadeira natureza dela?

A dificuldade era que Rachel era plausível e escorregadia. Ela poderia até aceitar a ideia de que precisava de ajuda, mas não se disporia a aceitar nenhuma. E por que deveria, se ela não tinha problema algum? Muitas e muitas pessoas aceitavam seu modo de ser – e, na verdade, correspondiam à admiração que ela suscitava.

Quanto a Sabine. Ela claramente acreditava que Rachel era admirável e fiel à verdade. Lembrei a história que Sabine contara com uma seriedade doentia de como Rachel conhecera um casal fascinante num trem. De como almoçara com esse casal numa cidade que depois parecia não existir, e da aparente conexão com outro casal cuja morte fora noticiada nos jornais. Até então eu não sabia o que pensar sobre isso. Naquela hora pelo menos, a história fazia algum sentido.

Ao comunicar a Rachel que a deixaria, Dom antecipou metade do desastre. Ele sabia que tipo de impacto essa decisão poderia causar, porém, naquela ocasião, o que ele mais queria era ser livre. Mas, para seu espanto, ela reagiu bem. Foi a primeira a se oferecer para se mudar, e ele foi mais do que generoso para com ela, concordando em pagar o aluguel do novo apartamento e deixando que ela levasse o que quisesse da casa deles em North London.

Fazia seis semanas que os dois já estavam separados quando ele chegou em casa e a encontrou à sua espera, confortavelmente instalada e bebendo a vodca dele. Como a separação tinha sido amigável, ele não se preocupara em trocar as fechaduras.

– Mudei de ideia – ela disse.

E, a propósito, ela estava grávida. Surpreso, ele tentou explicar que seria melhor manter a separação. E que ele sustentaria a criança. E que eles não ganhariam nada se tentassem uma reconciliação. E que o casamento tinha acabado. Ela suplicou. Ela podia e iria mudar. Tudo que acontecera no passado era só isso: passado. Apelou para a culpa dele, para a reação da família dele quando soubesse que ele a tinha abandonado.

Apesar de toda a resistência de Dom, Rachel voltou a morar na casa. Ele sabia que aquilo era um erro.

Dom se recolheu dentro de si. Todo dia, nadava por horas a fio só para não ir para casa.

No ano da venda da empresa, ele combinou com o sócio que faria o trabalho leonino de viajar. Viajou muito, por toda a Europa e o Extremo Oriente. Quanto mais ela o impedia de viajar, mais tempo ele ficava longe de casa. Em Londres, os amigos colocavam quartos de hóspedes à disposição dele.

Ele a ignorava. A essa altura, ficou claro que não havia bebê nenhum. Mesmo quando ela admitiu para ele que não estava grávida, continuou dizendo para os outros que estava. Quando ele deixou de reagir, as mentiras tornaram-se mais dolorosas e mais ultrajantes. Ela disse para amigos e familiares dele que ele era alcoólatra e viciado em drogas e em jogatinas, e que ele frequentava clubes suspeitos e andava com garotas menores de idade. E ele ainda foi interrogado pela polícia depois que ela procurou as autoridades e declarou que ele era o homem que tinha atacado e estuprado uma mulher, em um terrível episódio estampado em todos os jornais. Felizmente, ele conseguiu provar inocência quando se comprovou que, por ocasião do ocorrido, ele estava fora do país.

Então, um belo dia, ela revelou que estava seriamente doente. Ele sabia disso; sabia que ela estava mentalmente desequilibrada. Se pelo menos Rachel se dispusesse a aceitar ajuda profissional nem tudo estaria perdido. Mas ela riu da sua sugestão. Estava doente fisicamente, disse, com uma doença terminal.

Claro, ele não acreditou em nada do que ela disse, já que estava certo de que tudo não passava de uma das muitas artimanhas a que ela recorria para chamar atenção. As brigas entre os dois aumentaram vertiginosamente. E, durante essas brigas, ela apelava para o senso de lealdade dele, para o poder dos votos que ambos tinham trocado no altar e, principalmente, para a consciência dele. O fato é que ele teve de abandoná-la de qualquer maneira, mesmo sem ter rompido formalmente com ela.

Ela lhe implorou para que voltasse; disse que ele tinha a obrigação de voltar e alegou que precisava dele desesperadamente. Ele ignorou as súplicas ridículas que ela fez e estendeu a estada em Hong Kong e no Japão. Mas, contrariando todas as probabilidades, todas as histórias e mentiras, dessa vez, ela estava dizendo a verdade.

Quando ele retornou, era quase tarde demais.

10

Acabaria logo, eu podia sentir. Os outros, os desconhecidos, chegavam cada vez mais. Fiquei durante quase uma semana com os nervos à flor da pele, preocupada com quem seria o próximo. E agora eram anunciados com *flashes* de neon. A luz incidia no teto e nas paredes quando o vento balançava as folhas lá fora. Mesmo com as venezianas parcialmente fechadas, me deparava com uma incômoda sensação parecida com uma explosão rápida e silenciosa. A seguir, vinham os flashes: feixes brancos de movimento ligeiro com estrias verdes, amarelas e vermelhas. Eu me lembrava da ave que André me dera de presente, ou melhor, que a velha senhora dera para ele; há uma grande diferença.

Depois, vi outros chegando. E muitos eram crianças. Não como Pierre, mas uma gangue inteira dos mais variados tipos, nenhum deles familiar. Eles me encaravam e esperavam que eu dissesse alguma coisa.

No sexto ou sétimo dia, foi a vez de a parede da cozinha se comportar de maneira estranha. A cozinha é pintada de branco, durante toda a minha vida foi branca, mas, de repente, abri os olhos depois de um cochilo no meio da tarde na poltrona perto da lareira e as paredes estavam cobertas de uma profusão de flores berrantes, de papoulas vermelhas tão grandes quanto as pintadas em louça de jantar, com rastejantes caules de trepadeira.

    Assisti deslumbrada enquanto as flores se abriam e se fechavam e as gavinhas brotavam e se enroscavam como molas. A parede estava viva, com cor e movimento. O único som era o das batidas do meu coração. Dentro de alguns momentos, as flores vermelhas pulsaram em direção ao meu peito. Olhei horrorizada para o teto, e lá também começava um inexplicável espetáculo de gavinhas que logo se prenderiam à lâmpada.

    Corri. Desajeitadamente, abri a porta, a visão turvada pelo medo, desci os degraus de pedra, atravessei o pátio e adentrei no espaço a céu aberto. Mas a perturbação me seguiu.

    A terra girava. Tudo girava ao redor. Ora a escuridão ora a luz que faziam o mundo cintilar como as primeiras imagens em movimento.

    Eu estava desequilibrada e de pé no meio de um parque de diversões. Mas os cavalos eram de verdade, e também a negra locomotiva a vapor que puxava os vagões a toda velocidade pelo caminho empoeirado até o campo. Ergui os olhos para o céu e uma grande águia planou por cima de mim, metamorfoseada em palhaço de carnaval.

    Vai acabar logo, me lembrei de pensar. Fechei os olhos.

11

Mesmo ainda sem saber se fazia papel de tolo, ele a levou a um hospital particular em Londres para outros exames e um segundo parecer.

    Grande parte de Dom mantinha um pé atrás com Rachel. Mesmo assim, ele estava ao lado dela no consultório do médico quando a notícia foi dada. Não era mentira. Ela se virou para ele, desejando que ele lhe dissesse que tudo correria bem. Ele lhe disse que os dois lutariam juntos, e que ela venceria a doença. E foi isso que ele fez. Fez o que qualquer um faria.

Então ela ficou furiosa com ele.

– Não é você que está com isso, não é você que tem que vencer. Eu, eu é que estou no fundo do poço.

Mas ela estava errada. Aquilo estava acontecendo com os dois, para o melhor e para o pior, na saúde e na doença. Se ela encarava a própria mortalidade, ele também encarava.

Fora do hospital, o mundo parecia cruelmente normal. Pela primeira vez, Rachel se mostrou assustada.

– Sinto muito – disse. – Por ter envolvido você nisso. Por tudo o que fiz.

E ele acreditou nela.

Mas, à medida que os meses passavam, eles tiveram que aceitar que o câncer se espalhava e que, por mais que lutasse, ela não iria melhorar.

No quarto da casa, ela virou o rosto para a parede. Disse que estava tendo sonhos terríveis. Sua voz era quase irreconhecível. Confrontos e provocações chegavam ao fim. O único conforto que Dom pôde lhe dar foi acatar seus dois pedidos.

O primeiro pedido era prometer que a apoiaria na decisão de se recusar a continuar com a quimioterapia para viver o mais normalmente possível enquanto pudesse. Rachel queria ir à Provence para trabalhar. Dom argumentou que só disporia de alguns fins de semana e uns poucos dias, e que isso significaria se afastar do negócio, justamente no momento em que as negociações para a venda da empresa se complicavam. Por que ir para a Provence, por que não permanecer em Londres?

Ela estava determinada.

– Eu quero uma última boa história – disse. – Talvez não apenas uma, quem sabe?

Ela lhe disse que um objetivo a energizava. Queria sair de Londres, ir para qualquer lugar onde pudesse se entregar a outras histórias e esquecer a dela. Ele então achou que talvez ela tivesse dado uma guinada milagrosa e que seria ainda melhor se a apoiasse. Mas, lá no subconsciente, ele sabia que a coisa não podia ser tão simples, embora ela estivesse ali na frente dele, brilhando como quando a tinha conhecido. E ela queria ficar em algum lugar onde sabia que ele também queria ficar.

A vontade de Rachel prevaleceu: ela alugou a casa de Mauger por seis semanas. Dom a visitava sempre que podia e se emocionava toda vez que a via. Ela parecia bastante saudável, embora lutasse contra uma terrível exaustão. Ele não tinha motivos para duvidar da veracidade das histórias que ela contava sobre suas experiências ali. Talvez não houvesse necessidade de inventá-las, já que eram ricas o suficiente. Ela estava pesquisando a respeito de Marthe Lincel e também começava uma investigação particular sobre a menina desaparecida de Goult.

A corretora de imóveis sempre aparecia para checar se tudo estava bem. Aparentemente, Rachel fizera uma grande amiga quando concordara em investigar a história de Marthe Lincel. Era assim que ela operava: conquistava os outros, dando mais do que podiam imaginar. A corretora de imóveis parecia uma pessoa agradável, mas quase não o conhecia, porque ele estava totalmente voltado para Rachel. Foi um interlúdio curto e tranquilo, durante o qual ele observou o comportamento dela e sofreu quando decidiu tomar a decisão certa quando chegasse a hora de cumprir a segunda promessa.

Rachel é que encontrou a clínica, marcou a visita e reservou as passagens e o hotel em Genebra. Eles foram conhecer a clínica, um lugar impessoal, com paredes cor de creme e piso com carpete bege, e ela entrevistou com habilidade o casal suíço de meia-idade e fala mansa que administrava o lugar.

Eles não viram mais ninguém lá, e isso já foi um alívio. Ela fez perguntas, como de costume. A certa altura, o homem pareceu suspeitar de alguma coisa, como se apostasse que ela era jornalista e suspeitasse dos seus motivos. Ela estava calada quando os dois saíram da clínica.

– Se eu tiver que fazer, será feito. – Foi só o que ela disse. – Quero morrer à minha maneira.

Dom ainda estava profundamente perturbado com a decisão de Rachel e não disse uma palavra.

Eles alugaram um apartamento nos arredores. Nas semanas seguintes, buscaram uma terceira e depois uma quarta opinião. Os médicos confirmaram o brutal diagnóstico.

Eles corriam contra o tempo.

Rachel preparou o roteiro da mentira derradeira quando a dor aumentou: seria dito à família que o falecimento ocorrera no apartamento alugado próximo ao hospital onde ela se tratava, e que sua morte pegara todos de surpresa, porque ninguém suspeitava de que isso se daria tão cedo. Que diferença faria uma mentira a mais? Pela primeira vez, seria uma mentira para poupar os outros do sofrimento.

Na última vez em que retornaram à clínica, não havia ninguém além do casal de meia-idade e uma enfermeira que forneceu a morfina que facilitaria as coisas para Rachel. Era um quarto funcional, completamente isolado do mundo exterior. Dom temeu pelo que aconteceria ali, e sequer ousou pensar no depois. Mas Rachel sorriu e apertou-lhe a mão.

Será que ela estava tão entorpecida quanto ele? As dúvidas não davam trégua à cabeça dele. De todas as coisas em que ela o envolvera, aquela era certamente a pior. Será que ele realmente estava fazendo o melhor para ela, o que ela queria? Ou estava agindo por si mesmo? Será que eles poderiam ter tentado buscar mais a cura? Não. Ele atenderia ao pedido dela, quando fosse a hora?

Mostraram a eles como operar a linha intravenosa da morfina e os deixaram a sós.

Não descreverei exatamente o que Dom fez. Fez o bastante. Fez o que ela pediu. Foi brutal, um horror, quando ela delirou e o amaldiçoou e o espicaçou. Não foi uma boa morte. Nada poderia estar mais longe da paz pela qual ela ansiava. Então, quando o pior do insuportável estava quase no fim, jorraram as palavras que fizeram a diferença.

– Mudei de ideia – ela disse.

Uma frase inócua. Um breve cordão de palavras ordinárias. Palavras que ela sempre usara antes.

Ele captou uma zombaria familiar na sua voz. Entreviu, por trás dos seus olhos semicerrados, o lagarto observador, à espera de uma reação dele naqueles segundos de calma envenenada. Tudo tinha sido apenas uma armação? Será que ela iria tão longe a esse ponto, seria pervertida a esse ponto? Ela ainda o atormentava mesmo quando do as forças se esvaíam. Será que não podia evitar que ele tivesse uma outra e terrível incerteza?

Dom não se deteve. Ele a ouviu e, por instinto, visceralmente, seu corpo reagiu à voz dela e não conseguiu se deter. Ele se manteria firme naquilo que ambos tinham começado, naquilo que ela mesma pedira; naquilo que ela mesma alegou querer. Aquilo que o pragmático e compassivo casal suíço ouvira ela mesma dizer que queria. Aquilo que a assinatura dela indicava no termo de consentimento. E parte dele queria fazer aquilo, parte dele queria ardente e furiosamente fazer aquilo. Preso naquela armadilha, e furioso porque entrara naquela história, desejando como nunca desejara que aquilo terminasse – Dom cruzou a fronteira que só ele sabia onde daria.

Suicídio? Ou assassinato?

Dom foi isolado em agonia depois que a equipe da clínica entrou discretamente no quarto. Nas semanas que se seguiram à morte de Rachel, ele adoeceu fisicamente, tomado por tremores e náuseas, como se o próprio corpo tivesse se voltado contra ele para castigá-lo quando ninguém mais poderia. Passados seis meses entregue ao silêncio e à culpa, ele se abriu com a irmã, médica e se descobriu um pária dentro da própria família, sozinho como jamais ousara imaginar. E, quando procurou o apoio de seus super-religiosos pais, não encontrou nada. Apenas o tácito acordo de que ele não era mais o filho que tinham criado para distinguir o certo do errado. E, se o perdão fosse possível, só chegaria muito tempo depois.

12

Depois daquilo, passei dois dias de cama.

Havia duas possibilidades. Ou eu estava na presença do mal e a propriedade estava possuída, ou eu estava perdendo o juízo e as alucinações eram prova inconteste disso. Mas como aquela casa onde eu passara a minha vida podia ser assombrada se nunca tinha sido antes?

Tais pensamentos me martelavam a cabeça por horas a fio enquanto assistia no quarto a uma procissão de anjos com auréolas,

auréolas sem anjos, brumas prateadas e manchas douradas, penumbra, lascas de claridade e flashes brilhantes de luz.
O médico apareceu no terceiro dia. Nunca na vida me senti tão aliviada por ver alguém.

Acho que me doparam no hospital.
Quando abri os olhos, o médico me disse que eu tinha dormido por dois dias e duas noites.
– Fiquei maluca? – perguntei.
– Não de todo.
– Estou possuída?
– Não...
– Então, o que houve comigo?
Ele disse suavemente que não tinha boas notícias. Curvou-se e pegou a minha mão que estava sobre a coberta. Falei que já estava acostumada com más notícias.
– Lamento informar que a senhora está perdendo a visão, madame Lincel.
Fechei os olhos e deitei a cabeça nos travesseiros. Senti uma pressão maior na mão à medida que ele a apertava para demonstrar que se importava comigo.
– Mas... e aquelas visitas todas?
– Isso é explicável.
– Mas eram completamente reais... eram pessoas que eu conhecia!
– O cérebro tem uma capacidade extraordinária de evocar sensações e visões... uma realidade acentuada...
– Mas não sou louca...
– Não, a senhora não é louca.
– Mas como?
– Obviamente, não sabemos de tudo, mas há uma condição clínica, uma síndrome óptica, que pode explicar o que a senhora vivenciou. Obviamente, é preciso fazer testes, com seu consentimento, é claro, antes de afirmarmos com certeza que a explicação é essa mesma.
Cansada, concordei.

13

Sempre haverá aqueles que acreditam que Dom merece a mais severa das punições. Mortes por eutanásia em clínicas já foram alvo de acusações de assassinato; geralmente se faz um julgamento seguido pela absolvição e as inúteis expressões de arrependimento quando se leva o caso ao tribunal. A eutanásia viola a lei e também a ordem natural das coisas, mesmo quando cometida por compaixão. Mas, no final das contas, Dom sabia que tinha ultrapassado a fronteira.

– Não sou a pessoa que você imagina – ele disse.

Como ele bem sabia, só havia uma verdade a ser apontada. Até então, ele só revelava de si mesmo aquilo que achava melhor, nada mais. Ao ler nas entrelinhas, não encontrei necessariamente um homem diferente, e sim um homem muito mais complicado.

– Talvez eu tenha visto até agora a pessoa que você sempre foi – retruquei com cuidado.

Ele fechou os olhos, e estava escrito em seu rosto, nos ombros e no peito que se livrara de um peso. Sua mão tremia dentro das minhas.

– E a polícia sabe... – continuei. De repente, me dei conta. – O Severan sabe. Quando o prenderam, eles já deviam saber.

– Eles checaram a clínica, me deram um suadouro. Eles me fizeram repetir seguidas vezes até que soou falso, como se eu tivesse criado uma história e me esquecido de contar com as mesmas palavras. Eles me fizeram perguntas atrás de perguntas a noite toda.

– E você lhes contou toda a verdade?

Ele emitiu um ruído no fundo da garganta.

– Quase toda.

– Isso significa sim ou não?

Esperei, quase sem respirar.

– Não.

Comecei a tremer forte. Acho que de alívio.

– Eles o soltaram.

– A situação toda... é uma zona muito cinzenta, mas, como não interessa a ninguém um julgamento espetaculoso, como se costuma fazer na Inglaterra... – Ele hesitou. – No final, onde está o fio da meada que os promotores podem puxar? Vai dar tudo certo. Acho que a polícia está mais interessada no caso que tem em mãos e na pressão que sofre para solucioná-lo.

Mas ainda havia o incidente com a polícia em Londres, o incidente criado pela perfídia de Rachel e que o fizera ser interrogado por estupro. Isso também estava registrado.

– Então... – ainda tinha dificuldade para chegar a uma conclusão a respeito do que ele acabara de me contar. – Tudo isso... essa história terrível, toda essa preocupação, você não pensou em me contar?

– Não.

– Não achou que talvez...?

– Matar alguém é sempre algo terrível. Achei que, se você soubesse...

– Achou que o abandonaria?

Ele não respondeu.

Mas eu estava pensando no peso que ele tinha na consciência, no esforço de sustentar sozinho tamanha carga. Nas circunstâncias, sabendo que parte dele queria que ela desaparecesse, queria que ela morresse... e que a matou mesmo quando ela mudou de ideia. E, com base no que ele dissera sobre Rachel, me perguntei se ela havia dito o que disse para deixá-lo com uma ferida terrível e duradoura.

Quando o conheci naquele dia, nas margens do lago de Genebra, centenas de anos atrás, Dom retornava ao apartamento para entregar as chaves antes que o contrato de aluguel expirasse. A permanência na estação de esqui com amigos era verdadeira, mas ele aproveitou a oportunidade de estar com os amigos para fazer o que tinha de ser feito e encarar o que não tivera coragem de encarar antes.

Já se tinha passado quase um ano.

Ele estava em Yvoire porque Rachel queria que ele fosse lá. Era uma despedida final da mulher que ele amara muito, antes de todas as mentiras e da infelicidade.

– E depois conheci você, e pela primeira vez me permiti pensar em tocar a vida adiante. Até então, não tinha aparecido nada, ninguém que me fizesse pensar que o futuro ainda poderia ser bom.

– Talvez fosse cedo demais.
– Tentei deixar que você se fosse.

Lembrei-me da tarde no Hyde Park, em que ele tentara me dizer que tudo estava acabado entre nós e que ele já estava de mudança para a França. Lembrei-me dos encontros ocasionais em Londres, seguidos pelos silêncios perturbadores que precederam o verdadeiro começo do nosso relacionamento, um relacionamento que retoquei com uma versão própria de um romance arrebatador. E, naquele instante, entendi o subtexto, a dignidade e a dor calada de Dom. Lembrei como isso devorou o espírito dele e depois o meu. Lembrei-me do medo que ele sentira quando a polícia investigou e encontrou os restos mortais debaixo da velha piscina. Lembrei-me da certeza dele em relação ao que poderia acontecer quando a polícia descobrisse que sua esposa morrera sob circunstâncias suspeitas. Lembrei como os eventos se espiralaram até implicá-lo exatamente como ele temia.

Se Dom pudesse se olhar no espelho naquela hora, certamente não gostaria do que veria. Veria tristeza e culpa se disseminando como uma doença invisível e fatal. A verdade é que a vida já lhe dera uma sentença para cumprir. Durante todo aquele tempo em que morria de medo de que a casa estivesse me assombrando, ele era assombrado pelo fantasma de Rachel. Exatamente como eu, embora de maneira diferente. Ao cogitar que eram espíritos de pessoas que tinham habitado a casa antes, caí no pensamento muito literal; eram os espíritos que trouxéramos conosco.

14

A luz do dia ainda me prega peças. O que devia ser claro e brilhante se mancha de madrepérola. A luz coagula e interfere na visão de um modo que aquilo que vejo é cada vez mais parecido com as ondas e espirais de Van Gogh. Ele veio para o sul em busca de cor e depois enlouqueceu. Ainda não me convenci de que não estou vivendo o mesmo fado.

Desde que o médico me deu o sombrio diagnóstico, passei a examinar minuciosamente tudo o que consigo ver com um medo mal contido na superfície.

Ficar cega não é nada parecido com fechar os olhos; quando se fecham os olhos, simplesmente se impede que a pupila permita a entrada de luz no olho. O que é a escuridão, o que é o nada? Será que Marthe via a escuridão continuamente ou reagia à luz? Será que ela relacionava a memória que tinha da luz com o vazio e a completa escuridão? A escuridão com um resquício de visão?

Há uma outra coisa.

Deve haver uma causa para que tudo isso já estivesse dentro da minha mente.

Posso saber quem eram aquelas crianças desconhecidas que vieram me ver?

15

Dom e eu ficamos em Cassis. De vez em quando, pensávamos em seguir ao longo da costa rumo a Nice, mas depois optávamos pelo conforto do hotel branco de madame Jozan. As semanas se passavam e continuávamos afastados de Les Genévriers.

Passamos o verão em meio a noites calorentas e insones. Dom parecia uma vítima de estresse pós-guerra, como se, só depois da confissão e do desmantelamento de suas defesas emocionais, se permitisse reagir à investigação da polícia e às terríveis descobertas na casa. Ele iria precisar de meses para chegar a uma conclusão do que ocorrera.

Retrocedi e cedi espaço para ele, ouvindo-o quando ele queria ser ouvido, apoiando-o quando ele parecia pedir apoio, acolhendo-o quando ele procurava o meu corpo à noite e me perguntando se ele podia descobrir o segredo que eu ainda mantinha trancado. Qual seria a ocasião adequada para contar? Tudo indicava que seria melhor guardar a revelação para o futuro, para não correr o risco de contar antes que ele tivesse resolvido o passado. Se contasse, talvez me restassem menos opções do que se não contasse. Eu levava em conta a minha própria independência.

À medida que o verão se despedia, chegávamos mais perto da paz. As caminhadas ajudavam, às vezes íamos juntos, mas, na maior parte das vezes, eu ia sozinha. O mar era um companheiro assíduo em meio a encostas íngremes e ravinas espetadas de pinheiros. O brilho do mar ofuscava as letras nas páginas do guia de caminhada, e eu só conseguia enxergar quando as marcas negras impressas no macio papel ganhavam nitidez.

À noite, eu sonhava com a avariada propriedade em cima do morro. Pressentia que sempre tinha sido um lugar que abrigava segredos. A meu ver, aquela casa era como uma sentença suspensa no ar: abrupta, irresoluta. Seguramente haveria uma outra página, mas tudo o que eu tinha eram fantasmas e indícios de uma história contada pela metade.

Talvez tenha sonhado com a casa (que era e ao mesmo tempo não era ela própria) para sustentar a nossa relação. Eu temia que isso fosse possível.

Um dia, comprei um jornal local no quiosque e o levei para o porto para ler enquanto tomava um café. Na terceira página, meu coração disparou quando li "estudantes desaparecidas" e o nome "Marine Gavet", "também conhecida por Magie". Uma granulada fotografia em preto e branco mostrava a garota sorrindo, registrada pela câmera de segurança do banco onde abrira uma conta recentemente. Os pais da garota tinham chegado de Goult. Solicitava-se a quem a visse ligar para a delegacia policial de Cassis.

Magie. O mesmo nome da jovem modelo de Francis Tully. Hesitei se telefonava ou não para a polícia para fornecer a frágil contribuição de que meu palpite era que Magie tinha chegado a Cassis com Tully para posar para ele. Talvez ela tivesse ficado; talvez tivesse vislumbrado a possibilidade de uma vida nova e se agarrado a isso. Talvez fosse uma especulação sem o menor sentido.

Naquela mesma tarde, ainda não tinha decidido o que fazer quando Severan telefonou. As rochas ardiam debaixo da sacada e o mar estremecia quando fomos convocados a voltar.

16

Veja só, eu a matei.

As crianças desconhecidas que vieram me assustar? Eu não as conhecia. Não na aparência, mas sim na essência. Eu sabia de onde elas vinham.

Quando voltei de uma visita a Marthe em Paris alguns meses depois da partida de André, ainda não sabia que rumo tomar. À medida que meu papel na situação se agigantava dentro de mim, eu me convencia de que tinha que agir o mais rápido possível.

A única pessoa que passou pela minha cabeça foi madame Musset; ensinara tanto a Marthe quanto a mim. Antes eu disse que ela é quem me ajudou. A verdade é que eu é que fui para Manosque e implorei pela sua ajuda. Ela nunca se ofereceria para isso.

Eu estava com o bebê de André no ventre.

O que poderia fazer? Não nutria esperança de viver com ele, mas já não sentia raiva dele, só tristeza e desprezo. Solteira e sozinha não podia ter um filho. Não permitiria que o meu bom amigo Henri vivesse um casamento de mentira.

Então, procurei madame Musset, que preparou uma tintura com cheiro de hortelã: salsa, angélica e poejo. Tinha que diluí-la em água de hora em hora e ingerir, e também tinha que tomar um suco com o máximo possível de laranjas que conseguisse, para ingerir altas doses de vitamina C. Ela não fez isso de bom grado; comentou que eu estava me habituando a provocar os homens, um comentário que me fez pensar que ela ainda estava pensando em Auguste, o supervisor do campo, depois de tantos anos. Ela fez isso por Marthe. Achou que Marthe é que tinha me aconselhado a procurá-la e me deu o que eu queria.

Primeiro tive de cuidar de mamãe.

Insisti em que era mais do que justo que ela tirasse umas férias. Afinal, eu tinha estado em Paris enquanto ela arcava sozinha com o trabalho na propriedade. Falei que Marthe mandara a passagem e pagara o hotel na costa, o que era parcialmente verdadeiro. Marthe me dera algum dinheiro, e nós duas decidimos que mamãe precisava de um descanso.

No dia em que a despachei de ônibus, tomei as primeiras doses da tintura. As cólicas começaram três dias depois. Preparei uma pilha de toalhas limpas, fervi a água, engarrafei-a e esperei. Estava por minha própria conta e assustada como nunca antes na vida. Durante algumas horas, cheguei a pensar que não faria efeito e que só tinha provocado dor. Depois, comecei a sangrar. Devo ter ido mais longe do que pensei. Depois dos espasmos de dor e de sangue, jorrou um minúsculo bebê. Não uma entidade indistinguível, mas um chocante recém-nascido, bem mais formado do que eu pensava. Uma menina. Desolação, pura e completa.

No dia seguinte, acendi a lanterna pela última vez, nossa lanterna, usando a maior vela que encontrei para manter a luz acesa o mais tempo possível. Ela flamejou em gorduroso açafrão. Em seguida, coloquei-a no chão da velha despensa, próximo ao arco que o pai da minha filha tinha construído. O brilho da lanterna aquecia o negrume em volta enquanto eu cavava.

Depois que a cova estava funda, ungi a bebê com o perfume de Marthe, fiz o sinal da cruz e a enterrei no seu próprio jazigo. Foi o melhor que pude fazer. Ela poderia dormir segura e abrigada pelas rústicas vigas de madeira depois que a luz se extinguisse.

Uma prece e logo a lápide era erguida, pedra a pedra. Uma obra toda minha, próxima a um arco que havia sido erguido por amor. Eu tinha aprendido o trabalho de pedreiro enquanto observava o meu amado em silêncio, deixando-o pensar que estava ocupada com outra coisa.

E assim deixei a bebê descansar entre as pedras ancestrais, embora ela nunca pudesse abrir os olhos de manhã para a grande cortina da montanha azul suspensa mais além do fim do caminho, nem sentir a doce brisa que o mar arremessa dos montes, nem sentir o gosto das ameixas silvestres e das amoras que secam nos galhos da amoreira, nem sentir o perfume da lavanda e do tomilho e do alecrim. Mas, por outro lado, ela não sentiria fome no inverno, não sentiria o ferrão do gelo a penetrar nos buracos de suas botas, não trabalharia duro e não faria amor com boas intenções para perder tudo depois, nem conheceria a sensação de desespero e solidão.

Um dia, achei que seria melhor ela não conhecer a dor. Hoje, me dou conta de que nunca me perdoarei pelo que fiz. Ainda a carrego comigo, consciente de que a traí. Nunca me perdoarei. E nunca a abandonarei.

17

Finalmente, a multidão sazonal de Apt diminuía, os humores se acalmavam nos supermercados onde os habitantes da região se frustravam e se aborreciam com a falta de vagas no estacionamento e as filas no caixa, desde a segunda semana de julho. A onda de turistas diminuía, e o dinheiro se ia.

Fizemos umas compras rápidas e partimos para Les Genévriers.

Em nossa ausência, o paraíso desabrochara em todo o esplendor. O pátio se adensara em caótica inflorescência. Figos na figueira se partiam ao meio de maduros; vespas gigantes anunciavam a canção da própria sede. A terra amornara onde o sol de verão queimara a grama.

Para além do pátio, as estátuas mantinham um ar de reprovação – como espíritos solitários fincados em mundo tão terreno. A obra na piscina parecia qualquer outra obra cujo trabalho é interrompido. Uma bagunça de escavações e materiais de construção e pedras. Capim e flores silvestres haviam brotado por cima dos montes de terra.

As uvas estavam quase maduras, os cachos mais bonitos em tons de malva e roxo se dependuravam nas folhas secas e farfalhantes das videiras. As suculentas e escuras ameixas-caranguejeiras eram devoradas por insetos, pássaros e pequenos animais sobre a relva coberta por uma camada de líquen debaixo das árvores. Altas demais para serem colhidas na árvore, numerosas demais para serem comidas; a alegria da abundância tornava-se decadência.

* * *

A chave travou quando tentamos abrir a porta dos fundos, como se a fechadura tivesse enferrujado depois que partimos, e fomos então para a outra porta da casa principal, atravessando a alameda entre as duas edificações maiores.
O interior da casa estava escuro, silencioso e frio. Enquanto passávamos pelos cômodos, abríamos as janelas para fazer a luz entrar e as pedras respirarem; familiares feixes luminosos varriam o chão e as paredes. Bolsões de aromas mexiam com os sentidos; aqui, um misto de fuligem e cravos-da-índia imitava o incenso de igreja; ali, lavanda e cítricos.
O monge de madeira do saguão de entrada perdera o brilho. A mobília de segunda mão simplesmente parecia usada e gasta. Na sala de música, as aranhas passeavam pelo piso cheio de insetos mortos. Sobre o aparador da lareira, um amontoado sujo de panfletos dos concertos de verão que tínhamos perdido.
Por volta das quatro da tarde, a luz diminuiu. Ao oeste, o vale se cobriu de um tom cinza-amarelado, e, às cinco horas, desabou uma tempestade. Forquilhas de raios cortaram a escuridão do céu. Ainda estava quente, o calor da casa atingia um ponto sufocante. Na cuba da fonte, a água mostrava um tóxico e sinistro tom verde, frondes de algas ondulavam vagamente desde o fundo da cuba, com formações de nuvens como no céu. No ar, um cheiro estranho e penetrante, parecido com gim.
Fui com Dom para a varanda coberta e assistimos às explosões brancas que cintilavam na encosta abaixo de nós.
– Olhe lá – ele disse.
Um raio acabara de atingir um cabo elétrico, e as fagulhas percorriam o fio de poste a poste.
Depois, a chuva bateu enfaticamente em cada superfície, desaguando em cascata do telhado como uma cortina de água da fonte.
À noite, o céu já estava limpo e vermelho, e colocamos uma mesa na varanda coberta e acendemos velas, como fizemos tantas vezes naquele primeiro verão. Aliviados pelo tema neutro e concreto à mão, discutimos o estado da casa e os lugares que precisavam de mais atenção. Vinte minutos depois, as brisas da noite se apossaram das chamas que escorreram nas velas altas, estalactites de cera com formatos

misteriosos pingando na mesa e no prato de queijo. Mas ali pelas dez soprou outro vento. Puxou a toalha de mesa rudemente para o lado, como um truque que não deu certo. Um copo tombou, e depois a garrafa de vinho vazia também tombou, e então entramos em casa.

Na manhã seguinte, o tenente Severan chegou pontualmente às nove horas, com sua assistente. Acomodou-se em uma cadeira da cozinha e aceitou uma xícara de café, tal como a mulher que ele apresentara como ajudante Grégoire. Ela devia ter a mesma idade que eu e cravava os olhos cor de avelã em qualquer coisa que lhe chamasse a atenção. Depois de encerrar a inspeção em mim e em Dom, voltou-se para o fogão e outras áreas de trabalho da cozinha.

– A senhora está assando alguma coisa?

Balancei a cabeça em negativa.

A ajudante respirou fundo.

– Está com cheiro de biscoitos de amêndoas... delicioso.

– É... da própria cozinha, acho.

Severan cheirou o ar, mas não comentou nada. Tamborilou no maço de folhas que estava à mesa de um modo ostensivo para chamar a nossa atenção e foi direto ao assunto.

– Já temos os resultados dos testes da perícia. A primeira ossada encontrada era de uma mulher entre quarenta e cinquenta anos de idade. A segunda ossada pertencia a uma jovem entre os dezesseis e vinte anos. De acordo com nossos especialistas de solo, ambas foram enterradas na mesma época. Os corpos e o sangue são muito antigos e não podem ser relacionados aos casos das garotas desaparecidas. Já estavam enterrados havia várias décadas.

– O senhor sabe de quem são... quer dizer, de quem eram? – perguntou Dom.

Estou certa de que os vi trocar um olhar fugaz, uma espécie de olhar compassivo com uma desculpa muda. Pelo menos, me apraz pensar assim.

– Temos uma teoria, mas, na verdade, não temos provas.

Aguardamos enquanto ele tomava um gole de café preto.

– Temos motivos para acreditar que a ossada da mulher mais velha é de uma mulher cuja família viveu aqui por gerações. Seu nome era Marthe Lincel.

– Marthe Lincel? – Não pude evitar engolir em seco.
– A senhora sabe quem foi ela?
– Sim...
– Não há parentes vivos, e, portanto, não podemos fazer nenhum teste de comparação de DNA, mas temos informações sobre a idade e a estatura, o último paradeiro conhecido, as datas aproximadas da última atividade e o tempo em que o corpo ficou enterrado, e tudo isso dá suporte à teoria.
Queimei o cérebro para me lembrar do que tinha lido a respeito dela. Tudo parecia ter acontecido muito tempo antes, em outra vida.
– Um *ghostwriter* escreveu um livro de memórias que cobriu a vida de Marthe Lincel até a idade de quarenta e tantos anos. Não se presumiu que ela se aposentou depois disso...?
– Essa é a história divulgada pela butique Musset – disse a ajudante Grégoire. – Talvez se adapte à imagem saudável que têm da Provence. Talvez tenha sido o que eles ouviram de terceiros, sem nunca nem pensar em questionar.
– Mesmo assim, ela deve ter sido uma perda para eles – afirmei.
– Isso é verdade...
– É possível dizer como morreram? – perguntou Dom.
– Foi utilizado o mesmo método em ambos os casos – disse Severan. – Uma pancada na nuca com um objeto pesado. Os dois crânios apresentavam evidências de golpes brutais.
Fez-se uma pausa durante a qual todos pareciam contemplar as realidades possíveis.
– Como... – eu não podia deixar passar. – Como o senhor chegou à conclusão de que a ossada é de Marthe Lincel?
Severan coçou o rosto malbarbeado.
– Falamos com muitas pessoas do vilarejo. O nome dela foi citado diversas vezes. Afinal, ela viveu aqui. Quanto à outra ossada, nós ainda não sabemos de quem é.
– Então, é só isso? – Dom quis saber.
– Continuaremos investigando, mas agora isso não é mais uma prioridade.
– Uma mulher chamada Sabine Boutin e a mãe dela parecem ser as pessoas que mais têm informações sobre a família Lincel – acrescentou a ajudante Grégoire.

Ao que parecia, ela se encarregara de grande parte da investigação sobre a família Lincel e estava orgulhosa pelo trabalho bem-feito.
— Os Boutin foram velhos amigos dos Lincel — ela continuou. — Há muitos anos, tentam descobrir o que aconteceu com Marthe Lincel e nos ajudaram muito na investigação. Se a senhora quiser mais informações, sugiro que entre em contato com eles na primeira oportunidade que tiver.
— Talvez eu faça isso — eu disse, olhando para Dom.
— E naturalmente que, se algum fato novo surgir na casa ou no terreno, nem preciso dizer que ficaremos muito gratos se entrarem em contato conosco — disse Severan enquanto se levantava para sair.
— E quanto às manchas de sangue? — perguntou Dom subitamente. — O senhor disse que encontraram vestígios de sangue aqui que poderiam ser lidos como se lê um mapa.
— São muito antigos também.
— Onde foram encontrados?
Severan estremeceu e apontou para um ponto do chão de ladrilhos a menos de um metro de distância de suas botas.
Era a mancha que eu sempre tentava tirar com o esfregão desde que nos mudamos para lá.

18

Eu ainda estava no hospital quando um cavalheiro distinto chegou para examinar meus olhos e conversar comigo. Era o professor Georges Feduzzi, da Universidade de Avignon. Foi ele que me sugeriu fazer estas gravações.
Ele disse, com uma voz aconchegante e inteligente, que as gravações seriam muito importantes para as pesquisas científicas, para uma compreensão mais exata da cegueira e, particularmente, da síndrome de Charles Bonnet. Concordei, e ele segurou minha mão e apertou-a com delicadeza.
Por estranho que pareça, realmente me senti orgulhosa.
Como você já deve ter notado, as histórias jorram de mim. Claro que poderia ter ficado melhor se eu mesma as tivesse escrito, com

um grande esforço de vontade. Mas acabei reconhecendo que precisava de ajuda. Já não consigo enxergar as palavras no papel. À medida que fazia estas gravações, me tornava menos medrosa. À medida que me acostumo com a ideia da cegueira, com o que vai acontecer comigo, com a impossibilidade de ler, parece que perco a perspectiva das aparições de Marthe. A cada dia, a sinto dentro de mim, assim como sinto a casa que está ao meu redor. Não se pode estar aqui, em meio a paredes de pedras e rochas, e a caminhos e árvores nodosas e retorcidas, sem estar atento à passagem do tempo e aos espíritos do passado. Eu me sentia muito sozinha apenas com a nebulosidade e os aromas, primeiro da lavanda e depois do heliotrópio e do leite de amêndoas; os aromas do Natal e do forno, do calor, das noites de tempestade, do gim ácido exalado pelos zimbros que crescem livres morro abaixo.

 O entendimento é tudo. Os visitantes rareiam cada vez mais. Isso também tem a ver com a síndrome. Há um período de intensa atividade cerebral, que se reduz com o tempo. Os médicos previram isso, e parece que eles estavam certos. Agora, a família e todos os desconhecidos só aparecem regularmente nos meus sonhos. Se um deles aparece aqui em casa durante o dia, a primeira coisa que faço é não me preocupar. E trato de anotar mentalmente aquilo que acho que vejo e depois registro nestas fitas.

 De alguma forma, me sinto feliz porque sei que finalmente realizei a minha ambição. Estou transmitindo conhecimento. Minha narrativa será estudada e usada por médicos e alunos na universidade. Eu me tornei professora.

19

Já devidamente preparados emocionalmente, telefonamos para Sabine e a convidamos para um drinque naquela noite.

 Às seis horas da tarde, coloquei um difusor de aroma na lareira, e um leve rastro de canela se sobrepôs aos jatos dos diversos aromas que iam e vinham desde nosso retorno.

Sabine chegou, decidida e ansiosa por informações, e deixando leves pegadas de lama de figo à soleira da porta.

Dom serviu o vinho, e juntos lhe contamos a verdade sobre Rachel. Contamos que tinha ficado doente e que tinha morrido numa clínica na Suíça. Não foi propriamente toda a verdade, mas foi o suficiente.

Sabine balançou lentamente a cabeça de um lado para o outro, aparentemente fazendo força para não dizer o que realmente pensava.

– Eu sabia... eu sabia que tinha acontecido alguma coisa com ela...

Ela me olhou de relance, admirada, talvez pensando que eu estava escondendo ou dissimulando alguma coisa. Bem, eu tinha escondido uma coisa, o pouco que sabia da esposa de Dom e quanto isso me fazia mal porque me sentia desleal com ele.

Olhei para Dom, querendo muito que ele desfizesse as suspeitas dela.

– Eu devia ter dito isso antes. Sinto muito – ele disse.

Caiu um silêncio pesado.

Fiz um sinal para que Dom continuasse.

– Ela também não sabia... não no início – disse ele, se referindo a mim. Cobriu a minha mão com a dele. Ficou com a voz embargada, mas mesmo assim prosseguiu. – Foi um tempo difícil para mim. Talvez tivesse sido melhor não voltar para cá. Mas você deve entender por que não quis falar sobre a morte da minha esposa?

Sabine inclinou a cabeça para um lado.

– É claro... É claro que entendo... mas...

– E Rachel... ela não estava bem, estava dizendo coisas que na verdade não faziam sentido – eu disse. Olhei fixamente para Sabine, tentando comunicar em particular que Rachel não pesava o que dizia. Nenhum de nós diria isso.

– Sinto muito se pareci deselegante com você – acrescentei. – Exagerei e...

– Não foi culpa dela – disse Dom com firmeza.

Pelo modo com que ergueu o lado da boca, Sabine devia estar prestes a soltar outra discrepância, mas desistiu.

– O tenente Severan e a ajudante Grégoire estiveram aqui esta manhã – continuei com um assunto que sabia que poderia interessá-la. – Fiquei sabendo que surgiu uma nova teoria que identificou uma das ossadas encontradas aqui.

Sabine estava ávida para contar suas próprias histórias. Serviu-se de mais vinho e explicou a ligação entre a família dela e a de Marthe Lincel ao longo das gerações.

– Minha avó Arielle foi amiga de infância de Bénédicte Lincel, a caçula da família. Os membros da família de minha avó, os Poidevin, foram arrendatários em Les Genévriers. Bem, acredito que vocês já sabem que a propriedade faliu com o tempo, todos os arrendatários saíram daqui, o filho dos proprietários se foi e Marthe partiu para Paris a fim de negociar seus perfumes. E só restou uma velha senhora que vivia aqui. Era Bénédicte.

"Bénédicte estava à beira da ruína. Foi aconselhada a vender parte da terra, mas a única forma de salvá-la era vender a propriedade toda. Muita terra já tinha sido vendida ou tomada para pasto de cabras por outro agricultor."

Pensei nos campos situados mais abaixo, que na ocasião pertenciam à família de agricultores mais próspera do vilarejo, um clã destinado ao sucesso a partir do nascimento do terceiro filho, e depois quase que excessivamente abençoado pelo nascimento do quarto e do quinto. Hoje, os fundos das cabanas têm vista para o campo de trigo de outro vizinho cuja vigorosa e dourada plantação praticamente roça o nosso nariz. O legado da propriedade se resume a um terreno cheio de mato, um jardim e uns terraços na encosta íngreme que foram aproveitados como pomares.

– Bénédicte precisava urgentemente da ajuda de Marthe. Mas as irmãs tinham se separado muitos anos antes. Marthe excluíra Bénédicte de sua vida depois de uma briga. Nós então tentamos encontrá-la, para o bem de Bénédicte, e não chegamos a lugar nenhum. Todo lugar que procurávamos terminava num beco sem saída. – Sabine sorriu secamente e sorveu um gole de vinho.

– Então – eu disse, compreendendo tudo de repente –, aparece uma talentosa jornalista em busca de histórias da região, e você a faz saber de Marthe e lhe dá toda a ajuda possível. Chegou a me encorajar a prosseguir o trabalho de onde ela parou.

Sabine sorriu.

– Todos queriam saber o que aconteceu com Marthe. Bénédicte nos fez prometer que descobriríamos o paradeiro da irmã, onde ela estava e se ainda estava viva. Achamos que uma cabeça arejada atentaria para algum detalhe que poderia nos ter passado despercebido, olharia a história de um ponto de vista diferente. Aparentemente, nós três pensamos o mesmo.

– Depois que submeteu as ossadas aos testes da perícia e anunciou a idade provável da mulher por ocasião da morte e o tempo que ficara enterrada, a polícia procurou saber no vilarejo se alguém tinha alguma pista de quem se tratava. Minha avó, minha mãe e eu desenterramos velhos diários, todas as peças que tínhamos na memória que podiam ser encaixadas... Acabamos chegando à conclusão de que a mulher tinha a mesma idade que Marthe Lincel deveria ter quando foi vista aqui na região pela última vez, o que também se encaixava com a época em que Bénédicte a viu pela última vez.

– E Bénédicte está morta... a polícia disse que não há parentes vivos – disse Dom.

– Morreu em 2007. Na ocasião, já fazia muitos anos que morava conosco. Ela não podia ficar sozinha.

– Então, a polícia não tem certeza de que é mesmo Marthe Lincel.

– Não. Tudo não passa de uma evidência circunstancial.

– Quem era a moça, a mais novinha? – perguntei.

– Ninguém sabe, pobre alma.

Um ruído na janela nos sobressaltou. Era uma vespa gigante que se chocara contra a vidraça, tentando alcançar a luz de dentro da casa.

– Como se soluciona isso? – perguntou Dom.

– Encontre o enxame – respondeu Sabine.

– A polícia encontrou manchas de sangue aqui na cozinha – eu disse. – Disseram que eram relativamente recentes, mas depois descobriram que já estão aqui há décadas. Se tivessem me perguntado, eu teria dito isso a eles.

– Manchas escuras nos azulejos do chão... e algumas gotículas? Concordamos com a cabeça.

– Tentei esfregá-las – continuei. – Não fazia ideia do que podiam ser...

– Não é uma história feliz – disse Sabine. – Talvez vocês não queiram saber.

Claro que queríamos.

– Bénédicte e Marthe... o pai delas se matou. Foi o primeiro fato que marcou a derrocada da família.

Levamos Sabine até a porta, e ela foi extremamente gentil. Naquele instante, senti que talvez pudesse se tornar uma amiga, quer dizer, se optássemos por ficar.

Algo me veio à cabeça quando ela saía e se despedia à soleira da porta. Gotas de chuva pingavam nos vasos de manjericão e verbena dispostos no topo da escada, fazendo uma infusão de pungentes folhas.

– Posso traduzir a pesquisa que Rachel deixou com você no pen drive, se ainda quiser – eu disse. – Se Dom concordar.

20

No fim, foi Rachel quem nos guiou às respostas. Respostas que estavam nos arquivos do seu pen drive.

O perfume mais famoso de Marthe Lincel chegou ao sucesso no início da década de 1950, escreveu Rachel.

A princípio, Lavande de Nuit é um aroma branco de inverno e, quando aplicado à pele, se torna um aroma de verão. O primeiro jato do doce heliotrópio e da íris branca se desenvolve para uma nota aguda de cereja silvestre e, ao evaporar, alcança uma base de amêndoa com uma assinatura floreada de inesperado; no caso, uma pitada revigorante de pilriteiro. Passadas algumas horas de aquecimento, o perfume pulsa com ervas silvestres e lavanda à luz do sol. Emerge uma tênue névoa de avelã caramelizada e baunilha, que por fim explode em intensa lavanda defumada. É um perfume que parece vivo na pele e sutilmente incubado, insinuando uma personalidade própria e deixando no ar um rastro de encantamento.

Continua sendo produzido por encomenda pela butique Musset, agora parte do poderoso império de perfumes BXH. Substituiu-se o elegante frasco original de modo que a composição feita com ingredientes comerciais modernos se tornou mais pesada nas notas de baunilha, que antes deleitavam quando desfraldadas com mais vagar, como se desvendando um segredo. Mas continua sendo um perfume maravilhoso, um dos melhores, mesmo que agora só esteja disponível como parte do catálogo de clássicos mantido por uma pequena e altamente renomada casa parisiense.

Tal como madame Lincel, o perfume nasce na Provence, na propriedade rural onde a criadora nasceu e viveu até partir para Manosque. A propriedade ainda está lá: Les Genévriers (Os Zimbros), uma propriedade rural na encosta com vista para a grande e azulada cordilheira de Luberon, ao sul, e para o amplo vale, ao oeste.

Construções antigas tecem sua própria magia, e essa propriedade, com uma particular e poderosa presença, com toda uma estrutura imperfeita, deixada à mercê da corrosão por anos a fio, com muros inseguros e lintéis enviesados, é de prodigiosa qualidade. No inverno, talvez tenha sido como no romance *A fazenda maldita*, de Stella Gibbons.

Essa parte da Provence é uma região de contrastes, o calor é tórrido e o frio congela os ossos; dias dourados de sol e violentas tempestades; suaves e doces perfumes que pulsam ao sol; e mudanças traiçoeiras de humor. O vento pacifica os ritmos do dia, dos zéfiros do verão que sustentam o espírito ao uivo selvagem do mistral.

Atualmente, Les Genévriers jaz abandonada. Com paisagens espetaculares que se descortinam dos quatro pontos cardiais: paisagens que Marthe não via desde que era menininha. A propriedade parece enclausurada em outra era, uma era de trágica atmosfera. Quando se conhece a história de Marthe e de sua família, não é difícil sentir que as janelas estreitamente cerradas ecoam os olhos cegos da perfumista e a maneira com que a família virou as costas para o mundo.

O grande mistério continua sendo a própria Marthe. O que foi feito dela? Como sua história terminou? Para onde foi quando saiu de sua butique em Paris pela última vez em 1973? Ninguém sabe.

De acordo com os administradores da *mairie* no vilarejo no topo da montanha, a propriedade esteve à venda durante muitos anos, mas a partilha da herança entre os membros da família foi tão complicada – habitual em propriedades francesas –, que o emaranhado legal terminou por frustrar a possibilidade de inúmeras vendas. Hoje, o último membro da família já está morto.

Alguns afirmam que era uma propriedade mal-assombrada, razão pela qual ficou por tanto tempo à venda e desabitada. Quando mencionei o nome de Marthe Lincel para a mulher do armazém, ela balançou a cabeça com entusiasmo e disse "É claro!", e um pequeno grupo que estava no posto do correio também fez o mesmo. Mas logo ficou claro que era o nome da família que era mais conhecido, já que todos conheciam os nomes de todas as famílias proeminentes ligadas à região, e não particularmente ela como renomada perfumista.

Sabine Boutin, uma mulher de negócios da região, me acompanhou até os arredores da propriedade e deu o melhor de si para situar Marthe Lincel no contexto da família que lá residira.

– Qualquer pessoa do vilarejo lhe dirá que se lembra do lugar desde a infância. Era onde se faziam pequenos trabalhos como colher nozes e frutas do pomar, secar e envasar tomates. Mais tarde, a casa entrou em decadência, e as crianças exploravam e brincavam lá. Entrar no sótão pela abertura do depósito de madeira para desafiar os fantasmas e brincar de pregar peças nos arredores dos pilares era considerado uma verdadeira prova de coragem. A propriedade era vista como um castelo esquecido de um conto de fadas. Depois da morte da irmã de Marthe, não restou ninguém na casa, além de espíritos e danos.

Presumi que as histórias sobre as assombrações começaram nessa época.

– Não – disse Sabine. – Foi por causa de uma história muito mais triste.

Segundo todas as narrativas, Marthe Lincel tinha sido uma excelente aluna na escola para cegos de Manosque. Depois das inevitáveis dificuldades pelo fato de se encontrar longe de casa, ela fez amigos, e era lembrada por todos como gentil, determinada e perceptiva.

Em seguida, vieram os tempos sombrios da Segunda Guerra Mundial.

Pierre, o irmão mais novo de Marthe, estava com vinte e dois anos ao final da guerra na França. Juntou-se ao exército e, nos dois últimos anos, permaneceu inativo em Marselha, alegando para os médicos militares que uma sinusite o impedia de ter um bom desempenho no campo de batalha.

E depois, quando a guerra acabou, como muitos outros rapazes, Pierre não pôde vislumbrar um futuro na agricultura de subsistência da família. O livro de memórias de Marthe pinta o quadro de um rapaz arrogante com muitas namoradas, um mestre de artimanhas que usava perfume barato e sabonete de mel. Primeiro, trabalhou numa fábrica de frutas em conserva e depois numa fábrica de novos equipamentos agrícolas. A família quase não tem notícias dele. Muitos anos depois, o vilarejo recebe a notícia de que ele havia morrido em decorrência de um acidente de trabalho.

Antes, no entanto, houve uma primeira tragédia. Marthe estava em Paris, onde fazia fama e fortuna. Mas, na propriedade, aquele era outro ano ruim. No início e no final do verão, o clima de geadas severas se transformava em chuvas torrenciais, arrasando com toda a plantação. Um por um, os arrendatários saíram do lugar. E sem eles o trabalho tornou-se duplamente pesado e desalentador.

Até que um dia Cédric Lincel foi morto por um tiro de um velho revólver que estava limpando.

Junto à mãe só restou a irmã caçula Bénédicte.

Segundo o que dizem, Bénédicte era bonita e inteligente e teve inúmeros pretendentes na região, mas nunca se casou, nem quando ficou livre para viver a própria vida depois da morte da mãe. Em vez disso, Bénédicte se tornou reclusa. Os que visitavam a propriedade espalhavam histórias perturbadoras: a família era amaldiçoada, sempre rondada pela tragédia; os espíritos dançavam na escuridão e partilhavam os cômodos com os vivos; estranhos se materializavam do nada; do pátio da casa grande emanava um misterioso e assustador fedor, e as lanternas cintilavam e se apagavam sem nenhum motivo. Cresceu então uma atmosfera de medo que tomava conta do lugar.
À medida que Bénédicte envelhecia, sozinha, e a propriedade ruía, vez por outra as crianças se aventuravam no local de noite. E continuavam os relatos de ocorrências estranhas, mas não convenciam, se mostrando como meras criações mirabolantes.

Um dia Sabine, a neta de Arielle, chegou à propriedade com provisões e encontrou Bénédicte tremendo e dizendo coisas incoerentes. Só depois da ajuda do médico é que ela conseguiu contar os horrores que testemunhara.

21

A chave para a experiência de Bénédicte encontrava-se em outros arquivos do pen drive: notas marcadas com números precisos no catálogo de arquivos de pesquisa do departamento de oftalmologia da Universidade de Avignon. Os arquivos continham uma extraordinária coleção de fitas gravadas por Bénédicte em 1996, ocasião em que estava com setenta anos de idade.

A terrível provação vivida por Bénédicte não era produto de assombrações. Mas a explicação lógica era igualmente perturbadora.

As alucinações visuais que Bénédicte teve são conhecidas como síndrome de Charles Bonnet, e é praticamente certo que ela sofria dessa misteriosa doença. Fantasmagorias e visões são manifestações de um tipo de perda progressiva da visão.

Charles Bonnet, filósofo naturalista suíço, foi o primeiro homem de ciência que tentou entender as visões do próprio avô, que incluíam desfile de pessoas, veículos e cavalos que não se encontravam realmente presentes. No século XVIII, Bonnet desenvolveu a teoria de que tais visões, e também de paisagens em movimento, figuras geométricas e rostos desprovidos de corpos, eram um sintoma de degeneração da mácula.

Bonnet descobre que mesmo quem tem uma visão sadia também pode experimentar esse tipo de alucinação se ficar com os olhos vendados por muito tempo. Aparentemente, são alucinações causadas pela falta de estímulo visual e não pela loucura, pela tentativa do cérebro de compensar a redução dos impulsos recebidos pelas células nervosas da retina danificada. Quando deixa de receber a quantidade de imagens esperada, o cérebro tenta compensar baseando-se nas áreas que sempre utilizou para processar rostos, contextos, padrões e cores.

Mas a doença habitualmente indicava uma degeneração da mácula associada à idade, uma das causas mais comuns da cegueira.

E, para irritação dos pacientes, as visões ocorriam com mais frequência em estados de sonolência ou relaxamento, o que explicaria por que Bénédicte era mais afetada pelas visões quando se sentava perto da lareira para descansar.

Uma predisposição genética nas irmãs teria levado à perda da visão de ambas? Ao que parece, sim. Tal como a irmã, Bénédicte fez um admirável uso da cegueira. Durante muitos anos, colaborou com Georges Feduzzi, eminente oftalmologista e professor da Universidade de Avignon, cuja tese científica apresenta uma pesquisa sobre essa doença tão pouco conhecida e ainda sobre as experiências dos pacientes que passam pelos seus terrores.

22

Liberaram as transcrições das gravações de Bénédicte Lincel como um tributo a Rachel, pela persistência e o trato sincero que mostrou ao não exagerar apenas para impressionar. Sabine só sabia que Bénédicte recebera o tratamento de um professor da Universidade de Avignon e que grande parte da propriedade da família Lincel fora legada para o departamento de oftalmologia depois da morte de Bénédicte. Rachel fez o trabalho e, com intuição e persuasão, obteve acesso aos arquivos.

Não sei ao certo como ela conseguiu traduzir os arquivos. A meu ver, muito bem, baseando-se na história ouvida de Sabine. Mas, por alguma razão (provavelmente pela doença), Rachel ainda estava com a história inacabada no momento em que entregou o pen drive a Sabine; e, embora Sabine tenha sido capaz de ler os arquivos, a mistura de inglês e dos números de referência do arquivo não fez sentido para ela.

Em meio a muitas horas de gravação de vibrantes narrativas na primeira pessoa a respeito de cegueira, confusão e terrores pessoais, Bénédicte faz a narração da última vez em que viu Marthe junto com Annette, a jovem aprendiz da irmã.

* * *

Nunca se conseguiu provar que Marthe Lincel viveu além de cinquenta e poucos anos. A butique Musset deixou a fiel clientela acreditar que Marthe se aposentara em sua Provence natal. Infelizmente, talvez os Musset tenham sido mal informados pelo esperto Pierre, que os fez de fato acreditar nessa sua versão. Uma morte tranquila teria sido a ordem natural.

Depois de ler minhas transcrições das fitas e de muito debater com Sabine e a mãe, e com Arielle e a avó de oitenta e quatro anos, já faço uma ideia do que aconteceu com Marthe e Annette.

Por ocasião do último encontro entre os três irmãos, o jardim do outro lado do pátio estava sendo cavado para a instalação da piscina. Mesmo para uma pessoa em condições normais, seria difícil transpor os perigos, mas, para Marthe, que tentou percorrer o caminho de memória, isso seria impossível. Já não era o mesmo terreno que antes conhecera muito bem. As paredes podem ter caído quando ela tentou se apoiar para se levantar. E os montões de terra podem ter cedido.

Sabemos que ela se amparou em Bénédicte quando as duas saíram atrás do furioso e bêbado Pierre, mas, depois que ele atacou Annette e deixou Bénédicte inconsciente com uma pancada, o mais provável é que Marthe e Annette tenham se desorientado.

Não podemos saber exatamente o que aconteceu com elas naquela noite. Ao que parece, não aconteceu nada fatal, porque de manhã Bénédicte encontrou as duas abraçadas e encolhidas no celeiro do pátio. Talvez estivessem machucadas. Mas já não estavam lá quando Bénédicte retornou do vilarejo, machucada e em pânico.

Se as duas caíram acidentalmente na escavação ou se Pierre as golpeou violentamente a sangue-frio e depois as levou para a sepultura isso é algo que ninguém jamais saberá. O que se pode dizer com certeza é que a narrativa de Bénédicte daquela noite e do dia seguinte faz dele um forte suspeito.

Bénédicte não conseguiu acreditar que Marthe teria partido sem se despedir dela. Nada indica que as duas irmãs já estivessem estremecidas uma com a outra. Pierre dispôs de muitas horas no dia seguinte para cometer os assassinatos e enterrar os corpos.

Aos olhos do mundo, Marthe parte da Provence e depois de Paris. Pierre faz o papel do irmão solícito e, depois de recolher os pertences de Marthe da butique e do apartamento dela, diz que a irmã partira, como também pode ter dito que ela não estava bem. Ele deixou algumas gotas de veneno para que Bénédicte jamais a procurasse, e sem dúvida encontrou uma maneira de dissipar qualquer suspeita. Annette era órfã, motivo suficiente para que Marthe quisesse ajudá-la. Os professores da escola para cegos a viram partir para Paris com a famosa Marthe Lincel. E depois não receberam mais notícias dela e devem ter presumido que não se realizara na carreira ou simplesmente deixara de trabalhar para casar e constituir família, como a maioria das moças fazia.

Por que Pierre não matou Bénédicte também? Talvez ele estivesse muito bêbado para se dar conta do que tinha feito e, quando caiu em si, era tarde demais. Com Bénédicte morta, obviamente ele seria o principal suspeito quando reclamasse a posse da propriedade. Será que ele sentiu que a teia se fechava ao seu redor e fingiu a própria morte para favorecer Bénédicte? Ninguém jamais saberá.

23

Em relação às perturbadoras experiências que tive aqui, algumas posso explicar e outras simplesmente não posso.

Estou praticamente certa de que foi Sabine quem colocou a lanterna no caminho. Ela nunca admitiu isso, mas alguns meses atrás eu e Dom fomos convidados para ir à casa da família dela. A noite estava abafada, e ficamos no caramanchão ornado de trepadeiras ao ar livre. E lá estava a lanterna em cima de um muro de pedra. Eu não a via desde nossa partida para Cassis. Estava posicionada com destaque, e o bonito e peculiar arabesco da alça me deixou convicta de que era a mesma lanterna. Preferi interpretar que estava colocada ali como uma mensagem, um pedido mudo de desculpa e uma garantia de que ela não retornaria a Les Genévriers.

Ou tudo era apenas imaginação, uma criação da minha obsessão por segurança? Quem sabe?

Sabine admitiu que ficou chocada e desapontada quando venderam a casa e doaram o dinheiro para pesquisas oftalmológicas da universidade, conforme o desejo de Bénédicte. Aparentemente, durante a década que precedeu a venda, a propriedade foi objeto de um testamento que a legava para Arielle e família, em reconhecimento por toda a ajuda que tinham dado. Sabine planejava remodelar a propriedade e transformá-la em pousada de férias, seguindo os passos de Marthe e Bénédicte. Quando soube que não viria mais para a família dela, contrariando sua expectativa, ela começou a trabalhar duro para levantar dinheiro e comprá-la. Mas isso levaria anos, e ela acabou perdendo o imóvel para Dom.

Ela então fez tudo o que fez por despeito? Será que pensou que, se nos sentíssemos desconfortáveis, venderíamos rapidamente a propriedade e iríamos embora? Talvez um dia desses eu pergunte isso a ela, mas não agora.

Em relação às outras estranhas manifestações, simplesmente não encontro explicações. Sei o que vi sob o luar no caminho abaixo da varanda; não me enganei quando vi o contorno da pequena silhueta feminina, e não era Sabine. E ainda hoje, quando passeio ao ar livre em noites de calor, mantenho os olhos cravados nas constelações por instinto. E, quando me apavoro com alguma coisa no caminho, desvio os olhos rapidamente para baixo. A mulher nunca mais apareceu.

Dentro de casa, especialmente na cozinha, ainda tenho a sensação de que não estou sozinha. Quando estou cozinhando de costas para a lareira, sempre me viro para ver se há algo atrás de mim. É só uma sensação, não mais que isso. Não torna a atmosfera menos radiante, talvez seja até a origem dessa atmosfera.

Só houve um incidente irritante na cozinha. Eu tinha deixado alguns livros em cima da mesa. Um deles era o livro infantil de lendas provençais que eu encontrara escondido debaixo de uma tábua do assoalho do sótão. Eu estava de pé ao lado da chaleira, esperando a água ferver, quando ouvi um estalo às minhas costas. Girei o corpo e vi o livro se abrir como um leque e as páginas virarem. Como a porta dos fundos estava entreaberta, era possível que uma lufada de vento tivesse incidido no livro aberto e virado as páginas. Mas o livro não estava aberto. Eu sabia muito bem que o fechara porque, um minuto antes de levantar para fazer o chá, o tinha nas mãos. Alisei o bonito desenho da capa, imaginando o prazer que as crianças teriam ao possuí-lo. E depois o coloquei cuidadosamente de volta à mesa.

Vi com meus próprios olhos quando as páginas viraram, não com muita rapidez, não de maneira regular, como se uma delicada e culta corrente de ar estivesse virando as páginas. De repente, parou. As páginas se ergueram em arco, mas sem movimento nenhum. Tudo ficou parado. Um suave toque de incenso de igreja inundou o ambiente como uma bênção. Um incidente só se torna significativo quando a imaginação assim o quer. Talvez tenha sido uma questão de física. Talvez tenha sido uma corrente de ar trazida pela chaminé. Talvez eu tenha cochilado por um minuto e sonhado. Ou talvez realmente tenha sido o espírito de Bénédicte que saiu de perto da lareira para folhear o livro, que depois fiquei sabendo que ela dera por perdido por todos aqueles anos. Só porque os visitantes fantasmas de Bénédicte não eram o que ela temia ser, não significa que tudo pode ser explicado.

Durante o outono, a polícia se esmerou na investigação dos casos das estudantes desaparecidas. Cheguei a pensar que Pierre Lincel podia estar envolvido, mas parece que ele também tinha morrido dez anos antes, ou então tinha escapado dos homens de Severan. A polícia encontrou as cinzas do seu corpo em uma das urnas de um crematório em Orange, uma urna que ninguém voltara para reclamar. Parece que o mensageiro mentiu quando disse a Bénédicte que ele tinha morrido na fábrica de empacotamento de frutas. Uma mentira a mais não surpreenderia ninguém.

Marine, a primeira garota desaparecida, foi encontrada em Cassis; estava bem viva e protestando logo depois que saímos de lá. Ela realmente trabalhara como modelo de Francis Tully e depois se juntara a um grupo de jovens ativistas que se deslocou para o sul sem se preocupar em deixar explicações.

Em novembro, um namorado ciumento, técnico de computadores de Le Thor, foi acusado pelo assassinato da garota encontrada nos arredores de Oppedette por um cão farejador de trufas. A terceira garota, a que desapareceu nas cercanias de Castellet, foi atropelada por um motorista, que fugiu e retornou depois de padecer de remorso e estresse pós-traumático por alguns meses. A quarta garota tingira o cabelo e se juntara a uma seita religiosa.

Tudo isso serve para mostrar como é perigoso fazer conexões onde não há conexões, em ligar eventos que não estão ligados, em querer criar histórias arrumadinhas quando a vida real não é assim, em confiar demais na imaginação quando, na maior parte das vezes, a imaginação é enganosa.

Cá estamos então, Dom e eu, enquanto outro inverno se aproxima. As vespas gigantes já se foram, os negros e apetitosos figos já acabaram. As nozes caem das árvores como lágrimas gordas e marrons. Temos que varrer as folhas da parreira na varanda, mas as uvas estão maduras e aparentemente perenes. Dependuram-se em triângulos desordenados e vertem uma essência floral moscatel por sobre a mesa onde ainda almoçamos quando o sol brilha. Aqui o sol pode brilhar em qualquer dia do ano e quase sempre brilha.

Dom me chama, e dessa vez pelo meu verdadeiro nome. Sigo em direção ao ponto onde ele descobriu uma nova beleza no jardim, e ali ficamos juntos, a mão dele acariciando com orgulho o meu barrigão.

Um botão tardio se abriu na roseira de rosas brancas que plantei próximo ao arco no terraço gramado abaixo da casa principal. Seu perfume é sofisticado: mesclado de mel almiscarado, açúcar e flor de laranjeira, as pétalas têm o suave brilho da pele dos bebês. A roseira se adaptou bem nesse lugar, onde estendi e prendi um dos galhos no lintel daquilo que parece ser um aposento bloqueado. Talvez seja o jazigo onde Bénédicte enterrou o bebê. Tomara que seja. Esta roseira é para ela.

À medida que o nosso estado de espírito se modificava, a atmosfera em volta da casa fazia o mesmo; voltamos a conviver tranquilamente com o passado e as histórias daqui, e também acrescentamos a nossa própria história às pedras. A cada dia, a nossa história de amor se intensifica e se fortalece e se revela maravilhosa.

As manhãs são amenas, mesmo quando o inverno está próximo, e o imenso céu azul parece um lençol recém-lavado estendido no varal de um oceano de montanhas.

EPÍLOGO

Sou despertada por um súbito e dissonante acorde de piano. O som vem do outro lado do pátio. De novo a música! Tilinta como uma cascata de água. Isto aqui ficou sem música muito tempo. Agora, os acordes de piano sempre soam. A música vem dos visitantes, mas não me importo. Já me acostumei com eles. Entro em êxtase quando ouço a música deles. Isso me liberta e me faz me sentir outra vez uma menina.

A mulher se parece muito comigo. É bem mais jovem que o homem – tem mais ou menos a mesma idade que eu tinha quando me apaixonei por André. Apesar de tudo, acho que estou feliz por eles terem ficado. São delicados um com outro e cuidam da casa e a trazem de volta à vida, consertando pedra por pedra, azulejo por azulejo.

E, mais uma vez, a casa tem uma criança. Um doce querubim que me olha com olhinhos curiosos, como se querendo saber quem sou eu.

Quando digo que a jovem se parece muito comigo, quero dizer que, naquela época, eu era assim, mas não agora. Não tenho a menor ideia de como estou agora. Pierre levou o espelho de mamãe. Poderia ter alguma ideia se eu pudesse sentir as rugas profundas do meu rosto, mas estou praticamente sem tato. Acho que as pontas dos dedos perderam a sensibilidade. As almofadinhas dos dedos endureceram. Pego panelas quentes no fogão e não sinto dor.

Ainda me incumbo de alguns afazeres, mas muitos são difíceis de fazer. Preciso relaxar e respirar e reunir todas as forças que ainda me sobraram. Mas, uma noite destas, apaguei uma chama com toda a facilidade.

Tenho pensado em André, tenho pensado em como disse para mim mesma quando estava sozinha e esquadrinhava o oceano de montanhas: "Agora, este é o meu navio, e eu o estou navegando."

Mas então as ondas se agigantam, os ventos convulsionam o céu e me vejo sozinha em meio a uma tempestade, o primeiro par desertado, a carga perdida. Onde ele estará agora? Será que finalmente terá uma chance de aparecer? Depois, acendo nossa lanterna e a ponho no caminho.

Então, observo a dança da chama da vela enquanto envio o sinal: estou à sua espera. Você não está sozinho na escuridão.

AGRADECIMENTOS

As palavras mais difíceis de ser escritas são as realmente escritas com o coração. Por isso, precisei de muitos dias para elaborar agradecimentos adequados a Stephanie Cabot, minha agente literária. Sem a crença inquebrantável e os sábios conselhos que recebi de Stephanie, este livro simplesmente não teria sido escrito. Em todos os encontros em Londres – almoços no La Poule au Pot, onde desfrutávamos de uma atmosfera francesa – e em todas as chamadas interurbanas, Stephanie sempre manteve o brilhantismo: calma e pragmática, sensível a cada nuance do texto e, acima de tudo, determinada a lutar por mim com a ferocidade de uma leoa.

Também sou muito grata aos colegas dela da The Gernert Company, em Nova York, especialmente Rebecca Gardner, Will Roberts e Anna Worrall.

Foi um verdadeiro privilégio trabalhar com Jennifer Barth na Harper-Collins. Jamais imaginei ter uma editora tão compreensiva, tão incisiva e tão equilibrada. Muito obrigada, Jennifer, pela gentileza. Jason Sack e Olga Gardner Galvin também foram maravilhosos.

Em Londres, Araminta Whitley, da Lucas Alexander Whitley, chegou e nos deu mais poder de fogo – e cruciais ajustes para o manuscrito – antes de fecharmos o contrato com a Orion. Também gostaria de agradecer a Harry Man, da LAW.

Agradeço especialmente a Kate Mills, da Orion, pela empolgação, o carinho e a sintonia com o livro, e por ser uma editora tão generosa, e também agradeço a Susan Lamb e a Jon Wood porque logo me fizeram sentir que o livro estava nas melhores mãos possíveis.

Em casa, Robert e Madeleine, como sempre, me permitiram desaparecer no estúdio por dias inteiros sem que me sentisse egoísta. Joy, Stan e Helen Lawrenson me deixaram falar sobre a Provence por horas a fio sem nunca demonstrar que estavam saturados do assunto. Minha mãe Joy e Robert foram, como sempre, os primeiros críticos altamente validados e leitores do manuscrito.

Pelo encorajamento e apoio contínuo e diversificado enquanto escrevia este livro, agradeço a Felicia Mockett, Josina Kamerling, Louise Piper, Lucy e Jonathon Hills, Tanya Alfillé e Juliet Gowan. Agradeço ainda a Judy Barrett, não apenas pela criação de *websites* maravilhosos, mas também por ter ficado ao meu lado quando fiz as primeiras tentativas de postar no meu blog.

Merci para todos os amigos na Provence e para os que nos acompanharam desde o início em nossa aventura francesa: Ann de Boismaison White, William Bris, Julie Beauvais, Fernand Constan, Françoise Vuillet, Olivier Buys, Gérard de La Cruz e Roger Allard, homem de grande coração e encanador chefe que investigou os mistérios da falta de água e de eletricidade quando tivemos que retornar à Inglaterra para passar uma semana fora naquele primeiro verão, o que tornou a propriedade um lugar assustador, imenso e seco.

Gostaria de esclarecer que a ideia de escrever sobre uma perfumista cega surgiu da percepção de que havia faixas em braile nas embalagens da fábrica de produtos de beleza L'Occitane, na Provence. Em 1997, a companhia criou a Fundação Provence dans tous les sens (Todos os sentidos da Provence) para introduzir crianças com deficiências visuais no mundo da criação dos perfumes. No romance, Marthe encontra o seu verdadeiro talento como "nariz" para perfume depois de uma visita à Distillerie Musset na Manosque dos anos 1930. A Distillerie Musset é totalmente imaginária, mas devo as cenas na moderna fábrica às visitas que fiz à fábrica da L'Occitane em Manosque. E, claro, tal como Marthe, eles também criam fragrâncias naturais maravilhosas, inspirados nas perfumadas terras da Provence.

Por fim, e mais importante, agradeço a Brian Rees pelos convites que me fez para ir a sua casa em Viens durante todos estes anos, e por continuar sendo extremamente agradável e excitante para nós.

Impressão e Acabamento:
GRÁFICA STAMPPA LTDA.
Rua João Santana, 44 - Ramos - RJ